DIE FALKENBURG CHRONIKEN

DER ENTDECKER

ANDRÉ MILEWSKI

http://www.andre-milewski.de
Verlag: André Milewski
℅ Papyrus Autoren-Club
Pettenkoferstr. 16-18
10247 Berlin
Tel.: 030 / 49997373

Coverillustration/Umschlaggestaltung:
© Giessel Design
https://www.giessel-design.de
unter Verwendung von Stockbildern von Shutterstock & Dmitry Denisenkov
Karten, soweit nicht anders angegeben © André Milewski

Korrektorat: SKS Heinen
Satz: André Milewski

1. Auflage

Druck: epubli – ein Service der neopubli GmbH, Berlin

»Der Tod wird auf schnellen Schwingen zu demjenigen kommen, der die Ruhe des Pharao stört.«

INSCHRIFT EINER TONTAFEL IM GRAB VON TUTANCHAMUN

PROLOG

DEUTSCHLAND, AUGUST 1909

Carls Herz hämmerte in seiner Brust, als er aus dem stockfinsteren Bergwerksstollen flüchtete. Aber er hatte es geschafft. Er hielt tatsächlich den Heiligen Gral in seinen Händen. Nun musste er ihn nur noch heil aus dem Geheimversteck herausschaffen. Hinter sich hörte er, wie schnelle Schritte durch den langen Tunnel hallten. Jemand hatte seine Verfolgung aufgenommen. Nicht weit vor sich konnte er jedoch schon das Tageslicht sehen. Mit einem großen Satz sprang er aus dem Tunnel und landete mit dem Hinterteil auf dem weichen Moosboden des Waldes. Sofort sprang er auf und rannte weiter, den Schutz der nahen Bäume suchend, zwischen denen sich der Weg leicht abschüssig bis zur Burg schlängelte. Wenn er die Burg erst erreicht hätte, könnte ihm niemand mehr den Gral streitig machen. Alle würden anerkennen müssen, dass er der größte Entdecker des Jahrhunderts war. Der Gedanke daran trieb ihm schon jetzt ein Lächeln ins

Gesicht. Dann gab es einen lauten Knall, als ein trockener Ast unter seinen Füßen zerbrach. Ehe er reagieren konnte, zog sich die Schlinge um sein rechtes Fußgelenk zu und er wurde mit einem heftigen Ruck nach oben gerissen, als das Gegengewicht am anderen Ende des Seils über die Astgabel der großen Eiche nach unten sauste. Nun hing er hilflos wie ein Fisch am Haken. Der Gral lag direkt unter ihm auf dem Waldboden, über den seine Nasenspitze nur zwanzig Zentimeter schwebte. Er streckte den rechten Arm aus, um den Kelch aufzuheben, sah aber, wie sich jemand neben ihn stellte.

»Na, wer ist denn da in meine Falle gegangen? Carl von Falkenburg, Erster seines Namens, selbst ernannter größter Abenteurer der Welt und ein noch größerer Trottel.«

»Sehr witzig. Mach mich los, dann zeig ich dir, wer hier ein Trottel ist.«

»Vielleicht später«, flüsterte sein Erzfeind vergnügt und hob den Heiligen Gral vom Boden auf. »Ich schaue in einer Woche noch mal nach dir, oder besser nach dem, was die wilden Tiere des Waldes noch von dir übrig gelassen haben.« Dann ging er einfach weiter.

»Hey, komm zurück! Du kannst mich doch hier nicht einfach hängen lassen!«

»Aber ein großer Abenteurer wie du findet doch sicher einen Weg, aus dieser Falle zu entkommen.« Lachend entfernte sich der Schurke.

Carl suchte mit seinen Händen den Waldboden ab und bekam einen faustgroßen Stein zu fassen, der an einer Seite eine relativ scharfe Kante aufwies. Er spannte seine Bauchmuskeln an und hievte seinen Oberkörper nach oben, bis er ganz eng an seinen Beinen anlag. Mit der linken Hand umklammerte er seinen Fußknöchel, um die Position zu halten, während er mit der rechten den Stein am Seil ansetzte und damit zu reiben begann. Es dauerte nicht lange, da lösten sich schon die ersten Fasern des Hanftaus. Schließlich riss es vollends durch und er landete mit dem Rücken voran auf der Erde.

»Zum Glück ist der Boden nicht so hart«, murmelte er wütend und stand auf. »Jetzt mach dich auf was gefasst!« Er rannte los, von Wut getrieben.

Nach wenigen Sekunden konnte er den Dieb vor sich sehen, der siegesgewiss und ziemlich lässig den Pfad hinab zur Burg schlenderte. Carl beschleunigte noch einmal und sprang mit einem lauten Schrei auf ihn los. Wie ein Wollknäuel miteinander verflochten rollten die beiden das abschüssige Gelände hinab. Carl blieb mit den Beinen an einem Baum hängen, sein Gegner hatte nicht so viel Glück. Dieser schlug mit voller Wucht gegen einen großen Stein. Es gab einen lauten Knall, gefolgt von einem markerschütternden Schmerzensschrei. Carl rappelte sich auf und eilte zu seinem Bruder.

»Richard, alles in Ordnung?«

»Au, nein, nichts ist in Ordnung, du verdammter Idiot! Spinnst du, mir einfach so in den Rücken zu springen?«

»Ich habe nur versucht, einen Dieb zur Strecke zu bringen.« Er griff sich den Holzbecher, der neben Richard lag. »Hat gut geklappt, würde ich sagen.«

»Das war doch nur ein Spiel. Aber du musst ja immer übertreiben. Warte ab, bis Vater das erfährt. Autsch.«

Sein Zwillingsbruder verzog das Gesicht. Sein linker Unterarm stand in einem unnatürlichen Winkel vom Körper ab und war garantiert gebrochen. Carl fasste sich unwillkürlich an seinen eigenen Arm. Obwohl seine Mutter stets betonte, dass sie als Zwillinge den Schmerz des anderen fühlen konnten, stellte er jetzt nichts fest. Das beruhigte ihn, denn er wollte nicht mit Richard tauschen.

»Dann werde ich ihm auch sagen, dass du mich mit einer Schlinge gefangen und einfach hängen gelassen hast.« Carl stand auf und streckte seinem Bruder die Hand entgegen. »Komm, ich bringe dich zur Falkenburg.«

»Ich kann allein gehen«, erwiderte Richard trotzig.

»Meinetwegen, ganz wie du willst.«

Einander anschweigend gingen sie die nächsten zehn Minuten den Trampelpfad hinab, bis sie die Burg erreichten. Das alte Gemäuer, dem ihre Familie den Namen verdankte, wurde von den letzten Strahlen der hinter den Bergen versinkenden Sonne angestrahlt. Links neben dem Burgtor kniete ihre Mutter vor ihrem Beet und schnitt einige Kräuter ab. Als sie damit fertig war und sich aufrichtete, entdeckte ihr Blick sie, als sie gerade das Tor erreichten.

»Jungs, was habt ihr wieder angestellt? Eure Kleidung ist ganz schmutzig und ...« Sie stockte, als ihr Blick auf Richards gebrochenen Arm fiel. Sie ließ die gesammelten Kräuter zu Boden fallen und rannte zu ihm. »Was ist passiert? Mein armer Liebling.«

»Carl ist schuld. Er ist mir von hinten in den Rücken

gesprungen und dann bin ich gegen einen Stein geprallt.«

»Er hat selbst Schuld! Hätte er mich vorher nicht mit einer Schlinge am Bein aufgehängt ...«

»Schluss damit! Ich will kein Wort mehr hören! Erst mal bringen wir dich jetzt zum Arzt. Euer Vater wird später über eure Bestrafung entscheiden!«

»Aber Mutter, ich ...«

»Kein Wort mehr, Carl!« Seine Mutter blickte ihn streng an. »Geh auf dein Zimmer und bleib dort, bis ich dich rufe!«

Mit bebender Unterlippe rannte Carl in die Burg und hinauf in sein Zimmer im ersten Stock. Wütend knallte er die Tür hinter sich zu und warf sich auf sein Bett. Erst jetzt bemerkte er, dass er den Gral immer noch in der Hand hielt. Seine Stimmung hellte sich etwas auf. Er hatte es geschafft und egal, was jetzt noch passierte, den Kelch hatte er errungen!

Am späten Abend, als Richard und seine Mutter vom Arzt zurück waren – Richards linker Arm steckte bis zur Schulter in einem Gipsverband –, durfte Carl sein Zimmer wieder verlassen. Im Kaminzimmer der Burg mussten er und sein Bruder ihrem Vater erzählen, was geschehen war. Carl hatte großen Respekt vor seinem Vater, teilweise sogar Angst. Richard ging es nicht viel anders, das wusste er.

»Du hast deinen Bruder also mit einer Schlingenfalle gefangen und wolltest ihn so hängen lassen?«, fragte sein Vater.

»Ja, aber nur kurz«, antwortete Richard. »Ich hätte ihn bald wieder freigelassen, aber ich wusste ja, dass er es schaffen würde, sich schnell zu befreien.«

»Wer hat dir beigebracht, eine solche Falle zu bauen?«

»Großvater«, sagte sein Bruder mit leiser Stimme. »Es war kurz vor seinem Tod.«

»Hmm«, war alles, was ihr Vater dazu erwiderte. Er rieb sich mit der linken Hand über den Bart. Nachdem er eine Weile so dagesessen hatte, sah er Richard mit einer Mischung aus Wohlwollen und Strenge an. »Nun, es war nicht nett von dir, ausgerechnet an deinem Bruder diese Falle auszuprobieren. Aber Respekt dafür, dass sie funktioniert hat!«

»Wilhelm!« Ihre Mutter, die sich eigentlich bei solchen Angelegenheiten immer im Hintergrund hielt, sah ihren Vater empört an. »Ermutige ihn nicht noch!«

»Aber Lisbeth, diese Falle zu bauen, erfordert ein gewisses Geschick. Das ist schon eine Leistung für einen Zehnjährigen, die man würdigen muss.« Er wandte sich wieder Richard zu. »Deine gerechte Strafe dafür hast du ja schon bekommen. Aber ich verbiete dir, diese Falle jemals wieder in der Nähe unserer Burg zu bauen, vor allem nicht, um deinen Bruder darin zu fangen! Du darfst jetzt gehen!«

Richard warf Carl noch einen eingeschnappten Blick zu und verließ das Kaminzimmer.

»Nun zu dir, junger Mann«, setzte sein Vater mit strenger Stimme an. »Du hast nichts als Flausen im Kopf. Diese ständigen Abenteuer müssen aufhören. Immer kommen du und dein Bruder dabei mit Abschürfungen und anderen Verletzungen nach Hause. Heute hätte durchaus noch Schlimmeres passieren können, es war Glück im Unglück, dass dein Bruder sich nur den Arm gebrochen hat!«

»Es tut mir leid. Ich wollte nicht, dass Richard sich so schwer verletzt.«

»Das glaube ich dir. Trotzdem wirst du eine harte Strafe für dein Vergehen bekommen.« Der Blick seines Vaters ging auf das große Bücherregal, das an der Stirnseite des Raumes stand. Dort stand auf mehreren Regalbrettern verteilt die in Leder gebundene Ausgabe der *Encyclopædia Britannica.* »Da du immer so wissbegierig bist, wirst du die nächsten zwei Wochen auf deinem Zimmer verbringen und die Enzyklopädie bis zum Buchstaben K durchlesen.«

Carls Augen wurden groß.

»Ist das dein Ernst, Vater?«

»Ja, mein absoluter Ernst«, erwiderte sein Vater mit verkniffener Miene.

»Darf ich sofort anfangen?«

»Ich bestehe darauf!«

Carl sprang auf, lief zum Bücherregal und griff sich den ersten Band des insgesamt vierundzwanzig Bände umfassenden Lexikons. Ohne ein weiteres Wort rannte er damit auf sein Zimmer.

»Du hast Carl damit einen großen Gefallen getan, Wilhelm. Er liebt es, seine Nase in alte Bücher zu stecken. Noch dazu, wenn er dabei Sprachen lernen kann. Wie ich unseren Sohn kenne, wird er weit über das K hinauskommen.«

»Ich weiß«, seufzte Wilhelm Falkenburg. »Seien wir froh, dass den beiden heute nicht mehr passiert ist. Deswegen wollte ich sie nicht noch bestrafen. Ich hoffe, die Jungs haben ihre Lektion gelernt. Und beim Studieren der Bücher kann auch Carl keinen Unsinn anstellen.«

Als sein Zimmerarrest vorbei war, hatte Carl siebzehn der vierundzwanzig Bände der *Encyclopædia Britannica* gelesen, die restlichen Bücher schaffte er in der darauffolgenden Woche. Danach hatte er einen Entschluss gefasst. Er wollte nicht wie sein Vater auf der Falkenburg versauern, er wollte reisen und an den schönsten Orten der Welt nach Geheimnissen suchen und etwas entdecken, was auch ihm einen Eintrag in die *Britannica* einbringen würde.

TEIL EINS

ACHETATON

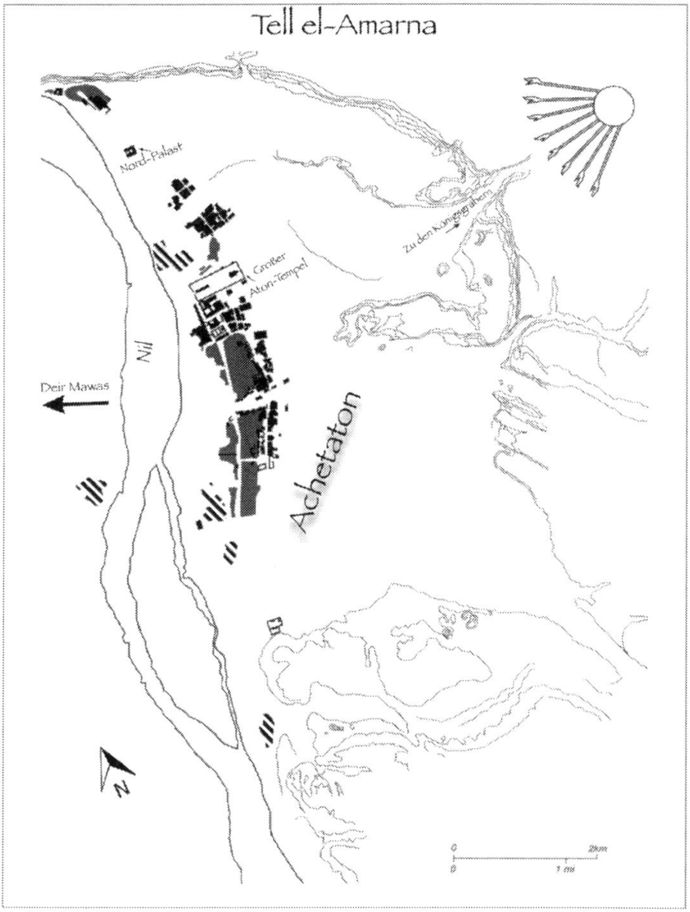
Tell el-Amarna
Nord-Palast
Großer
Aton-Tempel
Zu den Königsgräbern
Nil
Deir Mawas
Achetaton
N
0
2km
0
1 mi

EINS
DER ENTDECKER

ACHETATON, AMARNA, 15. NOVEMBER 1924

Behutsam fegte Carl den feinen Sand, der den Stein bedeckte, mit einem Pinsel zur Seite. Als die Hieroglyphen darin sichtbar wurden, legte er das Fegewerkzeug beiseite und blies den restlichen Staub aus den Rillen der in den Felsbrocken eingeritzten Schriftzeichen fort. Stirnrunzelnd entzifferte er die Zeichen und sprach dabei fast lautlos vor sich hin.

»Sidi Carl, was steht da?«

Die Frage von Abdel, seinem Assistenten, riss ihn aus den Gedanken. Er drehte sich um und sah dem jungen Ägypter kurz ins Gesicht. Dann ließ er seinen Blick über die vom Sand halb zugedeckten Ruinen von Achetaton schweifen, die sich am Ufer des Nils befanden und einige Hundert Meter von ihrer Position entfernt lagen.

»Es ist ein Grenzstein, eine Stele«, antwortete er. »Echnaton hat sie setzen lassen, als er das Gebiet von Achetaton erschließen ließ. Das bedeutet, hier endete das Stadtgebiet.«

»Völlig unnötig, wenn du mich fragst, Sidi«, sagte Abdel mit einem schelmischen Grinsen. »Die Berge machen auch so klar, dass es hier nicht mehr weitergeht.« Der Ägypter deutete auf den sanft ansteigenden Gebirgszug, der sich hinter ihrem Fund erhob.

»Du kennst doch die Vorliebe der Pharaonen für schwülstige Texte. Und gerade Echnaton hat nicht daran gespart.« Carl zog aus seiner Beintasche ein fein säuberlich zusammengefaltetes Transparentpapier und entfaltete es über der Inschrift der Stele. Dann begann er, mit einem Stück Zeichenkohle vorsichtig darüber zu reiben, bis er die Hieroglyphen vollständig abgepaust hatte. Behutsam faltete er das Papier wieder zusammen und steckte es ein. Dann schob er mit beiden Händen den Wüstensand zurück auf die umgestürzte Stele, bis diese vollständig bedeckt war.

»Warum tust du das, Sidi?«

Carl legte drei kleine Kiesel, die er in der Hosentasche bei sich trug, in den Sand, um die Stelle später wiederfinden zu können, und stand auf.

»Wir werden noch etwas warten müssen, ehe wir die Stele vollständig ausgraben. Heute Nachmittag steht unser wöchentlicher Besuch bei Scheich Razek an und ich möchte nicht, dass du hiervon etwas ihm gegenüber erwähnst, Abdel.«

»Natürlich nicht.« Der Ägypter machte ein leicht entrüstetes Gesicht. »Ich habe mich noch nie verplappert, Sidi.«

Er lächelte seinen Assistenten an.

»Nein, das hast du nicht, ich weiß.« Freundschaftlich

klopfte er Abdel auf die Schulter. »Lass uns zurück zum Lager gehen.«

Nach zwanzigminütigem Fußmarsch erreichten sie ihr kleines Zeltlager, das sie direkt in den Ruinen der Südstadt des verfallenen Achetaton errichtet hatten. Carl ging in sein Zelt und räumte auf dem kleinen Tisch, den er dort neben seinem Feldbett aufgestellt hatte, einige kleinere Artefakte zur Seite, die sie in den vergangenen Tagen ausgegraben hatten. Seit zwei Wochen war er nun wieder in Ägypten und leitete die Ausgrabung in Achetaton. Seine erste volle Grabungssaison hatte begonnen, nachdem er schon im März und April des Jahres im Auftrag des Deutschen Instituts für Ägyptische Altertumskunde die ersten Erkundungen durchgeführt hatte. Dessen Direktor, Ludwig Borchardt, hatte vor zehn Jahren den letzten Spatenstich in Achetaton gesetzt und ihm die Leitung einer neuerlichen Aufnahme der Grabungen angeboten. Für Carl kam dieses Angebot nach dem Aus der Carter-Grabung am Grab von Tutanchamun genau zur rechten Zeit. Nach den ersten zwei Monaten bereitete er nach seiner zwischenzeitlichen Rückkehr nach Berlin die aktuelle Grabungssaison akribisch vor. Nun lag ein halbes Jahr anstrengender Arbeit vor ihm und sein Tatendrang war in den letzten zwei Wochen seit dem Beginn stetig angewachsen.

»Dann wollen wir doch mal sehen«, murmelte er vor sich hin und breitete das Transparentpapier mit den kopierten Hieroglyphen der Grenzstele auf dem Tisch aus. Nebenher zog er sein Notizbuch hervor und schrieb den übersetzten Text nieder. Er benötigte etwas mehr als zwei Stunden, bis er die komplette Inschrift transkribiert hatte. Nur kurz, nachdem er die letzten Worte geschrieben hatte, betrat Abdel sein Zelt.

»Es ist Zeit, Sidi Carl. Der Scheich wartet nicht gerne.«

Überrascht blickte Carl von seinen Notizen auf.

»Was denn, ist es schon so spät?« Er klappte sein Buch zu und stieß einen Seufzer aus. »Dann lass uns den Besuch schnell hinter uns bringen.«

Gemeinsam mit Abdel schritt er zum nahe gelegenen Nilufer, wo ein kleines Fährboot, das einem alten Ägypter gehörte, sich gerade zum Ablegen bereit machte. Als der alte Schiffer Carl erblickte, formte sich ein zufriedenes Grinsen in seinem zerfurchten Gesicht. Carl hatte kaum die schwankende Plattform des Kahns betreten, als der Alte ihm auch schon die Hand entgegenstreckte. Er zog eine ägyptische Ein-Pfund-Münze hervor und legte sie in die fordernde Handfläche hinein. Es war ein horrender Preis, im Vergleich zu dem, was die Einheimischen üblicherweise zu zahlen hatten, das wusste Carl. Aber ihnen blieb keine andere Wahl, wenn sie auf die andere Seite des Nils gelangen wollten. Ein eigenes Boot mitzubringen und zu benutzen, wäre einer Kriegserklärung gleichgekommen. Der alte Fährmann pfiff vergnügt vor sich hin, als er die Fähre mit kräftigen Stößen seiner langen Stange über den ruhigen Nil manövrierte. Wahrscheinlich dachte er schon freudig an die zweite Münze, die ihn auf der Rückfahrt erwartete.

Auf der anderen Nilseite wurden Carl und Abdel bereits erwartet. Scheich Razek hatte zwei Domestiken mit Eseln gesandt, um sie bequem zu seinem Haus zu bringen. Nach einer halben Stunde auf dem harten, knochigen Rücken der Maultiere erreichten sie das prächtige Domizil des selbst ernannten Scheichs. Das weiße Haus aus feinsten Gestein lag etwas außerhalb des kleinen Dorfes Deir Mawas. Razek war der uneingeschränkte Herrscher dieses bedeutungslosen Bezirks, das wusste Carl. Aber ebenso beanspruchte der Scheich auch die alten Ruinen Achetatons auf der anderen Nilseite für sich. Die Sippe der Razeks hatte schon vor Jahrzehnten begonnen, die alte Stadt Echnatons auszuschlachten und zu plündern, lange, bevor die ersten Expeditionen der Europäer an diese Stätte gelangt waren. Und obwohl sich die Verhältnisse im Land seitdem stark gewandelt hatten, war es ratsam, sich trotz allem mit Scheich Razek gutzustellen. Dies hatte Ludwig Borchardt Carl eindringlich mit auf den Weg gegeben.

»Ah, mein Freund! Wie schön euch wieder in meinem bescheidenen Heim begrüßen zu dürfen!« Scheich Abdul Razek trat aus der Tür seines Hauses und kam mit weit ausgebreiteten Armen auf Carl zu. Er trug einen weiten schwarzen Kaftan mit einem breiten roten Stoffgürtel um die Hüften. Seine ebenfalls schwarzen Haare und der Vollbart verliehen ihm ein Aussehen, das Carl verdächtig an einen Wüstenräuber aus alten Erzählungen erinnerte. Und damit lag er gar nicht so falsch.

»Es freut mich, wieder hier zu sein, Scheich Razek.« Carl deutete eine kleine Verbeugung an.

Der Ägypter musterte ihn zufrieden aus seinen dunklen Augen und strich sich mit der rechten Hand über den langen Bart.

»Komm, mein Freund. Wir wollen etwas trinken.«

Carl nickte Abdel zu, der vom Scheich nicht begrüßt

worden war und draußen warten musste. Dann folgte er Razek in das Innere seines Hauses, wo ihn eine angenehme kühle Luft empfing. Wie schon bei seinen ersten Besuchen hefteten sich seine Augen an die zahllosen Artefakte, die überall im Haus verteilt standen. Auf Regalen, Schränken oder auf Säulen hatte Razek seine Fundstücke aus Achetaton präsentiert. Es war ohne Zweifel die größte private Sammlung, die Carl je zu Gesicht bekommen hatte. Im großzügigen Esszimmer des Hauses befand sich ein ganz besonderes Kunstwerk. Die schönste erhaltene Schöpfung der Amarna-Kunst, wie die Werke aus der Epoche Echnatons häufig genannt wurden. Eine rechteckige Steinplatte, annähernd drei Quadratmeter groß, war in den Fußboden des Zimmers eingelassen. Sie zeigte auffliegende Enten, einen Tapir und verschiedene Pflanzenarten. Die Jahrtausende alte Bemalung war farbenprächtig und makellos erhalten geblieben. Versonnen betrachtete Carl das Kunstwerk.

»Wunderschön, nicht wahr?«, fragte Razek und Stolz schwang in seiner Stimme mit. »Mein Großvater hat es aus dem Palast Echnatons hierhergebracht.«

»Es ist wirklich beeindruckend, Scheich.«

Razek nickte ihm zufrieden zu und wies seine Diener an, ihnen kühle Getränke zu holen, während er und Carl sich auf bequemen Kissen niederließen.

»Also, mein Freund, berichte. Was hast du in Achetaton Neues entdeckt?«

»Wir stehen noch ganz am Anfang unserer Ausgrabungen. Noch sind wir mit dem Abstecken und Unterteilen der Bereiche beschäftigt. Zudem erstellen wir neues Kartenmaterial, da wir ...«

Die erhobene Hand seines Gastgebers ließ Carl verstummen.

»Aber bitte, mein lieber Freund. Du wirst doch sicherlich schon etwas gefunden haben. Ein junger Mann wie du, getrieben von Neugier und voller Tatendrang. Bestimmt hast du was aus dem Sand zutage gefördert. Nur keine Scheu, mir kannst du alles sagen. Wir sind doch Freunde.« Die letzten Worte säuselte der Ägypter mit schmeichelnder Stimme.

»Es ist, wie ich sagte. Leider«, beteuerte Carl und setzte eine betroffene Miene auf, um seinen Worten Nachdruck zu verleihen. »Aber ich bin mir sicher, bis zu meinem nächsten Besuch werde ich etwas gefunden haben, über das es sich zu reden lohnt.«

Die fast schwarzen Augen von Razek starrten ihn aus seinen tiefen Augenhöhlen an. Im Gesicht des Scheichs vermochte Carl kein Anzeichen der Verärgerung zu erkennen, wenngleich er wusste, dass seine Antwort für ihn nicht zufriedenstellend gewesen war.

»Nun gut«, sagte Razek nach einer Weile des Schweigens. »Es ist schade, aber du hast auch noch viel Zeit, um Funde zu machen. Ich hoffe nur, dass du unsere Abmachung nicht vergisst!«

»Gewiss werde ich das nicht. Ich stehe zu meinem Wort.« Carl nickte seinem Gegenüber zu.

Die Diener kamen und brachten ihnen einen süßen Dattelsaft, den Carl nur unter großer Anstrengung trinken konnte. Aber er wollte seinen Gastgeber nicht noch mehr verärgern. Die Abmachung mit Scheich Razek sah vor, dass von allem, was Carl in Achetaton finden würde, jedes zehnte Stück für den Scheich war.

Razek durfte selbst aussuchen, welche Stücke dies sein sollten. Dies war natürlich gegen die neuen Richtlinien der ägyptischen Antikenverwaltung, die seit einiger Zeit galten, das war Carl bewusst. Aber Achetaton war weit entfernt von Kairo und die Inspektoren machten sich nicht die Mühe, ihre Expedition mit einem Besuch zu beehren. Zumal das Hauptaugenmerk der Antikenverwaltung auf dem Tal der Könige lag, wo das Grab Tutanchamuns noch immer verschlossen war, seitdem Lady Carnarvon und Howard Carter die Lizenz entzogen worden war.

Der Scheich und er tauschten noch einige Belanglosigkeiten aus und nach einer halben Stunde konnte Carl den Pflichttermin beenden und sich bei dem Provinzfürsten verabschieden. Er verließ das Haus allein. Abdel, der sich mit zwei Männern vom Personal des Scheichs in den Schatten eines Brunnens gesetzt hatte, sprang sofort auf und kam auf ihn zu.

»Wie ist es gelaufen?«

»Wie die letzten Male auch. Aber beim nächsten Besuch muss ich ihm etwas vorweisen, sonst verliert er womöglich seine Geduld und sein Vertrauen in uns.«

Sie ritten auf den Eseln zurück zu der kleinen Fähre, wo sie der alte Fährmann mit freudig ausgestreckter Hand begrüßte. Carl zahlte erneut ein Pfund für die Überfahrt. Zurück im Lager setzte er sich sofort wieder an den Tisch in seinem Zelt und studierte die Inschrift der Stele erneut genau. Plötzlich trat Abdel mit verstörtem Blick ein.

»Sidi Carl, ich ... du ...«, stammelte er.

»Was ist denn los? Hast du einen Hitzschlag? Versuch, in ganzen Sätzen zu sprechen!«

»Da ist Besuch für dich.«

»Wer ist es?«

Abdel kaute nervös auf seiner Unterlippe. »Nun, er sieht aus wie du!«

Carl riss die Augen weit auf und stand sofort auf. In diesem Moment wurde die Zeltplane am Eingang zur Seite geschlagen und hinter Abdel trat ein Mann ein, den Carl jetzt schon seit fast zwei Jahren nicht mehr gesehen hatte.

»Hallo Carl. Lange her«, sagte sein Zwillingsbruder Richard mit einem Grinsen im Gesicht.

ZWEI
WIEDERSEHENSFREUDE

Fassungslos stand Carl mit halb geöffnetem Mund da und starrte seinen Bruder Richard an, den er zuletzt im Dezember 1923 in Berlin gesehen hatte und der danach wie vom Erdboden verschluckt gewesen war.

»Sagst du jetzt mal was?«

»Du … wo warst du so lange? Ich hätte dich gebraucht!«

»Ach wirklich? Dann lass mich dir jetzt helfen.« Richard machte einen Schritt auf ihn zu. Ehe Carl reagieren konnte, traf die linke Faust seines Bruders mit einem Klatschen auf seine Wange und ließ ihn auf sein Feldbett zurückfallen. Abdel, der immer noch mit ihnen im Zelt war, wollte sich auf Richard stürzen, aber Carl hielt ihn davon ab.

»Schon gut, schon gut, Abdel. Lass mich und meinen Bruder jetzt bitte allein. Wir haben einiges zu klären, wie mir scheint.« Der Ägypter warf noch einen misstrauischen Blick auf Richard und verließ das Zelt. Carl rieb sich die Stelle, wo der Schlag ihn erwischt hatte, und blickte zu seinem Zwilling auf. »Komische Art, deine Freude zum Ausdruck zu bringen.«

»Ich hätte noch viel härter zuschlagen sollen«, gab Richard knurrend zurück.

»Ach ja? Versuchs doch!« Carl richtete sich wieder auf und starrte finster auf seinen verschollen geglaubten Bruder. »Hast du überhaupt eine Ahnung, was in der Zeit während du verschwunden warst, alles passiert ist?«

»Oh ja. Ich weiß genau, was du getan hast«, giftete Richard zurück. »Unser Vater war kaum unter der Erde, als du auch schon unseren Familienstammsitz verkauft hast!«

Mit einem wütenden Schrei stürzte sich Carl auf seinen Bruder und riss ihn von den Beinen. Ineinander verrollt krachten sie durch den kleinen Tisch, auf dem sich Carls Unterlagen befanden. Mit Schwung ließ Carl seine Rechte in das Gesicht seines Bruders niederfahren, als Abdel seinen Kopf durch die Zeltplane an der Tür steckte.

»Sidi Carl, alles in …«

»Alles gut. Mein Bruder und ich haben nur so einiges zu besprechen!«

Abdels Kopf verschwand sofort wieder, gerade als es Richard gelang, ihn von sich zu stoßen. Carl landete schmerzhaft auf dem Rücken, wo sich ein steinernes Artefakt genau zwischen seine Schulterblätter bohrte. Richard setzte direkt nach und trieb ihm mit einem harten Schwinger in den Magen die Luft aus den Lungen. Während Carl sich auf dem Boden krümmte, stand sein Bruder auf und sah verächtlich zu ihm hinab.

»Du bist total verweichlicht, Kleiner. Früher hätte ich dich nicht so einfach kleingekriegt.«

Carl holte mit dem rechten Bein aus und trat seitwärts gegen Richards Knie. Der schrie auf und knickte nach vorne weg, wo Carl ihn mit einem Faustschlag gegen das Kinn in Empfang nahm. Es folgten einige unkontrollierte und ungezielte wilde Schläge zwischen ihnen beiden, bis sie schließlich erschöpft und heftig atmend auf dem Boden liegen blieben.

»Einigen wir uns auf unentschieden«, stöhnte Richard und zog ein Taschentuch hervor, mit dem er sich das Blut abwischte, das aus seiner Nase lief.

»Einverstanden.« Ächzend hielt Carl sich am Zeltpfosten fest und zog sich wieder auf die Beine. Sein Schädel dröhnte und er spürte, wie eine beachtliche Beule an der linken Stirnseite anschwoll. »Verrätst du mir jetzt vielleicht, wo du die ganze Zeit warst?«

»Du zuerst«, gab sein Bruder keuchend zurück. »Warum hast du die Falkenburg verkauft?«

»Weil es keine andere Möglichkeit gab. Nach Vaters Tod musste ich mich um alles alleine kümmern. Die Burg war hoch verschuldet und ich hatte Glück, einen Käufer zu finden, der alle Verbindlichkeiten unserer Familie übernommen hat.«

»Von Steinheim.«

Carl zog die Augenbrauen hoch.

»Du kennst ihn?«

»Oh ja. Ich habe meine eigenen Erfahrungen mit diesem Grafen gemacht.« Richard stützte sich auf seine Unterarme und sah Carl eindringlich an. »Glaub mir: Es war ein Fehler, gerade ihm die Falkenburg zu verkaufen!«

»Es ist jetzt über ein Jahr her und nicht mehr zu ändern.« Carl zuckte mit den Schultern. »Außerdem hat doch keiner von uns sonderlich an der alten Burg gehangen.«

»Das ist richtig. Aber trotzdem hättest du sie nicht einfach verkaufen dürfen, schon gar nicht ohne mein Einverständnis.« In Richards Augen blitzte es auf. »Ich könnte dich verklagen!«

Carl blickte stumm auf seinen am Boden liegenden Bruder, der ihn ernst ansah, aber nach einer Weile in lautes Gelächter ausbrach.

»Sehr witzig, wirklich«, grummelte Carl und streckte Richard eine Hand entgegen, um ihm aufzuhelfen.

»Allein dein Gesichtsausdruck ist schon unbezahlbar«, feixte sein Bruder. »Immer wieder eine Freude, dich hochzunehmen.« Er umschlang Carl mit seinen Armen und drückte ihn fest an sich.

»So, jetzt möchte ich aber wissen, wo du die letzten Jahre gewesen bist.«

Richard löste die Umarmung und machte ein paar Schritte durch das Zelt, wobei er sich prüfend umsah.

»Ich hatte nicht ganz so viel Erfolg wie du, das steht fest.« Er drehte sich zu Carl um. »Ich habe dein Bild in der New York Times gesehen.«

»Welches Bild?«

»Eine Aufnahme aus dem Grab Tutanchamuns, gemeinsam mit Howard Carter.«

»Ach das. Da bin ich nur im Hintergrund zu sehen.« Carl konnte sich gut an die Aufnahme erinnern, die

Harry Burton während der Räumung der Vorkammer im Grab von Carter und ihm gemacht hatte. Aber er hatte keine Ahnung gehabt, dass dieses Foto sogar veröffentlicht worden war.

»Trotzdem, immerhin bist du durch die Teilnahme an Carters Ausgrabung auf einen Schlag zu einem der bekanntesten Archäologen Deutschlands aufgestiegen.«

»Ägyptologen«, verbesserte Carl seinen Bruder.

»Und du hast jetzt tatsächlich deine eigene Ausgrabung bekommen«, sprach Richard weiter, während er seine Hände über einige kleinere Fundstücke gleiten ließ, die Carl auf einem kleinen Holzregal neben seinem Feldbett verwahrte.

»Das hat sich eher zufällig ergeben. Nachdem die Ägypter Carter die Lizenz für die Grabung im Tal der Könige entzogen hatten, bin ich zurück nach Kairo und habe dort beim Deutschen Institut für Ägyptische Altertumskunde dank Fürsprache von Adolf Ermann diese Chance erhalten.«

»Verdientermaßen, da bin ich mir sicher. Ich kenne dich zu gut, vergiss das nicht.«

»Kann es sein, dass du von dir ablenken willst?«, fragte Carl misstrauisch. »Du hast meine Frage immer noch nicht beantwortet.«

Richard atmete einmal tief durch.

»Ja, du hast recht. Also gut: Ich war knapp zwölf Monate in einem mexikanischen Gefängnis.«

»Wie bitte? Warum denn das?«

»Ich hatte Pech.«

»Genauer bitte. Weswegen haben sie dich eingesperrt?«

»Grabräuberei.«

Carl glaubte, seinen Ohren nicht zu trauen.

»Jetzt schau nicht so. Es ist die Wahrheit. Leider. Auch wenn ich reingelegt worden bin.«

»Was ist passiert?«

»Ich habe mit einigen Amerikanern an einer Expedition zu einer aztekischen Grabstätte nahe Mexiko-Stadt teilgenommen. Leider stellte sich heraus, dass sie keine Genehmigung dafür hatten. Sie sind quasi über Nacht abgehauen, über die Grenze zurück in die Staaten, und mich haben sie als Bauernopfer zurückgelassen. Die Mexikaner haben mich dann in den Knast gesteckt. Die Gefängnisse dort kann ich dir wirklich nicht empfehlen.« Richard lachte auf.

»Und wie bist du da wieder rausgekommen? Haben sie dich einfach entlassen?«

»Nein. Die hätten mich sicherlich noch Jahre dortbehalten. Unser gemeinsamer Freund Graf von Steinheim hat mich rausgeholt.«

Carl tastete vorsichtig nach der Beule an seiner Stirn, die pochend immer größer wurde. Aber die Kopfschmerzen wurden von seiner Verwunderung über das, was sein Bruder ihm erzählte, noch in den Hintergrund gedrängt.

»Woher wusste er, dass du dort bist? Warum hat er dir geholfen? Und …«

»Ich habe dieselben Fragen gestellt«, stoppte Richard ihn. »Ohne eine Antwort zu erhalten. Aber ich war froh, aus diesem mexikanischen Drecksloch raus zu sein und wieder nach Deutschland zurückzukehren. Daher war es mir letztlich egal. Und der Graf war so nett, mich auf der Falkenburg wohnen zu lassen.«

Mit skeptischem Blick musterte Carl seinen Zwillingsbruder.

»Er sucht etwas Bestimmtes auf der Burg«, murmelte er.

»So ist es«, erwiderte Richard ernst. »Aber ich weiß nicht was. Ich habe versucht, es herauszufinden, jedoch ohne Erfolg. Aber was immer es ist, es scheint diesem Kerl überaus wichtig zu sein. Ich habe mich schließlich dazu entschieden, seine Gastfreundschaft nicht länger in Anspruch zu nehmen, und bin hierhergekommen.«

»Du bist abgehauen.«

»Aber nein, ich bin schließlich nur als Gast dort gewesen. Mag sein, dass ich nicht *Auf Wiedersehen* gesagt habe.« Richard zwinkerte Carl zu.

»Und wie hast du mich hier gefunden?« Carl schüttelte den Kopf und setzte sich auf sein Bett.

»Ein Kinderspiel. Du bist bekannt wie ein bunter Hund«, griente sein Bruder und setzte sich neben ihn. »Ich war kaum in Kairo angekommen, als ich auch schon einigen Leuten in die Arme gelaufen bin, die dich kannten. Zuerst hielten sie mich für dich. Bis sie erkannt haben, dass ich doch um einiges besser aussehe.«

»Deine Witze sind nicht besser geworden. Wem bist du in Kairo begegnet?«

»Einem Franzosen namens Pierre Lacau. In Begleitung von Ludwig Borchardt.«

Zum wiederholten Mal blickte Carl ungläubig in das Gesicht seines Bruders, der bis über beide Ohren grinste.

»Du hast meinen Chef getroffen?«

»Oh ja. Er war erst verblüfft, als er mich sah. Hat mich so angesehen, wie du jetzt gerade. Aber ich konnte das schnell aufklären. Ein netter Kerl. Nach einem längeren Gespräch hat er mir eine Anstellung angeboten.«

»Als was denn? Du hast doch überhaupt keine Kenntnisse in Ägyptologie.«

»Mag sein, aber ich habe einiges an Felderfahrung vorzuweisen. Auch die Grabungsstätten der Mayas und Azteken sind nicht ohne. Auf jeden Fall arbeite ich jetzt genau wie du für das Institut. Und ich stelle mich gerade meinem neuen Chef vor.«

»Du meinst …«

»Richard von Falkenburg, zu Ihren Diensten, Dr. Falkenburg.« Sein Bruder stand auf und salutierte lachend. Dann zog er einen zusammengefalteten Brief aus seiner hinteren Hosentasche hervor und reichte ihn Carl.

Die Handschrift auf dem Umschlag erkannte er sofort, es war unverkennbar das Gekrakel von Ludwig Borchardt.

In wenigen Zeilen schrieb der Chef des Deutschen Instituts ihm, dass er Richard Falkenburg mit großer Freude als Mitarbeiter für die Ausgrabung angeworben hatte.

»Das muss ein Albtraum sein«, stöhnte Carl. Das Pochen in seinem Kopf nahm an Intensität zu.

»Hey, aber wieso denn so negativ? Wie zwei sind ein tolles Team. Das wird super werden. Und Borchardt erzählte mir, dass du dringend Verstärkung brauchst, du hast sogar schon bei ihm danach gefragt.«

»Ja, schon, aber ich dachte, er würde mir Ägyptologen zur Unterstützung schicken und nicht …« Carl verkniff sich die letzten Worte.

»Einen Glücksritter wie mich.« Richard lachte erneut auf. »Ach komm, ich werde genau das tun, was du mir sagst, und mich vorbildlich verhalten. Du hast mein Wort darauf. Außerdem werden in wenigen Woche noch einige Studenten aus Berlin hierherkommen, um uns zu unterstützen. Vorhin hast du noch gesagt, dass du mich gebraucht hättest.«

Carl seufzte. Er hatte keinerlei Gegenargumente mehr. Richard war qualifizierter als jeder Ägypter, den er in seinem Ausgrabungsteam hatte, das wusste er genau. Auch wenn sein Bruder nie zuvor in Ägypten gewesen war, würde er nicht lange brauchen, um sich das Nötigste an Wissen anzueignen. Und insgeheim war er froh darüber, dass Richard jetzt an seiner Seite bleiben würde.

»Du hast recht. Ich brauche Hilfe. Willkommen im Team.« Er stand auf und streckte die Hand aus.

»Ha, das wird grandios werden, wie unser Spiel, das wir damals als Kinder gespielt haben. Weißt du noch? Wir zwei als Entdecker und Abenteurer in unerforschtem Gebiet.«

»Das hier ist kein Spiel«, mahnte Carl.

»Hey, das weiß ich doch.«

Es raschelte hinter ihnen und Abdel trat erneut in das Zelt ein.

»Es war hier so ruhig, da habe ich mir Sorgen gemacht.« Der Blick des Ägypters erfasste den zerstörten Tisch, der in Einzelteilen auf dem Boden lag.

»Es ist alles in Ordnung, Abdel. Mein Bruder wird uns ab sofort bei der Arbeit helfen. Bist du so nett und führst ihn durch das Lager und zeigst ihm das Wichtigste? Ich räume derweil hier auf.«

»Gute Idee. Also, Abdel, dann mal los«, sagte Richard freudig.

»Hey und damit das klar ist: Abdel ist meine rechte Hand, er ist derjenige, der nach mir das Sagen hat. Du wirst auf ihn hören, verstanden?«

»Aber sicher doch.«

Richard folgte dem Ägypter aus dem Zelt hinaus. Carl stand noch einen Augenblick still, dann machte er sich daran, die verstreuten Unterlagen vom Boden aufzusammeln.

DREI
GRABRÄUBER
MEXIKO, 18 MONATE ZUVOR

Blindlings hastete Richard durch die nur schwach vom Licht der schon halb erloschenen Fackeln erhellten Gänge des Tempels. Mit der rechten Hand wischte er sich das Blut aus dem Gesicht, während er mit der linken die kleine goldene Statuette umklammert hielt. Hinter sich hörte er die Schritte seines Verfolgers näher kommen. Er bog in den schmalen Gang ab, der den Hauptweg des Tempels kreuzte. Schon nach wenigen Metern umfing ihn lichtlose Schwärze. Trotzdem lief er weiter.

»Du gottverdammter Hurensohn! Wenn ich dich kriege, schneide ich dich langsam in Stücke! Hast du mich gehört, Rick?« Die sich vor Wut beinahe überschlagende Stimme gehörte Mason Stoddard, seinem Partner. Zumindest war er das bis vor wenigen Augenblicken noch gewesen, ehe er sich angesichts des kleinen goldenen Kerls, den Richard nun in seiner linken Hand hielt, dazu entschlossen hatte, ihre Partnerschaft kurzerhand aufzukündigen. Es war pures Glück gewesen, das Richard dem Schlag Masons mit der Machete ausweichen konnte, zumindest teilweise. Die Schnittwunde, die sich von seiner Stirn bis zum linken Ohr zog, brannte wie Feuer und die Blutung hörte nicht auf. Immer wieder musste er sich das Blut aus dem Gesicht wischen. Aber er hatte seinem verräterischen Ex-Partner dafür gegeben, was er wollte und ihm die Goldfigur mit voller Wucht in die Visage geschlagen. Masons Nase würde niemals wieder aussehen wie vorher, da war Richard sich sicher.

Die Dunkelheit des Ganges zwang ihn dazu, sich langsamer fortzubewegen. Laufen durch die Finsternis des Tempels wäre einem Selbstmord gleichgekommen. Es wimmelte in diesem Tempel von fiesen Fallen. Auch wenn die meisten von ihnen im Laufe der Zeit von ganz alleine unschädlich geworden waren, gab es doch noch einige, die trotz der vergangenen Jahrhunderte gefährlich genug waren, um einen unachtsamen Grabräuber das Leben zu kosten. Vorsichtig tastete Richard mit der freien Hand die Wand ab und auch seine Füße setzte er mit Bedacht einen vor den anderen, um ja nirgends einen versteckten Mechanismus auszulösen.

»Wo versteckst du dich, du miese Ratte?« Masons Stimme schallte laut durch die Gänge. Als Richard den Kopf zurückwandte, konnte er ihn vor dem Korridor sehen. Stoddard kniete sich hin, wischte mit der Hand über den Boden und rieb sich die Fingerspitzen. »Bist du etwa hier hinein gelaufen, Rick?« Auch ohne in Masons

Gesicht zu sehen, konnte Richard sich das diabolische Grinsen des Amerikaners bildlich vorstellen. »Willst du lieber in eine Falle laufen und qualvoll zugrunde gehen? Komm wieder zurück, Rick. Ich will nur den Götzen, sonst nichts. Du kannst gehen. Du hast mein Wort!«

»Ach ja? Gerade eben hast du noch versucht, mich zu köpfen, du Mistkerl«, brüllte Richard zurück. Er hatte sich jetzt mit dem Rücken an die Wand gedrückt und schob sich langsam weiter den Gang entlang. »Wenn du das goldene Kerlchen haben willst, musst du kommen und ihn dir holen.«

»Zwing mich nicht dazu, Rick. Ein letztes Mal: Komm da raus und gib mir die Figur freiwillig und es passiert dir nichts. Wenn ich zu dir kommen muss, werde ich keine Gnade zeigen.«

Richards rechte Hand griff ins Leere. Ein weiterer Gang tat sich hinter ihm auf.

»Du bist einfach nur zu feige, Mason. Bist du immer gewesen. Ich war es, der diesen Tempel und seinen Eingang entdeckt hat. Ohne mich wärst du niemals so weit gekommen.« Richard ging vorsichtig um die Ecke in den nächsten Gang. »Also komm und hol mich, wenn du dich traust!«

»Das werde ich, du dreckiger Bastard«, knurrte Mason leise und folgte ihm in den schmalen Seitengang.

Richard kauerte sich gleich am Anfang des Quergangs auf den Boden und wartete. Blut tropfte aus der Wunde an seiner linken Augenbraue. Er hörte, wie die Sohlen von Masons Schuhen über den Boden schliffen, und das heftige Atmen des Amerikaners, je weiter dieser in den Gang vorstieß. Langsam näherte Mason sich seiner Position. Richard umklammerte die Goldstatuette fester und machte sich bereit. Entweder würde sein Ex-Partner den Seitengang übersehen und Richard würde sich hinter seinem Rücken wieder zum Hauptgang schleichen können oder er würde sich dem Kampf stellen. Plötzlich verstummten jedoch jegliche Geräusche. Die Sekunden verstrichen, dann sogar Minuten, in denen Richard in der Dunkelheit hockte und in die Finsternis horchte. Er wusste, was Mason versuchte. Behutsam öffnete Richard die Klappe seiner Umhängetasche und steckte die Goldfigur hinein. Dann griffen seine Finger die beiden Metallteile, die ebenfalls in der Tasche steckten. Sein Feldbesteck, Messer und Gabel. Beides aus billigem Metall hergestellt, das Messer taugte nicht mal zum Käseschneiden. Die Gabel hatte einen breiten Schaft und drei spitze Zinken. Er nahm sie in die rechte Hand und schleuderte das Messer in den Gang, in dem sich Mason befand. Scheppernd prallte es von der Wand ab. Aber es verfehlte seine Wirkung nicht. Mit einem Schrei stürzte Mason nach vorne und einige Funken blitzten auf, als seine Machete auf den Steinboden aufschlug. Den Moment nutzte Richard. Mit der Gabel in der rechten Hand sprang er aus seinem Versteck und stieß sie blind nach vorne. Die spitzen Metallzinken bohrten sich in weiches Fleisch. Mason schrie auf. Aber er schlug wild um sich und erwischte Richards Arm mit der Machete. Er musste die Gabel loslassen. Schreiend wie ein verwundetes Tier stürzte sich Mason auf ihn. In der Dunkelheit konnte er ihn nicht sehen und schlug blindlings um sich, traf ihn aber einige Male im Gesicht. Es schepperte, als die Machete zu Boden fiel.

»Jetzt mach ich dich endgültig kalt«, dröhnte Masons Stimme durch die Schwärze und seine Hände umklammerten Richards Hals.

»Heute ... nicht«, ächzte Richard, riss sein linkes Knie hoch und schmetterte es direkt in Masons Unterleib. Stöhnend ließ der von ihm ab und kippte jaulend zur Seite, woraufhin ein durchdringendes Klacken erklang. »Verdammt«, fluchte Richard und versuchte noch wegzukriechen, aber da öffnete sich auch schon der Boden unter ihnen. Mason hatte bei seinem Fall den Mechanismus einer alten Falltür ausgelöst. Verzweifelt griff Richard mit seinen Händen um sich und versuchte, irgendwo Halt zu finden, aber vergeblich. Er rutschte in die Tiefe. Ehe er jedoch auf dem Boden aufschlug, wurde sein Sturz gebremst. Der Riemen seiner Umhängetasche hatte sich irgendwo festgehakt und nun baumelte er in der Luft, während Mason auf den Grund der Grube aufschlug. Es gab ein lautes Krachen, als ein Knochen brach. Wahrscheinlich von einem der Oberschenkel, wie Richard vermutete. Mason stieß einen infernalischen Schrei aus.

»Mein Bein ... Rick ... Rick, du musst mir helfen, bitte«, jammerte der Mann weinerlich, der eben noch versucht hatte, ihn zu töten.

Richard hatte andere Sorgen. Er baumelte an dem dünnen Lederriemen seiner Tasche, der jeden Moment reißen konnte. Mit ausgestreckten Armen versuchte er, einen Vorsprung zu finden, und tatsächlich konnte er mit der rechten Hand den Rand der Grube zu fassen kriegen. Es gelang ihm, sich nach oben zu ziehen. Erleichtert blieb er auf dem Rücken liegen und atmete tief durch.

»Rick? Bist du noch da? Bitte, lass mich hier nicht zurück, unserer alten Freundschaft willen.«

»Das hättest du dir vorher überlegen sollen«, gab er zurück, während er sich aufrichtete.

»Du kannst mich doch hier nicht einfach verrecken lassen!« Masons Stimme war schrill vor Angst. »Rick, ich bitte dich inständig. Ich will so nicht sterben.«

Mit dem Fuß stieß Richard gegen die Machete, die vor ihm auf dem Boden lag. Er bückte sich und hob sie auf.

»Versuch es damit, deinem Leid ein Ende zu setzen«, sagte er und ließ die Machete in die Grube fallen.

»Rick! Du verdammter Bastard. Das wirst du bereuen! Ich verfluche dich. Die Goldfigur wird dir kein Glück bringen.«

»Leb wohl, alter Freund«, murmelte Richard und ging vorsichtig zu dem Hauptgang des Tempels zurück, wo nur noch wenige der Fackeln brannten und Licht spendeten. Aber das war ausreichend, um gefahrlos den Weg hinaus zu finden. Die Schreie und Verwünschungen Masons verstummten auf dem Weg nach draußen.

Als Richard ins Freie trat, stand der Mond bereits voll am Himmel und tauchte den umliegenden Dschungel in fahles Licht. Er atmete tief durch und wandte sich noch einmal zum Eingang des Tempels um. Nach kurzem

Überlegen stieg er die Stufen des Heiligtums hinab und hielt auf ihre angebundenen Pferde zu. Als er das Lager erreichte, raschelte es im Gebüsch und mehrere uniformierte Männer traten daraus hervor. Sie richteten Gewehre auf ihn.

»Auf frischer Tat erwischt, Grabräuber!«

VIER
DIE TAFELN
ACHETATON, AMARNA, 25. NOVEMBER 1924

Dicke Schweißtropfen fielen von Carls Stirn in den Sand und versickerten dort sofort. Es war ein ungewöhnlich heißer Tag für diese Jahreszeit, dabei hatte die Sonne noch nicht einmal ihren höchsten Stand erreicht. Vorsichtig grub er mit der Schaufel inmitten der Ruinen des ehemaligen Herrscherpalastes, der in der Nordstadt von Achetaton gelegen war. Am Vortag hatte Richard hier zufällig das Fragment einer Tontafel entdeckt, die sofort sein Interesse geweckt hatte. Es schien sich um einen Brief zu handeln, aber mit Gewissheit vermochte er das nicht zu sagen, da auf der Tafel keine Hieroglyphen eingeritzt waren, sondern verschiedene, in Form einer Keilschrift angeordnete Kerben dargestellt waren. Eine Jahrtausende Jahre alte Korrespondenz zwischen dem Ägyptischen Reich und den Assyrern oder Babyloniern.

Carl wusste, dass in früheren Grabungen Ende des 19. Jahrhunderts vom englischen Ägyptologen Flinders

Petrie, dem Förderer und Mentor Howard Carters, schon etliche solcher Tontafeln entdeckt worden waren. Dabei handelte es sich aber zumeist nur um Inventarlisten oder Ernteberichte aus der Zeit von Echnaton. Das Stück hingegen, auf das Richard gestoßen war, hatte den Charakter eines richtigen Briefes, soweit er das mit seinen rudimentären Kenntnissen in der Keilschrift beurteilen konnte. Zudem war die Fundstelle einige Hundert Meter von dem Ort entfernt, an dem Petrie damals fündig geworden war und den er das *königliche Archiv* genannt hatte.

Nun suchte Carl weitere Stücke, sein Gefühl sagte ihm, dass der Fundort, der so weit vom Archiv entfernt war, darauf hindeutete, dass es sich bei diesen Tafeln um mehr handelte als nur reine Inventarlisten. Aber um diese Annahme zu bestätigen, brauchte er weitere Tafeln und vor allem einen Experten, der ihm beim Übersetzen behilflich wäre.

»Warum lässt du das nicht einen von deinen Schmutzfüßen machen?« Richards Schatten legte sich über die Stelle, an der er grub. »Du bist doch hier der Chef, kein Grund sich selbst die Finger schmutzig zu machen.«

»Erstens: Nenn meine Arbeiter nicht Schmutzfüße. Zweitens: Ich mache das gerne. Drittens: Warum gräbst du nicht für mich?« Carl reichte seinem Bruder grinsend die Schaufel. Zu seinem Erstaunen griff Richard sofort zu und stieß das Schaufelblatt mit Schwung in den Boden.

»Meine leichteste Übung.«

»Nein, nicht so …« Carl wollte sich die Schaufel

wieder zurückholen, aber es war zu spät. Als sein Bruder die Schippe das zweite Mal in den Boden rammte, gab es erst ein kratzendes Geräusch und dann war laut und deutlich ein Knacken zu hören.

»Upps.« Richard erstarrte in der Bewegung.

Carl entriss ihm die Schaufel und schaute ihn finster an.

»Kaum zu glauben, dass du in Mexiko mit echten Archäologen zusammengearbeitet hast.« Er legte die Schaufel zur Seite und kniete sich in den Sand. Seine Finger glitten in den aufgelockerten Boden hinein und bekamen mehrere kleine Brocken zu fassen. Es waren unverkennbar weitere Teile der Keilschrifttafeln, nun frisch zerbrochen.

»Siehst du, ich bin ein Naturtalent. Nur zweimal die Schaufel in den Boden gestoßen und schon bin ich wieder fündig geworden«, lachte Richard zufrieden.

»Und dabei mal eben eine Jahrtausende alte Tafel zerstört!«

»Ach, die kann auch schon vorher zerbrochen sein. Außerdem sind die Stücke doch trotzdem noch groß genug, die können wir leicht wieder zusammensetzen.«

Carl seufzte, ihm gingen die Argumente aus, um Richards selbstsicheres Auftreten zu erschüttern. Er legte die Bruchstücke zur Seite und pflügte erneut mit seinen Händen durch den Boden. Seine Finger erfassten einen weiteren Gegenstand.

»Hier ist noch mehr«, stieß er überrascht hervor.

»Soll ich mit der Schaufel helfen?«

»Bloß nicht«, wehrte Carl ab. »Hilf mir lieber, den Sand mit den Händen zur Seite zu schieben.«

Gemeinsam schafften sie es schnell, weitere Tontafeln freizulegen, die Carl ertastet hatte. Es waren vier Tafeln, übereinandergestapelt und unversehrt.

»Unglaublich«, murmelte Carl und wischte vorsichtig über die Oberfläche der obersten Tontafel mit den Keilschriftzeichen. Sie war mindestens dreißig Zentimeter hoch und zwanzig Zentimeter breit und hatte damit in etwa das Format eine Kairoer Tageszeitung.

»Das sieht doch nach einem interessanten Fund aus«, sagte Richard zufrieden. »Du kannst mir später danken.«

Carl erwiderte nichts, sondern zog sein Notizbuch hervor und fertigte eine schnelle Skizze der Fundsituation an.

»Willst du nicht erst mal die Platten genauer in Augenschein nehmen?«

»Alles zu seiner Zeit, Bruderherz. Diese Tafeln liegen seit dreitausend Jahren hier, sie werden noch ein paar Minuten länger aushalten können.« Carl legte den Schaufelstiel neben die Platten, um die Länge abzuschätzen. Dann beendete er seine Zeichnung und klappte das Buch zu. Sein Blick ging nach Süden, wo sich das Zentrum von Achetaton befand.

»Was geht dir gerade durch den Kopf?«, wollte Richard wissen. »Du siehst nicht so zufrieden aus, wie du es bei solch einem Fund sein solltest.«

»Das königliche Archiv befindet sich dort hinten«, antwortete Carl und zeigte nach Süden. »Zumindest hat Flinders Petrie das angenommen, als er dort eine kleine Bibliothek mit Schrifttafeln entdeckt hat. Warum also liegen hier im Nordpalast auch Tafeln?«

»Vielleicht waren sie die Bettlektüre Echnatons oder Märchen für seine Kinder?« Richard grinste.

»Kaum vorstellbar. Die Ägypter haben Papyrus bevorzugt und ihre Hieroglyphen. Auf diesen Tafeln ist ausnahmslos Keilschrift verwendet worden.«

»Sicher? Du hast sie dir noch nicht alle angesehen«, erwiderte sein Bruder und deutete leicht ungeduldig auf die im Sand liegenden Tonplatten.

Carl wandte sich wieder den vier Tafeln zu und hob sie vorsichtig aus der Kuhle vor sich heraus. Behutsam verteilte er sie neben sich und betrachtete sie eingehend. Auf allen war ein Text in Keilschrift zu sehen, keinerlei Hieroglyphen, was Carl sehr bedauerte. Aber seine Kenntnisse reichten aus, um ein bestimmtes Wort zu entziffern.

»Amenophis IV.«, murmelte er vor sich hin und ließ seine Finger über die Vertiefungen auf der Tafel gleiten. »Diese Briefe sind an Pharao Amenophis IV. gerichtet.«

Richard sah sich verwirrt um.

»Ich dachte, wir befinden uns in Echnatons altem Palast?«

»Er hat seinen Namen erst später von Amenophis zu Echnaton geändert. Irgendwann im sechsten Regierungsjahr wahrscheinlich. Diese Briefe hier sind also vorher an ihn gesandt worden.«

»Oder der Absender hat von der Namensänderung nichts mitbekommen. So ein Pharao hatte ja auch viele Namen«, spottete Richard.

Carl sah zu seinem Zwillingsbruder auf.

»Der Gedanke ist vielleicht gar nicht so abwegig.« Er blickte wieder auf die direkt vor sich liegende Tafel. »Wie dem auch sei, es handelt sich definitiv um richtige Briefe und sie müssen Echnaton so wichtig gewesen sein, dass er sie in seinem Palast aufbewahrte und nicht im königlichen Archiv.« Carl rieb sich über das Kinn.

»Meinst du, es wird darin etwas von Schätzen erwähnt?« In Richards Stimme war nun mehr etwas Interesse zu erkennen.

»Unwahrscheinlich. Ich tippe auf bestimmte politische Zusicherungen. Es war damals üblich, Prinzessinnen unter den verschiedenen Reichen miteinander zu verheiraten, um sich die Treue seiner Bündnispartner zu sichern. Und Echnaton könnte ein Bündnis mit den Babyloniern angestrebt haben. Das hatte Flinders Petrie schon vermutet, aber leider kaum Beweise in den Texten der Tafeln gefunden, die er entdeckt hatte. Nur einige vage Andeutungen eines Bündnisses.«

Im Gesicht seines Bruders erlosch das Interesse wieder.

»Nun denn, also nicht so interessant wie gedacht.«

»Wie bitte? Hast du eine Vorstellung davon, was das für die Forschung bedeuten könnte? Wenn wir tatsächlich beweisen könnten, dass es eine direkte politische Verbindung zwischen Babylon und Achetaton gab? Das wäre eine kleine Sensation.«

»Schon gut. Weiß ich doch. Aber wie geht es nun weiter? Wer soll die Tafeln für dich übersetzen?«

Carl stand auf und klopfte sich den Sand von den Hosenbeinen.

»Ach, ich habe da schon jemand Bestimmtes im Hinterkopf. Ich habe Abdel heute Morgen gebeten, ihm eine Nachricht zukommen zu lassen.«

»Und wer ist dieser jemand?«

»Alan Gardiner.«

Richard starrte Carl verdutzt an und ließ ein Pfeifen folgen, das wie eine Fanfare klang. Auf dieselbe Art hatte er schon als Kind besonderen Momenten mehr Nachdruck verliehen.

»Ich hatte ganz vergessen, dass du dank dieser Tutanchamun-Sache über beste Beziehungen verfügst. Gardiner also. Nicht schlecht.«

»Abwarten. Ich weiß, dass er sich zurzeit in Kairo aufhält, aber ob er sich wirklich auf den Weg hierher macht, kann ich nicht sagen.«

»Warum warten? Fahren wir doch mit den Platten nach Kairo und servieren sie Gardiner auf seinem Tisch.« Richard sah Carl entschlossen in die Augen.

»Ich habe dir doch schon erklärt, dass wir nicht so einfach mit Fundstücken von hier fortkönnen.« Carls Blick ging in Richtung des Nils, ungefähr in die Richtung, wo Deir Mawas lag.

»Ach, zur Hölle mit diesem Scheich«, fluchte sein Bruder. »Das ist eine Ausgrabung des Deutschen Instituts und wir haben eine Lizenz der Antikenverwaltung, oder nicht? Dieser gierige Bastard hat nicht den geringsten Anspruch auf die Funde!« Den letzten Satz spuckte Richard verächtlich aus.

»Das mag alles stimmen, was du sagst, aber ich habe dem Scheich mein Wort gegeben. Außerdem ist die Sache hier draußen, so fernab von Kairo, nicht so einfach.«

Richard schnaubte verächtlich. »Du hast einfach Angst, das ist es doch, nicht wahr? Du hattest auch früher immer Angst, wenn es darum ging, mal in eine dunkle Höhle zu klettern oder in der Küche ein Stück Kuchen zu stehlen.«

»Glaubst du das wirklich?« Carl verschränkte die Arme vor der Brust und grinste seinen Zwilling herausfordernd an. »Nach allem, was wir gemeinsam durchgestanden haben?«

»Dann sag mir, was das Problem ist.«

»Das habe ich bereits getan. Ich stehe zu meinem Wort, das ich Scheich Razek gegeben habe.« Carl hob die rechte Hand, um Richard zu stoppen, der gerade ansetzte, laut zu werden. »Trotzdem – du hast nicht ganz unrecht. Vielleicht ist es wirklich besser, die Tafeln nach Kairo zu bringen. Selbst wenn Alan nicht zur Verfügung stehen sollte, finden wir dort auf jeden Fall jemanden, der die Keilschrift lesen kann.«

»Aber du hast doch gerade gesagt ...«

»Dass ich zu meinem Wort stehe, richtig. Deswegen werden wir dem Scheich die Tafeln vorher zeigen.« Carl zwinkerte Richard zu, der ihn nur verständnislos ansah.

»Das ist nicht die Art von Fund, die ich mir erhofft habe.« Gelangweilt gab Scheich Razek die Tafel mit der babylonischen Keilschrift an Carl zurück.

»Aber es ist ein bedeutender Fund, daher hielt ich es für meine Pflicht, sie Euch zu zeigen«, antwortete Carl. Er war zufrieden mit der Reaktion des Ägypters, genauso hatte er es vorausgesehen. Von seinen bisherigen Besuchen beim Scheich wusste er, auf welche Art von Fundstücken Razek besonders erpicht war. Und alte Tontafeln, noch dazu mit unbekannter Schrift darauf, gehörten nicht dazu.

»Hast du nichts anderes, was du mir anbieten kannst?«

»Zu meinem größten Bedauern leider nicht, Scheich.«

Die schwarzen Augen seines Gastgebers musterten Carl genau und die versteinerten Gesichtszüge Razeks verrieten seinen Missmut. Trotzdem lächelte er ihn schließlich an.

»Nun gut. Manchmal benötigen die Dinge einfach etwas Zeit«, säuselte er großmütig.

Carl nickte zustimmend. Natürlich wusste der Scheich, dass es viel Zeit kostete, in den Ruinen von Achetaton noch ein wertvolles Stück zu finden. Faktisch nahezu unmöglich. Immerhin hatten bereits Generationen von Razeks, sowie einige archäologische Ausgrabungen, schon alles von Wert aus dem Sand zutage gefördert. Beinahe alles. Carls Blick ging auf die Tafel in seiner Hand.

»Ich habe gehört, dass du Unterstützung bekommen hast, mein junger Freund«, sagte der Scheich. »Dein Bruder hilft dir bei der Ausgrabung. Das ist gut. Seine Familie um sich zu haben, ist eine sehr gute Sache.«

»Ja, das ist richtig«, erwiderte Carl überrascht. Er fragte sich, woher der Scheich von Richard wissen konnte.

»Was hast du jetzt mit dieser Tafel vor?«

»Nun, da Ihr keine Verwendung dafür habt, werde

ich damit nach Kairo fahren, um sie einem Kollegen von mir zur Übersetzung zu geben.«

Wieder ruhte der Blick des Ägypters einige Sekunden auf ihm, bevor er schließlich antwortete.

»Sehr gut. Ich danke dir für deine Aufrichtigkeit, Carl Falkenburg.« Razek wirkte zufrieden. »Ich freue mich auf unser nächstes Treffen.«

Auf dem Weg zurück ins Lager fragte Carl sich noch immer, woher der Scheich wusste, dass Richard bei ihm war. Auf Abdel konnte er sich verlassen, dessen war er sich sicher. Aber unter den anderen Arbeitern, die für ihn tätig waren, konnte es durchaus jemanden geben, der Informationen an Scheich Razek weitergab. Was bedeutete, dass er noch vorsichtiger sein musste, falls die Ausgrabung tatsächlich etwas hervorbringen würde, was von größerem Wert als alte Tontafeln wäre. Der Gedanke daran, dass ein solches Artefakt in den Privaträumen des Scheichs verbleiben würde, verursachte ihm Bauchschmerzen.

»Nun, was sagt der alte Gauner?«, war Richards erste Frage, als er zurück ins Lager kam.

»Wie erwartet: An den Tafeln ist er nicht interessiert.«

»Na dann, auf nach Kairo. Oder nicht?«

»Ja. Wir werden morgen aufbrechen.«

Carl informierte Abdel über ihre Absichten, ging mit ihm den Grabungsplan für die nächsten zwei Tage durch und schärfte ihm besonders ein, ein Auge auf die anderen Arbeiter zu haben.

FÜNF

GARDINER

KAIRO, 26. NOVEMBER 1924

Richard sprang als Erster aus dem Zug auf den Bahnsteig und strahlte regelrecht.

»Ah, endlich wieder in der Zivilisation. Ich freue mich schon darauf, vernünftig in einem Restaurant essen zu gehen.«

»Wie schön für dich«, stöhnte Carl und wuchtete den kleinen Koffer, in dem sie die Tontafeln transportierten an die Tür. »Kannst du mir aber davor noch hiermit helfen? Die Dinger haben zusammen ein ganz ordentliches Gewicht.«

»Komm, ich nehm dir das Ding ab.« Richard schnappte sich den Koffer und grinste. »Also, wo gehen wir jetzt als Erstes hin?«

»Das habe ich dir doch schon im Zug gesagt«, erwiderte Carl, während er ausstieg. »Zuerst werden wir im Deutschen Institut vorbeischauen. Ich möchte Ludwig Borchardt die Tafeln zeigen. Danach versuchen wir, Alan Gardiner zu finden, der sich im Museum aufhalten soll.«

»Aber da ist doch bestimmt noch Zeit für einen kurzen Zwischenstopp zum Essen, oder?«

»Wir werden sehen. Komm jetzt, lass uns zum Ausgang des Bahnhofs gehen.«

Den schweren Koffer mit den Tontafeln trugen sie zwischen sich, während sie durch das Gedränge in der Bahnhofshalle gingen. Plötzlich bekam Carl von hinten einen heftigen Stoß, sodass er nach vorne stolperte und den Koffer loslassen musste, der daraufhin scheppernd zu Boden fiel.

»Hey, pay attention«, schimpfte eine tiefe Männerstimme. Der amerikanische Akzent war nicht zu überhören. Carl drehte sich um und sah zwei Männer in schicken Anzügen, ungefähr im selben Alter wie er und Richard, von denen einer einen Hut trug und der andere, vermutlich derjenige, der ihn angerempelt hatte, einen großen Fleck auf seinem Jackett und seinem Hemd hatte. In der linken Hand hielt er eine leere Tasse.

»Ich soll aufpassen?«, erwiderte Carl auf Englisch. »Sie sind mir doch in den Rücken gelaufen!«

»Ah, jetzt auch noch frech werden?« Der Amerikaner reichte den leeren Becher seinem Begleiter und machte einen Schritt auf Carl zu. Er war einen halben Kopf größer. Grimmig starrte er ihm in die Augen.

»Wir sind hier nicht im Wilden Westen«, gab Carl ungerührt zurück. »Hier gelten noch Regeln von Anstand.«

»Ich werde dir gleich Anstand einprügeln, Kleiner.«

»Hey, wenn du meinen Bruder anrührst, kannst du dir gleich einen Platz im hiesigen Krankenhaus sichern, Freundchen!« Richard stellte sich mit vor der Brust verschränkten Armen neben Carl und blickte den Amerikaner finster an.

»Oh, was ist denn das? Zweimal dieselbe hässliche Fratze. Das bedeutet doppelten Spaß!«

»Alex, lass das doch sein. Wir haben Wichtigeres zu tun«, meldete sich der zweite Amerikaner. »Entschuldige dich und lass uns weiter.«

Der Angesprochene drehte sich um.

»Ich soll mich entschuldigen? Ist das dein Ernst, Freddie?«

»Du bist ihm hintenreingelaufen.«

»Aber ...«

»Sag einfach Entschuldigung und lass uns weiter.«

»Sie sollten besser auf ihren Kumpel hören, Mister«, sagte Richard mit fester Stimme.

Der Amerikaner namens Alex drehte sich wieder zu ihnen herum und stierte sie beide an.

»Ihr habt noch mal Glück gehabt«, zischte er und ging mit schnellen Schritten an ihnen vorbei. »Komm schon, Freddie.«

»Entschuldigen Sie sein Benehmen, normalerweise ist er nicht so. Schönen Tag noch.« Der andere Amerikaner atmete tief durch und folgte seinem Freund zum Ausgang.

»So ein Idiot«, brummte Richard.

»Vergiss ihn. Lass uns nachsehen, ob die Tafeln heil geblieben sind.« Carl kniete sich neben den Koffer und öffnete den Deckel. Zum Glück hatte der Sturz die Tontafeln nicht beschädigt. »Puh, nichts passiert. Lass uns damit jetzt schnell zum Institut, bevor noch Schlimmeres geschieht.«

Der Weg vom Bahnhof zum Deutschen Institut für Ägyptische Altertumskunde war nicht allzu weit und sie legten ihn ohne weitere Zwischenfälle zurück. Die Tür der schneeweißen Stadtvilla stand offen und es dauerte, bis jemand sie in Empfang nahm. Das Personal des Instituts bestand im Wesentlichen nur noch aus einer Handvoll Leuten. Die Blütezeit war schon seit einigen Jahren überschritten. Ungeachtet der Tatsache, dass das Interesse an Ägypten und seinen historischen Schätzen ungebrochen war, war es um die finanzielle Ausstattung des Instituts schlecht bestellt. Darüber hatte Direktor Ludwig Borchardt im April, als er Carl die Stelle als Grabungsleiter für Amarna angeboten hatte, freilich kein Wort verloren. Erst als Carl nach der gängigen Sommerpause um Geld bat, um Arbeiter einzustellen und Material zu kaufen, wurde der Mangel an finanziellen Mitteln offensichtlich. Den widrigen Umständen zum Trotz behielt Carl aber die Stelle, immerhin war es seine erste Grabung als Hauptverantwortlicher und diese Chance würde er um nichts in der Welt einfach so wegwerfen. Abgesehen davon hatte er durch seine vorherige Zusammenarbeit mit Howard Carter gute Kontakte knüpfen können. Dadurch konnte er einige ägyptische Arbeiter anwerben, darunter Abdel, denen es ähnlich ging wie ihm. Sie waren froh, eine Beschäftigung zu haben, denn noch immer ruhten die Ausgrabungen im Tal der Könige. Auch nach Monaten hatte sich niemand gefunden, der die Arbeit von Howard Carter fortsetzen wollte.

Carl war sich sicher, dass dies auch auf absehbare

Zeit so bleiben würde, so sehr er es auch bedauerte, dass Tutanchamun noch immer in seinem Sarkophag lag.

»Dr. Falkenburg, mit Ihnen hätte ich nun nicht gerechnet.« Ludwig Borchardt hatte den Eingangsbereich betreten. Der Direktor des Instituts trug einen eleganten schwarzen Anzug mit einer roten Weste, aus der die goldene Kette einer Taschenuhr baumelte. Er trug auch wie immer einen akkurat gebundenen Schlips, Carl hatte ihn noch nie ohne gesehen. Seine Haare, die allmählich immer weißer und dünner wurden, standen etwas wirr von seinem Kopf ab und offenbarten große Geheimratsecken. Borchardt blickte ihn und Richard verwundert an. »Ich hoffe, es ist alles in Ordnung in Achetaton oder gibt es etwa Probleme mit dem Scheich?«

»Nein, keine Sorge, es ist alles in bester Ordnung«, antwortete Carl schnell. »Ich habe nur etwas gefunden, bei dem ich Hilfe gebrauchen könnte.« Er klopfte auf den Deckel des Koffers. Borchardt sah ihn neugierig an und nickte.

»Gut, lassen Sie uns in mein Büro gehen.«

Richard und er hatten den Koffer mit den Tontafeln kaum auf dem Schreibtisch von Borchardt abgestellt, als der Direktor auch schon den Deckel aufklappte und hineinlinste. Sein Mund öffnete sich leicht, aber er sagte nichts. Aber in seinem Gesicht konnte Carl deutlich die Überraschung ablesen.

»Diese Tafeln stammen aus dem Nordpalast«, erklärte Carl. »Ich vermute, dass sie eine signifikante Korrespondenz von Echnaton mit dem Babylonischen Reich enthalten.«

»Aus dem Nordpalast«, wiederholte Borchardt, dem das Erstaunen immer noch anzusehen war. Er zog seine Schreibtischschublade auf, nahm sich ein Paar weiße Stoffhandschuhe heraus, die er hektisch überstreifte, und griff sich eine der Tafeln aus dem Koffer. »Die sehen den Tafeln, die Flinders Petrie gefunden hat, sehr ähnlich«, Borchardt ließ eine Hand über die Oberfläche der Platte gleiten. »Und doch irgendwie anders.« Er blickte auf und sah Carl in die Augen. »Das könnte ihr erster bedeutsamer Fund sein, Dr. Falkenburg.«

»Das hängt wohl auch davon ab, was auf dieser Tafel geschrieben steht.«

»Ja, das ist wahr«, murmelte Borchardt und blickte gedankenverloren auf die Inschrift. »Wäre mein lieber Freund Adolf Erman jetzt hier, könnte er uns sofort sagen, was hier geschrieben steht. Aber leider weilt er gerade in Berlin.«

»Wir könnten im Museum oder bei der Antikenverwaltung nachfragen, ob die jemanden …«

»Kommt überhaupt nicht infrage!«

Carl versuchte, sich das Lächeln zu verkneifen. Er hatte diese Reaktion Borchardts vorausgeahnt. Denn obwohl feststand, dass jeder Fund, den sie während ihrer Grabung zutage fördern würden, über kurz oder lang der Antikenverwaltung und dem staatlichen Museum übergeben werden musste, galt es doch, die Fundstücke vorher selbst so eingehend wie möglich zu untersuchen. Daher hoffte Carl, dass er Borchardt mit seinem nächsten Vorschlag überzeugen könnte, und räusperte sich.

»Es gibt da freilich noch eine andere Möglichkeit.«

Der Direktor sah ihn leicht argwöhnisch an.

»Und welche wäre das?«

»Alan Gardiner ist in Kairo, soweit mir bekannt ist.«

Borchardts Gesichtszüge froren ein, sobald Carl den Namen des englischen Ägyptologen und Sprachgelehrten ausgesprochen hatte.

»Dr. Falkenburg. Muss ich Sie wirklich daran erinnern, wie ich dazu stehe, mit den Engländern zusammenzuarbeiten?« Ludwig Borchardt sprach leise, aber sehr bestimmt.

»Nein, aber Alan Gardiner ist doch ebenfalls ein guter Freund von Adolf Erman. Er hat lange in Berlin gearbeitet und wenn es jemanden gibt, der die internationale Zusammenarbeit pflegt, dann wohl er.«

»Er ist und bleibt Engländer!« Borchardt schlug mit der Hand auf die Schreibtischplatte. Dann ließ er sich in seinen Stuhl sinken. »Auf keinen Fall wird Gardiner eine der Tafeln zu sehen bekommen. Ich werde ein Telegramm nach Berlin schicken.«

»Wollen Sie wirklich so lange warten, obwohl wir einen der weltweit führenden Sprachforscher in Reichweite haben?«, fragte Richard, der bisher geschwiegen hatte.

»Herr Falkenburg, Sie sollten wissen, dass Geduld eine Tugend des Archäologen ist.«

»Alan Gardiner ist ein Freund von mir, Direktor Borchardt«, sagte Carl. »Und er ist selbst einer von denen, die über die Taten seiner Landsleute während des Krieges am meisten darüber betrübt sind. Aber es lässt sich nicht mehr rückgängig machen. Finden Sie nicht auch, dass es an der Zeit ist, dieses Kapitel zu schließen?«

Ludwig Borchardt ließ seinen Blick zwischen Carl und Richard hin und her wandern, dann sah er wieder auf die Tafel, die vor ihm auf dem Schreibtisch lag.

»Also gut, fragen Sie Gardiner. Aber er muss die Übersetzung hier im Haus vornehmen.«

»Selbstverständlich.« Carl atmete erleichtert auf. »Mein Bruder und ich werden ihn aufsuchen und mit ihm reden.«

»Tun Sie das. Aber vorher möchte ich noch einen kurzen Bericht von Ihnen haben, wie es mit den Ausgrabungen in Achetaton im Allgemeinen vorangeht.«

Nachdem Carl dem Direktor von den wenigen Funden und Fortschritten bei der Grabung erzählt hatte, verließen Richard und er das Institut wieder und machten sich auf den Weg in Richtung des Ägyptischen Museums.

»Was hat Borchardt denn für ein Problem mit den Engländern?«, fragte Richard. »Also abgesehen davon, dass es besserwisserische, arrogante Fatzkes sind.«

»Ludwig Borchardt ist schon seit über dreißig Jahren in Ägypten tätig. Ohne ihn gäbe es die deutsche Ägyptologie wohl nicht. Anfang des Jahrhunderts hat er in der Nähe von Theben das *Deutsche Haus* errichten lassen, als Anlaufpunkt für deutsche Ägyptologen. Es wurde später auch offiziell ein Teil des Instituts und war Borchardts Herzensprojekt. Aber als die Engländer während des Krieges Ägypten besetzten, ließen sie das Haus abreißen. Das trägt Borchardt ihnen bis heute nach.«

»Immer dieser verdammte Krieg«, knurrte Richard.

»Ich kann den Direktor teilweise verstehen, aber der Krieg ist vorbei und wir haben ihn verloren. Zeit, nach vorne zu schauen.«

»Ganz meine Meinung.«

Sie erreichten den großen Vorplatz des Museums, wo sich eine große Schar Menschen auf den Haupteingang zubewegte. Sie alle wollten einen Blick auf einen Teil der Schätze werfen, die Howard Carter im Grab des Tutanchamun entdeckt hatte und die nun seit Kurzem die Hauptattraktion der Ausstellung waren. Carl verspürte einen gewissen Stolz, weil er an Carters Seite an der Ausgrabung mitgewirkt hatte, und die Erinnerung an den Transport über den Nil kam in ihm wieder hoch. Und an den Zwischenfall mit Ted Whemple, dem Inspektor der Antikenverwaltung, der versucht hatte, ihn während des Transports über den Nil zu töten.

»Meine Güte, schau dir das an«, entfuhr es Richard angesichts der Menschenmassen, die sich auf das Museum zu wälzten. »Sieht so aus, als ob wir noch einige Stunden warten müssten, bevor wir ins Museum kommen.«

Carl drehte den Kopf suchend hin und her.

»Das macht nichts, das Museum ist eh nicht unser Ziel, es sei denn, du bist erpicht darauf, dir die Ausstellung anzusehen.«

»Nicht zwangsläufig, aber ich dachte, Gardiner ist dort?«

»Womöglich. Aber es ist gleich Mittag und dort hinten befindet sich sein Lieblingscafé. Wir sollten gute Chancen haben, ihn dort anzutreffen.«

Sie überquerten den Vorplatz, bis sie ein kleines Café

erreichten, das unweit des Nils gelegen war und eine kleine Terrasse hatte, von der aus man den gesamten Platz überblicken konnte. Carl entdeckte Alan Gardiner dank seines Fedoras sofort. Der senfgelbe Hut mit dem braunen Hutband war auffällig und lag auf dem Tisch, an dem Gardiner mit dem Rücken zu ihnen mit zwei anderen Männern im Gespräch vertieft saß.

»Da vorne sitzt er«, sagte er zu Richard und marschierte zu dem Tisch. »Darf ich kurz stören?«

Gardiner drehte den Kopf zur Seite und ein breites Lächeln zog sich über sein Gesicht, als er ihn erkannte.

»Carl Falkenburg, oh, entschuldige ... Dr. Carl Falkenburg«, sagte er lachend, stand auf und umarmte ihn. »Welch eine Freude, dich wiederzusehen.« Gardiner entließ ihn aus der Umarmung.

»Ganz meinerseits. Darf ich dir meinen Bruder Richard vorstellen?« Carl machte einen Schritt zur Seite, woraufhin der Engländer verblüfft auf Richard schaute.

»By Jove! Ihr gleicht euch wie ein Ei dem anderen«, sagte er schließlich lachend.

»Na ja, nicht ganz. Ich bin der gut Aussehende«, sagte Richard und streckte Gardiner die Hand entgegen.

»Jetzt sehe ich es auch.« Gardiner klopfte Richard auf die Schulter und zwinkerte Carl zu. »Kommt, setzt euch zu uns, ich bin gerade mit diesen zwei Herren im Gespräch. Kollegen von dir, Archäologen aus Amerika.« Erst jetzt sah sich Carl die beiden Männer, die mit am Tisch saßen, genauer an. Es waren die beiden Amerikaner von Bahnhof.

»Oh, wir hatten heute schon kurz das Vergnügen«, erwiderte er.

»In der Tat«, brummte der Mann namens Alex, der ihn angerempelt hatte und ihn nun missmutig musterte. Sein Freund stand sofort auf und reichte Carl die Hand.

»Es freut mich wirklich sehr, Sie kennenzulernen, Dr. Falkenburg. Entschuldigen Sie nochmals das kleine Missverständnis von vorhin. Ich bin Dr. Frederick Crichton und das ist mein Kollege Dr. Alexander Harris. Wir arbeiten für das Smithsonian.«

»Schon vergessen«, antwortete Carl und ergriff die Hand. »Freut mich ebenfalls, Dr. Crichton.« Dann nickte er dem anderen Amerikaner zu, der immer noch auf seinem Stuhl saß und keinerlei Anstalten machte, ihm die Hand zu geben.

»Also, nehmt bitte Platz«, sagte Gardiner. »Wir sprachen tatsächlich gerade über Tutanchamun und dass die Ausgrabung immer noch ruht. Hast du da vielleicht Neuigkeiten gehört, Carl?«

»Leider nein. Von der Antikenverwaltung ist nichts zu hören und Howard ist in den Vereinigten Staaten unterwegs, soweit ich weiß.«

»Sehr richtig«, sagte Crichton. »Wir haben erst vor wenigen Wochen eine Vorlesung von Mr. Carter besucht, in Washington. Es war höchst interessant, ihm zuzuhören. Es muss sagenhaft gewesen sein, dieses Grab zu betreten.«

»Oh, das war es definitiv.«

»Ein Jammer, dass es immer noch geschlossen ist.«

»Ich bin mir sicher, dass bald etwas geschehen wird. Auch die Ägypter werden immer ungeduldiger, dass die Arbeit ruht«, sagte Gardiner. »Aber genug davon, was gibt es bei dir Neues zu berichten, Carl?«

»Oh das«, sagte Carl und stockte kurz, »das würden mein Bruder und ich gerne mit dir unter sechs Augen besprechen, wenn es den anderen nichts ausmacht.«

»Schon verstanden«, sagte Crichton und lachte kurz auf. »Wir haben sowieso alles besprochen, was wir wollten.« Er stand auf. »Wir lassen Sie mal alleine. Es hat mich sehr gefreut, Mr. Gardiner, Dr. Falkenburg.« Crichton nickte ihm zu. Sein Kollege erhob sich ebenfalls vom Tisch und verabschiedete sich. Als die beiden Amerikaner gegangen waren, schaute Gardiner Carl erwartungsvoll an.

»Nun bin ich aber gespannt, was du zu erzählen hast.«

»Kann ich vorher kurz etwas bestellen?« Richard hob den rechten Arm und wedelte damit wie ein Ertrinkender, bis ein Kellner auf ihn aufmerksam wurde. Nachdem er seine Bestellung aufgegeben hatte, sah Alan Gardiner ihn fragend an.

»Können wir jetzt fortfahren?«

»Aber gerne doch.«

»Also, Carl, was hast du in Achetaton entdeckt?«

»Du weißt, wo ich gerade grabe?«

»Natürlich. Jeder hier in Kairo weiß davon. Du hast zusammen mit Howard in Tutanchamuns Grab gestanden. Jeder, der mit den antiken Stätten Ägyptens zu tun hat, kennt nun deinen Namen und Aufenthaltsort.« Gardiner lachte.

»Wie schmeichelhaft und gruselig zugleich«, gab Carl zurück. »Aber ja, ich habe dort etwas entdeckt. Kennst du die Amarna-Briefe?«

»Die Tontafeln, die Flinders Petrie damals dort

entdeckt hat? Sicher kenne ich die, einige davon habe ich sogar persönlich in Augenschein nehmen können. Das war eine ganz schöne Herausforderung die Texte darauf zu transkribieren, es ist ein altbabylonischer Dialekt, mit einigen kanaanäischen Einflüssen ...« Gardiner stoppte sich selbst in seinem Redefluss und sah ihn mit großen Augen an. »Moment mal, willst du mir damit sagen, dass du auch solche Tafeln gefunden hast?«

Jetzt war es an Carl zu lachen.

»Genau das. Wir haben vier Tafeln gefunden, aber nicht im Archiv, wo Petrie seine Tafeln damals fand, sondern im Nordpalast, der Herrscherresidenz von Echnaton.«

»Und? Handelt es sich um Briefe oder einfache Listen, wie bei den meisten von Petries Tafeln?« Gardiner beugte sich nach vorne und sah Carl voller Neugier an.

»Ich vermute um Briefe. Ich bin nicht sehr versiert im Lesen der Keilschrift, glaube aber, dass ich auf einer den Namen Amenophis IV. entziffern konnte.«

Gardiners Augen wurden immer größer.

»Das bedeutet persönliche Korrespondenz zwischen den Königen ... Das ist grandios. Du brauchst jemanden, der die Tafeln für dich übersetzt.«

»Exakt. Kennst du zufällig jemanden, der dazu in der Lage wäre?«, fragte Carl augenzwinkernd.

»By Jove und ob! Ich muss diese Tafeln unbedingt sehen«, lachte Gardiner.

»Prima, das hatte ich gehofft. Sie liegen im Deutschen Institut, wir können sie uns gleich ansehen.«

»Oh, bei Ludwig Borchardt.« Alan Gardiner lehnte

sich wieder zurück. »Weiß er, dass du mich wegen der Übersetzung fragst?«

»Ja, keine Sorge. Er ist damit einverstanden.«

»Wirklich? Ich glaube, ich wäre der erste Engländer, der einen Fuß in das Deutsche Institut setzen darf.«

»Er hat zugestimmt, wenn auch nicht sofort. Aber auch er weiß, dass du der beste Mann dafür bist, diese Texte zu übersetzen.«

»Danke für das Lob, aber diese Schmeicheleien sind unnötig. Ich helfe gerne, gerade bei so einem Fund. Wollen wir gleich los?«

»Hey, Moment. Ich warte noch auf meine Bestellung«, stoppte Richard den Engländer, der bereits im Begriff war, aufzustehen. »Auf ein paar Minuten wird es doch jetzt nicht ankommen, oder?«

Gardiner warf Carl einen Blick zu, der daraufhin nur mit den Schultern zuckte.

»Na gut, warten wir. Darf ich fragen, ob Sie ebenfalls Ägyptologe sind, Richard?«, fragte Gardiner, als er wieder Platz nahm.

»Ja.«

»Ah, sehr gut. Haben Sie auch in Berlin studiert?«

»Nein. Das ja bezog sich darauf, ob Sie fragen dürfen. Aber die Antwort auf das andere ist: Nein, ich bin kein Ägyptologe.«

»Richard hat seinen Schwerpunkt eher auf die Erforschung indigener Kulturen in Mittelamerika gelegt«, sagte Carl schnell.

»Soso, wie interessant.« Gardiner musterte Richard mit skeptischem Blick. »Was führt Sie dann nach Ägypten?«

»Sagen wir, ich hatte Sehnsucht nach meinem Bruder. Wir haben uns eine ganze Weile nicht gesehen.«

Der Kellner brachte Richards Bestellung, einen Mokka und dazu ein Reis-Linsen Gericht mit weißem Fisch. Während Richard aß, berichtete Gardiner Carl von seinen letzten Unternehmungen, seit er die Carter-Ausgrabung verlassen hatte. Der Engländer war viel auf Reisen, vor allem im Mittleren Osten und dem afrikanischen Kontinent, wobei er immer auf der Suche nach dem Ursprung der Sprache war.

»Und ich bin der Ansicht, dass meine Entdeckung im Sinai etwas völlig Neues ist, keine bekannte Sprache, die wir bisher kennen. Sie könnte die Grundlage fürs Griechische und Hebräische gewesen sein.« Gardiners Augen leuchteten, wie immer, wenn er von seinem Lieblingsthema sprach.

»Dieses Alphabet würde ich mir auch gerne mal anschauen, wenn es möglich ist«, erwiderte Carl.

»Eins nach dem anderen, zuerst schauen wir uns deine Tafeln an.«

Ein lautes Rülpsen ließ sie beide zu Richard schauen, der sich zufrieden den Mund abwischte.

»Was denn? Das Essen war wirklich super. Jetzt können wir los.« Er legte ein paar Geldscheine auf den Tisch und stand auf. »Kommt ihr?«

»Zwillingsbruder, wie?« Gardiner schmunzelte und setzte seinen Fedora auf.

»Manchmal ist es mir auch unerklärlich, was wir beide gemeinsam haben«, seufzte Carl.

SECHS
BRIEFE AUS BABYLON

Im Büro von Ludwig Borchardt war es still. Unangenehm still. Während Alan Gardiner die Tontafeln in Augenschein nahm, tief gebeugt, mit dem Kopf nur wenige Zentimeter von der Oberfläche entfernt, und dabei auf dem Stuhl des Direktors saß, stand dieser mit verschränkten Armen direkt neben dem Sprachforscher und machte dabei ein Gesicht, als ob ihm die Henkersmahlzeit bevorstehen würde.

Richard warf Carl einen Blick zu, der nichts anderes ausdrückte als: *»Lass uns bloß schnell aus diesem Raum raus!«*

In diesem Augenblick hob Gardiner seinen Kopf und starrte einen Moment lang mit leerem Blick nach vorn.

»Alles in Ordnung, Alan?«, wollte Carl wissen.

»Und ob! Diese Tafeln sind einmalig. Es handelt sich definitiv um einen Brief, nein, noch viel besser, eine komplette Korrespondenz!« Gardiner atmete tief durch und strich mit beiden Händen über die vor ihm liegenden Tontafeln. »Sie gehören zusammen und bauen aufeinander auf. Absolut einmalig!«

»Sagen Sie schon, was da geschrieben steht«, brummte Borchardt ungeduldig.

Gardiner drehte den Kopf zur Seite.

»Sehr gerne, Ludwig. Ich wollte nur kurz ...«

»Mir ist schon klar, was Sie wollten, Alan. Aber sparen Sie sich Ihr Getue und kommen Sie einfach auf den Punkt!«

»Mir gefällt Ihr Tonfall nicht, Ludwig. Ich glaube nicht, dass ich diese Antipathie verdient habe«, gab Gardiner leicht pikiert zurück.

Borchardt löste seine wie versteinert wirkende Haltung auf und stemmte die Arme in die Hüfte, doch ehe er etwas erwidern konnte, kam Carl ihm zuvor.

»Alan hat sich freundlicherweise dazu bereit erklärt, uns bei der Übersetzung zu helfen. Außerdem ist er unser Gast und ich denke, wir schulden ihm etwas mehr Respekt.«

»Und was ist mit dem, was die Engländer mir schulden?«, blaffte Borchardt erregt zurück.

»Ludwig.« Gardiner stand auf und sah dem Direktor fest in die Augen. »Sie wissen, dass es niemand mehr bedauert als ich, was meine Landsleute damals getan haben. Aber wir können die Zeit nicht zurückdrehen, um die Dinge ungeschehen zu machen. Wir können nur dafür Sorge tragen, dass es in Zukunft nie wieder so weit kommen wird.«

Borchardts Brustkorb blähte sich unter seiner Weste mehrmals auf, aber schließlich nickte er dem Engländer zu.

»Sie haben recht, Alan. Versuchen wir es. Also, was konnten Sie aus diesen Tafeln herauslesen?«

Mit einem zustimmenden Nicken wandte sich Gardiner wieder den Tafeln zu und deutete auf den unteren Teil von einer.

»Es sind, wie schon gesagt, tatsächlich Briefe. Sie sind an Pharao Amenophis IV. gerichtet, also Echnaton, alle abgesandt im Namen von Burna-Buriaš II., König von Babylonien.«

»Nie von ihm gehört«, sagte Richard. »Was schreibt der alte Knabe denn?« Carl, der direkt neben seinem Bruder stand, stieß seinen Ellenbogen in dessen Seite. »Autsch.«

Borchardt und Gardiner nickten beide gleichzeitig mit zufriedener Miene.

»Burna-Buriaš II. war lange Zeit König von Babylonien«, erklärte Gardiner. »Er gehörte zur Sippe der Kassiten, die mehr als fünfhundert Jahre über Babylon herrschten, länger als jede andere Herrscherdynastie.«

»Was steht in seinem Brief?«

Gardiner runzelte die Stirn und tippte auf die Tafel ganz links. »Diese Tafel scheint mir die erste zu sein. Sie beginnt mit einem ganzen Absatz der üblichen Grußformeln an den Pharao.« Der Engländer räusperte sich und las laut vor:

»An den großen König, meinem Bruder; dir sei Wohlbefinden. Seinem Hause, seinen Frauen, seinem Kind, dem Pferde, seinem Wagen und seinem ganzen Lande sei in hohem Grade Wohlbefinden!«

»So ein Schwätzer, dieser Burna-Buriaš II.«, flüsterte Richard in Carls Ohr.

»Den Boten meines Bruders habe ich eilends zurückgeschickt. So möge mein Bruder eilends meinen Boten entsenden, zusammen mit den 5 Talenten, 5 Gespannen seiner besten Pferde und der Prinzessin. Dann bekommst du, wonach dein Herz begehrt.«

»Jetzt wird es interessanter«, brummte Richard nun lauter.

»Diese Tafel endet hier mehr oder weniger«, sagte Gardiner. »Es folgen nur noch dieselben salbungsvollen Worte zum Abschied. Auf der zweiten Tafel wird es noch spannender. Zwar gibt es hier denselben Beginn, mit den Wünschen fürs Wohlbefinden, aber dann geht es in einem anderen Tonfall weiter: *Warum spricht mein Bruder derartige Worte zu mir? Du kennst nicht die Leute meines Landes. Nicht habe ich Derartiges getan. Sende mir einen Boten zum Zeichen deines guten Willens.«*

»Da scheint sich ein Streit anzubahnen«, sagte Carl.

»Oh, ganz sicher. Auf der dritten Tafel wird es offenkundig. Da verzichtet Burna-Buriaš II. schon auf die übliche Grußformel.« Gardiner grinste und fuhr fort: *»Diese Boten sind Diener des Königs. Du, mein Bruder, sende sie eilends zu mir zurück, mit den Abgaben, die du mir versprochen hast. Nur dann wirst du bekommen, womit du deine Herrschaft festigen kannst. Schlage mir diese Bitte nicht ab, wenn dir daran gelegen ist.«*

»Was hätte Echnaton aus Babylon haben wollen, um seine Herrschaft zu sichern?« Borchardt rieb sich gedankenverloren am Kinn, während Carl zum Schreibtisch ging und gemeinsam mit Gardiner auf die letzte Tafel blickte.

»Was immer es war, er hat es bekommen. Zu einem

verdammt hohen Preis«, antwortete Gardiner. »Er hat eine seiner Töchter dagegen eingetauscht sowie einige Talente Gold, Pferde und Gespanne. Auf der letzten Tafel dankt Burna-Buriaš II. ihm dafür.«

»Aber was war die Gegenleistung?«, wollte Carl wissen.

»Schwer zu sagen. Ich lese hier nur etwas von Marduks Gabe.«

»Marduk, das war der oberste Gott der Babylonier, nicht wahr?«

»Ja. Aber ich bin mir nicht sicher, ob ich diese Zeichen hier richtig deute.« Gardiner kniff die Augen zusammen und sah auf eine Zeile der Keilschrift. »Es könnte schwarzes Gestein bedeuten.«

»Ein schwarzer Stein als Gegenleistung für eine Prinzessin, Gold und Waffen? Scheint mir etwas dürftig zu sein«, bemerkte Richard trocken.

»Da haben Sie recht. Aber trotzdem ist es das, was ich hier herauslese.«

»Alan, würden Sie uns eine Abschrift der Übersetzung anfertigen?«, fragte Borchardt.

»Ja, das ist möglich, aber nicht mehr heute, ich bin am Abend noch verabredet. Kann ich morgen erneut vorbeikommen?«

»Das sollte kein Problem sein.«

»Gut, dann bis morgen.« Gardiner wandte sich an Carl. »Ich hoffe, ich treffe dich dann auch noch hier an?«

»Ich denke schon.«

»Sehr schön. Wir sehen uns morgen!«

Nachdem Gardiner das Büro verlassen hatte, sah

Richard mit einem zufriedenen Lächeln auf die Tontafeln.

»Es scheint so, als wären wir hier auf einen Jackpot gestoßen.«

Borchardt blickte ihn verwirrt an.

»Ich fürchte, ich kann Ihnen nicht folgen. Was meinen Sie mit *Jackpot*?«

»Einen Hauptgewinn, ein Volltreffer. Diese Tafeln bedeuten Ruhm und Reichtum!«

Der Direktor blickte zu Carl, wieder zu Richard und brach in lautes Gelächter aus. Jetzt war es Richard, der verwirrt dreinschaute.

»Ich fürchte, Sie schätzen diesen Fund falsch ein«, sagte Borchardt, nachdem er sich wieder beruhigt hatte. »Sicher, es ist ein überaus hoher wissenschaftlicher Wert, den diese Tafeln darstellen. Aber ich bezweifle, dass sie für Ruhm und Reichtum genügen werden. Selbst Carters Entdeckung von Tutanchamuns Grab reichte nur für Ersteres.« Bei seinem letzten Satz sah er zu Carl. »Aber dessen ungeachtet ist es ein toller Erfolg und ein Zeichen dafür, dass es die richtige Entscheidung gewesen ist, die Ausgrabungen in Tell el-Amarna wieder aufzunehmen. Sie können stolz auf sich sein, Dr. Falkenburg.«

SIEBEN

DER WIND DREHT

KAIRO, 04. DEZEMBER 1924

Gelassen lehnte sich Pierre Lacau in seinem Stuhl zurück, nachdem er den Brief vorgelesen hatte, faltete die Hände vor dem Bauch zusammen und wartete die Reaktionen seiner Besucher auf das Schreiben ab.

»Wenn das ein Scherz sein soll, ist es ein verdammt schlechter«, knurrte der ägyptische Offizier ihn an. »Dafür sollten wir herkommen? Dieses Angebot ist unverzüglich zurückzuweisen! Und Sie sollten gut darüber nachdenken, ob Sie für den Posten als Direktor noch geeignet sind!«

Ungerührt nahm Lacau den Wutausbruch von General Razul Hamad entgegen und wandte seinen Blick zu dem zweiten Gast in seinem Büro, dem ägyptischen Kulturminister Morkhos Bey Hanna. Dieser räusperte sich, während beim General die Zornesröte im Gesicht immer noch zunahm.

»Ich denke, wir sollten auf das Angebot eingehen«, sagte Bey Hanna mit ruhiger Stimme. Der schmale

Mann sah dem General zu seiner Linken fest in die Augen.

Fassungslos blickte Hamad den Minister an und für einen Moment schien es, als wollte er aufspringen und aus dem Zimmer stürzen. Aber er besann sich und atmete tief durch, bevor er antwortete: »Bei allem Respekt, aber das kann nicht Ihr Ernst sein! Wir waren froh, dass wir die Engländer aus dem Grab Tutanchamuns raus hatten. Und jetzt sollen wir sie wieder hineinlassen?«

Der Minister blickte Lacau an.

»Wie lange ist es jetzt her, dass Mr. Carter die Ausgrabung aufgegeben hat?«

»Fast neun Monate.«

»Da hören Sie es, General. Neun Monate. Und seitdem ist die Arbeit an dem Grab nicht vorangeschritten. Weltweit gibt es keinen Archäologen, der sich bereit erklärt hätte, die Arbeit Carters fortzuführen!«

»Und ich sage: gut so! Wir machen das alleine! Es sind unsere Vorfahren, unsere Gräber! Nur wir haben das Recht, diese heiligen Stätten zu betreten.«

»Aber wir haben nicht die Leute, um diese Aufgabe zu bewerkstelligen. Das wissen Sie genauso gut wie ich.« Der Minister stand auf und machte ein paar Schritte in die linke Zimmerhälfte, wo an der Wand eine kleine Galerie von Fotografien hing. Sie zeigten die vier Vorgänger Lacaus im Amt des Direktors der ägyptischen Antikenverwaltung. Von 1858, dem Jahr der Gründung, bis in die Gegenwart, allesamt Franzosen, wie Lacau auch. Morkhos Bey Hanna betrachtete die Fotografien. »Es ist eines der größten Versäumnisse unseres Landes und unserer Vorfahren, dass wir uns nicht rechtzeitig selbst darum gekümmert haben, respektvoll mit den Schätzen unserer Ahnen umzugehen.« Er deutete mit dem Zeigefinger auf das erste Bild in der Reihe. »Wären diese Männer nicht gewesen, würden wir heute nicht hier sitzen und darüber diskutieren, wer im Grab des Pharao die Arbeit vollenden soll. Die Vorgänger von Monsieur Lacau haben dafür gesorgt, dass überhaupt noch etwas da ist, über das wir beratschlagen können. Ohne die Antikenverwaltung wäre unser Land bis aufs Letzte geplündert worden!«

»Aber …«

»Kein aber, General«, schnitt der Minister dem Militär das Wort ab. »Ich kenne Ihre Abneigung gegen die Ausländer und die Engländer im Speziellen. Aber wir haben keine andere Wahl. Die Arbeit im Grab des Pharao Tutanchamun muss endlich wieder aufgenommen werden. Und leider Gottes gibt es keinen Ägypter, der hierzu in der Lage wäre. Wie es aussieht, gibt es nur einen, der dazu fähig ist, dieses Projekt zu beenden: Howard Carter. Aber wir werden ihm dabei genau auf die Finger schauen.«

»Ganz wie Sie meinen«, erwiderte Razul Hamad mit frostiger Stimme. »Wenn dies hiermit entschieden ist, entschuldigen Sie mich bitte.« Der General erhob sich und schritt zügig aus dem Büro, ohne sich bei Lacau zu verabschieden.

»Meinen Respekt, Herr Minister. Ich habe selten gesehen, dass sich jemand General Hamad gegenüber so durchgesetzt hat«, lobte Lacau den Ägypter.

»Dies wird sicherlich noch ein Nachspiel haben. Der

General wird es nicht akzeptieren und beim König Einwand gegen meine Entscheidung erheben. Doch ich habe vorgesorgt.« Bey Hanna lächelte leicht, als er zu seinem Stuhl zurückkam. »Jetzt liegt es bei Ihnen, Direktor Lacau. Antworten Sie Lady Carnarvon, dass wir ihr erneut eine Grabungslizenz für das Tal der Könige anbieten, zu den alten Konditionen, vorausgesetzt, es gelingt ihr, Howard Carter zu überzeugen, nach Ägypten zurückzukehren.«

»Keine Sorge. Mr. Carter wird ganz gewiss die Arbeit wieder aufnehmen. Dieser Fund bedeutet ihm alles.«

»Wissen Sie, wo er sich zurzeit aufhält?«

»Soweit mir bekannt ist, bereist er die Vereinigten Staaten und hält dort Vorträge an verschiedenen Universitäten.«

»Was glauben Sie, wie lange es dauern wird, bis die Arbeit im Grab fortgeführt werden kann?«

»Ende Dezember wäre denkbar. Aber für wahrscheinlicher halte ich es, dass erst im nächsten Jahr das Grab wieder geöffnet wird. Carter muss schließlich erst noch ein Team zusammenstellen.«

Der Minister nickte ihm zu.

»Gut. Dann sorgen Sie dafür, dass Lady Carnarvon schnellstens informiert wird. Und halten Sie mich über die Fortschritte auf dem Laufenden.«

»Das werde ich tun, Herr Minister.« Lacau stand auf und begleitete den Politiker bis zur Tür seines Büros. Als er wieder alleine war, schaute er schmunzelnd auf die Bilder seiner Vorgänger, bevor er sich wieder an den Schreibtisch setzte und das Antwortschreiben verfasste.

ACHT
UNVERHOFFTER BESUCH
ACHETATON, AMARNA, 20. DEZEMBER 1924

Die Ausgrabungen gingen weiter, nach Carls Rückkehr aus Kairo konzentrierten sie sich fast ausschließlich auf den Nordpalast von Echnaton, wo sie die Briefe entdeckt hatten. Aber trotzdem fanden sie keine weiteren Tafeln oder sonstige Gegenstände, die von Bedeutung gewesen wären. Während Carl sich davon nicht beirren ließ und die Grabungsfelder neu einteilte, wurde Richard zusehends unzufriedener.

»Über zwei Wochen wühlen wir uns jetzt schon durch den Sand und haben absolut gar nichts gefunden! Alles Weitere hat wohl dein Freund der Scheich hier schon aus dem Boden geholt.«

»Mag sein. Aber vielleicht müssen wir auch einfach nur ein wenig mehr Geduld aufbringen.«

»Was hältst du davon, wenn ich noch mal nach Kairo fahre und dort schon mal das Weihnachtsfest vorbereite?«, schoss es plötzlich aus Richard heraus.

»Weihnachten? Ist es schon wieder soweit?«, erwiderte Carl desinteressiert und zeichnete an seinem Grabungsplan weiter. »Das ist hier draußen sowieso nicht von Belang.«

»Willst du mir erzählen, dass du über die Weihnachtstage hier weitergraben willst?«

Carl hob den Kopf und sah seinem Bruder in die Augen.

»Doch, genau das. Für unsere Arbeiter sind das Tage wie alle anderen auch und damit sind sie es auch für uns.«

Ehe Richard etwas antworten konnte, kam Abdel mit Überschwang zu ihnen gelaufen.

»Sidi Carl, Besuch! Komm schnell!« Der Ägypter rang nach Atem, als er bei ihnen ankam. »Da ist ... sie warten auf dich ... im Zelt«, keuchte er aufgeregt.

»Ganz ruhig, Abdel. Wer wartet auf mich?«

Der junge Ägypter grinste von einem Ohr zum anderen.

»Eine Überraschung.«

Mit hochgezogenen Augenbrauen blickte Carl seinen Assistenten an, der kein weiteres Wort sagte. Dann faltete er seinen Plan zusammen und machte sich auf den Weg ins Lager, wobei Abdel ihn zur Eile drängte. Richard, der froh über diese Unterbrechung schien, folgte ihnen mit Abstand. Als sie das Zelt erreichten, zog Abdel die Plane zur Seite und ließ Carl zuerst eintreten. Zwei Männer saßen auf den beiden Klappstühlen an seinem Tisch, und begutachteten interessiert seine Berichte, die dort lagen. Sie hoben die Köpfe, als sie sein Eintreten bemerkten.

»Ah, sieh an. Wenn das nicht Dr. Carl Falkenburg

ist«, sagte der größere von beiden und stand lachend auf. Er streckte Carl seine gewaltige rechte Hand entgegen, die mit Hornhaut von zahllosen Ausgrabungen gespickt war. Sprachlos griff Carl zu, während auch der zweite Mann sich von seinem Stuhl erhob und auf ihn zukam.

»Hallo Carl. Eine Freude, Sie bei so guter Gesundheit anzutreffen.«

»Howard, Sie … was machen Sie hier?«

Verblüfft sah Carl seinen einstigen Chef Howard Carter an, der unerwartet und in Begleitung von Arthur Callender in seinem Zelt stand.

»Viel wichtiger ist doch die Frage: Hast du irgendwas zu trinken hier, mit dem wir unser Wiedersehen begießen können?«, fragte Callender mit einem Augenzwinkern.

Wie auf Kommando eilte Abdel mit einer Flasche Whisky und drei Gläsern herbei, die er auf dem Tisch abstellte und zog sich sofort wieder zurück.

»Ah, das sieht doch gut aus.« Der großgewachsene Engländer ließ Carls Hand los und griff sich die Flasche. Während er die Gläser mit Whisky füllte, betrat auch Richard das Zelt, was für große Augen bei Carter sorgte.

»Darf ich vorstellen, mein Bruder Richard«, sagte Carl.

»Was denn, noch einer von deiner Sorte?«, lachte Arthur Callender und hob sein Whiskyglas in die Höhe. »Slainte!«

»Freut mich sehr, Ihre Bekanntschaft zu machen.« Carter neigte den Kopf leicht zur Begrüßung.

»Sie sind Howard Carter«, stieß Richard perplex hervor.

»Ein gescheiter Kerl, dein Bruder«, sagte Callender und stellte sich Richard ebenfalls vor.

»Was führt euch zu mir?«, fragte Carl, der seine erste Überraschung überwunden hatte.

»Es gibt gute Neuigkeiten …«, setzte Callender an, wurde jedoch sofort von Carter unterbrochen.

»Die Antikenverwaltung hat Lady Carnarvon eine neue Grabungslizenz für das Tal der Könige erteilt. Ich werde meine Arbeit im Grab Tutanchamuns bald wieder aufnehmen«, sagte Carter ruhig.

»Das ist … großartig«, entfuhr es Carl.

»Ja, das ist es in der Tat.« Carter machte ein paar Schritte durch das Zelt und sah sich um. »Nun bin ich von dieser Nachricht aus heiterem Himmel überrascht worden. Bevor ich die Arbeit aufnehmen kann, benötige ich ein Team. Verlässliche Leute.« Er sah Carl fest in die Augen.

»Ich würde gerne, aber ich habe meine eigene Ausgrabung.«

»Carl, wo würdest du lieber arbeiten? Hier, wo sowieso nichts mehr zu finden ist, oder im Tal der Könige, im wundervollsten Grab, das je entdeckt worden ist?« Arthur Callenders tiefe Stimme dröhnte durch das Zelt.

»Darum geht es nicht. Ich habe hier meine Aufgabe und kann nicht so einfach alles stehen und liegen lassen.«

»Das verstehe ich gut. Und ich würde es auch nicht von Ihnen verlangen, wenn es eine andere Möglichkeit geben würde. Aber Tatsache ist, es gibt kaum qualifizierte Ägyptologen, die mich bei der Arbeit unterstützen können.«

Carl fühlte sich durch Carters Aussage geschmeichelt, wusste aber auch, dass er nur einen Teil der Wahrheit aussprach. Es gab sehr wohl noch qualifizierte Männer für diese Aufgabe, nur war es alles andere als leicht, mit Howard Carter zusammenzuarbeiten. Sein Ruf, schwierig im Umgang zu sein, eilte ihm voraus und schreckte einige potenzielle Kandidaten ab.

»Aber was ist denn mit Arthur Mace? Oder mit Alfred Lucas?«

Carter schüttelte den Kopf.

»Mr. Lucas ist unabkömmlich in seiner Position in der Chemikalien-Abteilung des Ägyptischen Museums, aber er wird eventuell noch später zu uns stoßen. Arthur Mace hingegen ...« Carter verstummte und blickte zu Callender, der nichts sagte, sondern seinen Whisky in einem Zug hinunterstürzte.

»Was ist mit Mace?«, wollte Carl wissen.

»Er ist krank. Zu krank, um uns zu helfen.«

»Das hat doch wohl nicht etwa mit dem Fluch des Pharao zu tun?«, warf Richard flachsend ein. Daraufhin folgte für einen Moment Totenstille und Arthur Callender, der gerade im Begriff war, sich einen zweiten Whisky einzuschenken, erstarrte in der Bewegung.

»Alles, was diesen angeblichen Fluch betrifft, ist ausgemachter Blödsinn!« Howard Carter sah Richard eingehend an. »Ich hoffe, Sie gehören nicht zu den leichtgläubigen Seelen, die derlei Unfug zu glauben pflegen.«

»Ich glaube nur, was ich sehe«, erwiderte Richard.

»Sehr vernünftig.«

»Aber was genau ist jetzt mit Mace?«, fragte Carl besorgt. Er hatte immer gerne mit dem stellvertretenden Grabungsleiter zusammengearbeitet und während der Grabung viel von ihm gelernt.

»Arthur litt doch schon seit Längerem an Atemnot. Seine Lunge macht ihm Probleme. Daher verzichtet er momentan auf jegliche Anstrengung, auch seine Arbeit im Metropolitan Museum lässt er ruhen.«

»Er hält sich augenblicklich in der Schweiz auf«, fügte Arthur Callender hinzu. »Er macht dort eine Luftkur. Was immer das bringen soll.«

»Daher noch einmal meine Frage, Carl: Können Sie sich vorstellen, mich in Tutanchamuns Grab zu unterstützen? Nur für den Rest dieser Grabungssaison.«

»Ich ... also«, gab Carl stammelnd zur Antwort und blickte hilfesuchend zu Richard, der jedoch nur mit den Schultern zuckte. Howard Carter sah ihn aufmerksam an. Carl wusste, was er diesem Mann schuldete. Hätte der Engländer ihm nicht die Möglichkeit gegeben, bei der Ausgrabung mitzuarbeiten, hätte er niemals die Position erreicht, die er jetzt innehatte. Trotzdem konnte er nicht so einfach gehen, auch wenn ihn die Aussicht darauf, ins Tal der Könige zurückzukehren, mehr reizte, als er zugeben wollte. »Ich muss das mit Ludwig Borchardt besprechen«, stieß er schließlich hervor und konnte erst selbst nicht glauben, dass er das wirklich gesagt hatte.

»Selbstverständlich.« Carter nickte ihm zu und ließ ein Lächeln erkennen, was selten genug bei ihm vorkam.

»So, nachdem das jetzt geklärt ist, wie wäre es mit

einer kleinen Führung? Es ist Jahre her, dass ich das letzte Mal in Achetaton gewesen bin«, brummte Arthur Callender. »Außerdem bin ich gespannt darauf, zu sehen, wie du deine Ausgrabung organisiert hast.« Der große Brite zwinkerte ihm zu.

Gemeinsam mit Richard und Abdel führte Carl die beiden Engländer über das weitläufige Areal. Callender ließ hin und wieder einen Kommentar ab, während Carter nur höflich interessiert die Grabung inspizierte. Danach verabschiedeten sich die beiden Richtung Kairo, wo Carl sich für die Weihnachtstage mit ihnen verabredete.

»Ich bin gespannt, wie du das Borchardt erklären willst«, sagte Richard voller Bedenken, als sie wieder unter sich waren.

Carl erwiderte nichts, sondern blickte nur gedankenverloren auf den Nil.

NEUN

PLÄNE

KAIRO, 25. DEZEMBER 1924

Mit versteinerter Miene blickte Ludwig Borchardt ihn an. Carl hatte einen Wutausbruch erwartet oder zumindest ein paar Flüche über die Engländer, aber nichts dergleichen passierte. Stattdessen starrte der Direktor ihn bloß an. In seinem Gesicht konnte Carl weder Wut oder Ärger noch Enttäuschung entdecken. Da Borchardt keine Anstalten machte, etwas zu sagen, redete Carl weiter, um die unangenehme Stille zu umgehen.

»Mir ist bewusst, was es bedeutet, wenn ich die Ausgrabung in Tell el-Amarna aufgebe, aber es wäre nur vorübergehend.«

»Trotz Ihres Zwillingsbruders sind Sie ein wahres Unikat, Dr. Falkenburg«, sagte der Direktor schließlich. »Sie geben die Leitung einer eigenen Ausgrabung ab, nur um als Handlanger für einen Engländer zu arbeiten, weil Sie sich dazu moralisch verpflichtet fühlen. Das nötigt mir schon einen gewissen Respekt ab.« Borchardt atmete tief durch, bevor er fortfuhr. »Aber was ist mit der Verpflichtung dem Institut und mir gegenüber? Ich habe Ihnen eine einmalige Chance gegeben, Dr. Falkenburg. Werfen Sie die nicht einfach weg!«

»Das tue ich nicht. Es geht um einen begrenzten Zeitraum und sicherlich würde das Institut auch davon profitieren, wenn bekannt wird, dass wir bei der Bergung von Tutanchamuns Schätzen beteiligt sind.«

»Ha, seien Sie nicht so naiv. Carter und die Engländer werden uns niemals in diesem Zusammenhang erwähnen.«

»Doch, das wird er«, erwiderte Carl mit Nachdruck.

»Und wenn schon! Wir haben viel Geld in unsere Grabung in Achetaton investiert, eine Menge Arbeiter angeheuert und Sie haben sogar schon einiges von Bedeutung entdeckt. Und jetzt wollen Sie das alles einfach aufgeben?«

»Das will ich gar nicht. Ich möchte nur eine Weile pausieren. Außerdem könnten die Arbeiten auch in meiner Abwesenheit fortgeführt werden.«

»Und wie soll das bitteschön gehen ohne Grabungsleiter?« Borchardt schnaubte verächtlich und ließ sich in seinen Stuhl zurücksinken.

»Richard könnte die Leitung übernehmen.«

»Ich höre wohl nicht recht? Ihr Bruder ist dazu nicht qualifiziert genug.«

»Immerhin qualifiziert genug für Sie, sonst hätten Sie ihn doch sicherlich nicht eingestellt, nicht wahr?« Carl zwinkerte dem Direktor zu. »Er hat schon einige Jahre Erfahrung in Mittelamerika gesammelt und auch hier hat er sich in den letzten Wochen durchaus bewährt. Die Arbeiter respektieren ihn. Außerdem bekomme ich bei Carter auch immer einen freien Tag in der Woche, den ich nutzen könnte, um nach Amarna zu fahren und dort die Fortschritte zu begutachten.«

»Es ist Ihnen wirklich ernst damit, nicht wahr?« Borchardt schüttelte verwundert den Kopf.

»Verdammt ernst. Hören Sie, mir ist völlig klar, was ich damit von Ihnen verlange und ich bin auch nicht in der Position, dies ...«

»In Ordnung.«

»Wie bitte?«

»Es ist in Ordnung, Dr. Falkenburg.« Borchardt stand von seinem Stuhl auf und ging um den Schreibtisch herum. Er schaute erst auf Carl hinab, dann zu den Bildern, die an der linken Wand seines Büros hingen. Es waren gerahmte Zeichnung verschiedener antiker Gebäude, die Borchardt selbst angefertigt hatte. »Sie können Howard Carter unterstützen und während Ihrer Abwesenheit wird Ihr Bruder die Leitung der Grabung übernehmen.«

Carl blickte den Direktor sprachlos an.

»Das ist es doch, was Sie wollten.«

»Ja, natürlich. Ich hätte ... Ich meine, vielen Dank.«

»Ich hoffe nur, Sie bringen dem Institut und mir eines Tages auch diese Loyalität entgegen, wie Sie es für Carter tun.«

Carl nickte stumm.

»Gut, dann sind wir hier fertig. Haben Sie jetzt Lust, mit mir zu einem Weihnachtsessen zu gehen?«

Richard wartete und blickte zur Tür der kleinen Gaststätte, in der er nun schon seit über einer Stunde saß. Aber immer noch war nichts von seiner Verabredung zu sehen. Er bestellte sich einen weiteren Tee.

Wenn dieser Kerl nicht gleich auftaucht, verschwinde ich von hier, dachte er verärgert.

Eine Stockspitze bohrte sich in seinen Rücken.

»Achten Sie in so einem Etablissement besser auf Ihre Kehrseite, Richard«, wisperte ihm eine Stimme auf Deutsch zu. Ein hagerer, fast ausgemergelt wirkender älterer Mann trat neben ihn und sah aus kalten Augen abschätzig auf ihn herab. Seinen eleganten schwarzen Spazierstock mit dem silbernen Falkenkopf kannte Richard nur zu gut. Der Stock gehörte früher seinem Vater, bevor der spöttisch lächelnde Mann vor ihm ihre Familienburg gekauft hatte.

»Willkommen in Kairo. Setzen Sie sich doch, Herr Graf«, erwiderte Richard kühl.

»Nun denn, was haben Sie für mich?«, fragte Wilfried von Steinheim, nachdem er ihm gegenüber am Tisch Platz genommen hatte. Die Haare an seinen Schläfen waren jetzt fast völlig grau.

»Vorerst: nichts.«

»Oh, wie bedauerlich. Sollten Sie unsere kleine Abmachung vergessen haben?«

»Keineswegs.« Richard blickte an von Steinheim vorbei und entdeckte an den übrigen Tischen mindestens drei Männer, die mit Sicherheit für den Grafen arbeiteten. Aber er ließ sich nichts anmerken. »Es ist nur ... Archäologie erfordert Geduld. Und einträglich ist sie nur in den seltensten Fällen.«

»Man erzählt sich hinter vorgehaltener Hand, dass Ihr Bruder demnächst wieder für Howard Carter arbeiten wird.«

Der Kellner kam an den Tisch zurück und brachte Richards Tee. Von Steinheim bestellte ebenfalls etwas zu trinken und schaute erwartungsvoll zu ihm herüber.

»Möglicherweise, ja. Das ist noch nicht abschließend geklärt.«

»Oh, doch, das ist es. Keine Sorge.« Der Graf lachte. »Das Institut wird Ihren Bruder freistellen, damit er Carter unterstützen kann. Und Sie werden in Achetaton verbleiben. Alleine und in der Verantwortung.«

Richard konnte seine Überraschung nicht verbergen. Sein verdutztes Gesicht brachte den Grafen ein weiteres Mal zum Lachen.

»Sie sollten sich sehen, Richard. Ein köstlicher Anblick, fürwahr.«

»Schön, dass es Sie amüsiert. Aber kommen Sie zur Sache!«

Von Steinheims Gesicht gefror augenblicklich zu einer Maske.

»Achten Sie auf Ihre Worte, Sie kleiner diebischer Wurm«, zischte er ihn an. »Sie werden das tun, was Sie am besten beherrschen: stehlen. Das sollte Ihnen leichtfallen.«

Richard presste seine Zähne aufeinander und unterdrückte seine Wut.

»Haben Sie dabei etwas Bestimmtes im Sinn?«

»Ich habe so einiges gehört. Auch von den Tontafeln aus Babylon, die Sie und Ihr Bruder entdeckt haben. Die interessieren mich brennend.«

»Keine Chance. Die liegen bereits hier in Kairo unter Verschluss. Oder hat Ihnen das etwa keines Ihrer Vögelchen gezwitschert?«, spottete Richard.

»Zuerst brauche ich die genaue Übersetzung«, fuhr der Graf unbeeindruckt fort. »Dann entscheide ich, ob Sie mir die Tafeln übergeben werden.«

»Haben Sie mir nicht zugehört? An die Tafeln ist kein Rankommen mehr.«

»Das ist Ihr Problem, nicht meines.« Von Steinheim lächelte wieder. »Erst die Übersetzung, dann sehen wir weiter. Oder möchten Sie lieber erneut nach Mexiko ins Gefängnis?« Der Graf sah ihn spöttisch lächelnd an. »Habe ich mir gedacht«, sagte er, nachdem Richard nicht antwortete.

»Wäre das alles, was Sie mir zu sagen haben? Dann würde ich jetzt gerne gehen«, presste Richard hervor, seine Hände unter dem Tisch zu Fäusten geballt.

»Gehen Sie ruhig und genießen Sie den Abend«, gab von Steinheim gönnerhaft zurück.

Wortlos erhob sich Richard vom Tisch und ging Richtung Ausgang. Als er aus der Tür ins Freie getreten war, machte er schnell einen Satz zur Seite und stellte sich mit dem Rücken an die Hauswand. Er musste nicht lange warten, bis zwei Handlanger des Grafen ebenfalls herauskamen. Richard stieß einen Pfiff aus, woraufhin sich die beiden zu ihm herumdrehten. Dem ersten schmetterte er mit voller Wucht seine rechte Faust ins Gesicht, der unerwartete Schlag riss den Mann förmlich von den Beinen und ließ ihn in den Staub sinken. Der zweite Kerl hob die Fäuste und machte sich auf seinen Angriff gefasst, aber Richard war nicht nach einem fairen Zweikampf zumute. Mit Schwung donnerte er seinem Gegner mit dem Fuß direkt zwischen die Beine. Mit einem jämmerlichen Aufschrei knickte der nach vorne ein, was Richard nutzte, um ihn mit einem Faustschlag auf den Hinterkopf den Rest zu geben.

»Schöne Grüße an euren Chef«, sagte Richard und ging.

Carl saß im Empfangsbereich des Deutschen Instituts und wartete auf Ludwig Borchardt. Er war immer noch überrascht, wie leicht der Direktor seinem Vorschlag am Ende doch zugestimmt hatte. Nun hoffte er, dass Richard mit der Verantwortung, die Ausgrabung weiterzuführen, klarkommen würde. Genau in diesem Moment betrat sein Bruder das Institut. Carl sah ihm sofort an, dass er schlecht gelaunt war.

»Alles in Ordnung?«

»Natürlich.«

»Du siehst aber sauer aus.«

»Ach, ein paar Ägypter haben mich auf dem Basar übervorteilt, das ist alles. Ich ärgere mich über meine eigene Dummheit«, sagte Richard mit einem gequälten Lächeln. »Wie ist es bei dir gelaufen? Hat der Alte sein Okay gegeben?«

»Ja, hat er«, dröhnte die Stimme von Ludwig Borchardt vom anderen Ende der Eingangshalle. »Erzählen Sie Ihrem Bruder von seiner Beförderung, Dr. Falkenburg.«

»Du wirst in meiner Abwesenheit die Ausgrabung

leiten«, sagte Carl ruhig und sah Richard dabei prüfend an. Sein Bruder nahm es teilnahmslos hin. »Ist das in Ordnung für dich?«

»Ja, ja doch«, brummte Richard.

»Sparen Sie sich Ihren Freudentaumel für später auf«, sagte Borchardt lapidar. »Jetzt gehen wir zu dritt zum Weihnachtsessen, das die Antikenverwaltung jedes Jahr veranstaltet. Es wird Ihnen gefallen.«

»Jedes Jahr? Warum weiß ich davon nichts?«, fragte Carl.

»Weil Sie letztes Jahr noch für Howard Carter gearbeitet haben. Glauben Sie ernsthaft, Carter wäre schon jemals zu diesem Essen erschienen? Und natürlich wollte er auch nicht, dass auch nur einer seiner Mitarbeiter dort teilnimmt.« Borchardt lachte herzlich auf und sie verließen das Institut.

Die Räume der Antikenverwaltung befanden sich im hinteren Teil des Ägyptischen Museums. Es handelte sich nur um drei relativ kleine, eng geschnittene Büros. Daher wurden die Feierlichkeiten für das Weihnachtsessen direkt in das Museum gelegt. Mitten in der großen Halle im Erdgeschoss verlief eine lange, schmale Tafel zwischen den Ausstellungsstücken. Der Gastgeber des Essens, Pierre Lacau, der Direktor der Antikenverwaltung, den Carl schon gut von seinen Besuchen im Tal der Könige kannte, begrüßte sie herzlich und platzierte sie an der langen Seite mit Blick auf die gewaltige Doppelsitzstatue, die Amenophis III. und seine Gemahlin Teje darstellte, die Eltern Echnatons. In ihrem Rücken befand sich das Pyramidion der schwarzen Pyramide von Amenemhet III., das aus auf Hochglanz poliertem Granit bestand. Außer ihnen waren noch eine Reihe anderer Mitarbeiter der Antikenverwaltung zugegen, allesamt Franzosen. Die wenigen ägyptischen Angestellten hatten entweder keine Lust, dem Weihnachtsessen beizuwohnen, oder sie wurden gar nicht erst eingeladen, mutmaßte Carl. Er war überrascht, als er die beiden Amerikaner erblickte, deren Bekanntschaft er und Richard vor wenigen Wochen am Bahnhof von Kairo gemacht hatten. Sie nahmen direkt ihnen gegenüber am Tisch Platz. Obwohl noch zwei Plätze frei waren, setzte Pierre Lacau zu einer launigen kurzen Rede an, wobei er immer zwischen französischer und englischer Sprache hin- und herwechselte. Als er geendet und das Essen für eröffnet erklärt hatte, tönten noch Schritte durch die Halle, begleitet von einem lauten Klacken, als ein Gehstock auf den Marmorfußboden gesetzt wurde.

»Entschuldigen Sie meine Verspätung, Monsieur Lacau, ich bin noch aufgehalten worden«, sagte der Nachzügler in perfektem Französisch und nahm einen der freien Plätze ein, schräg gegenüber von Carl.

Er starrte verwirrt zu dem Mann, der ihm im letzten Jahr die Falkenburg abgekauft hatte. Graf Wilfried von Steinheim breitete seelenruhig seine Serviette aus und legte sie sich auf den Schoß, dann sah er zu Richard und ihm herüber, mit einem süffisanten Lächeln auf den Lippen.

»Fröhliche Weihnachten, meine Herren«, sagte er auf Deutsch zu ihnen und bleckte die Zähne.

»Ebenso«, erwiderte Carl, immer noch perplex. Dann flüsterte er Richard zu: »Was will der hier? Wusstest du, dass er hier ist?«

»Nein, woher denn?«, wisperte Richard zurück. »Lass uns ihn einfach ignorieren.«

Während des Essens vermieden sie es, in ein Gespräch mit dem redseligen Grafen verwickelt zu werden, während von Steinheim es sichtlich genoss, mit allen anderen Personen am Tisch in ihrer jeweiligen Landessprache zu parlieren. Nachdem das Essen beendet war, bestand Pierre Lacau darauf, seinen Gästen die neusten Ausstellungsstücke aus dem Grab Tutanchamuns zu zeigen. Es handelte sich um einen Teil der Artefakte, die Carl im letzten Jahr über den Nil nach Kairo gebracht hatte und die jetzt so weit aufgearbeitet worden waren, um sie der Öffentlichkeit zu präsentieren. Stolz führte Lacau sie zu den Schaukästen, in denen die kleineren Stücke aus der Vorkammer des Grabes drapiert waren.

»Ganz wundervolle Stücke. Sie konnten sie bestimmt schon aus nächster Nähe begutachten, nicht wahr, Herr Falkenburg?« Graf von Steinheim war plötzlich hinter Carl aufgetaucht.

»Ja, konnte ich.«

»Es muss ein bewegender Moment für Sie gewesen sein.«

»Das war es.« Carl sah dem Grafen fest in die schmalen Augen. »Darf ich fragen, welche Angelegenheiten Sie nach Ägypten führen, Herr Graf?«

»Aber sicher dürfen Sie. Ich habe Ihre Karriere genau verfolgt, seit ich Ihnen Ihren Familiensitz abgekauft habe, und vielleicht wissen Sie auch, dass ich Ihrem Bruder behilflich war, aus seiner misslichen Lage in Mexiko herauszukommen.«

»Ja, das hat er mir erzählt.« Carl warf einen Blick zu Richard, der mit dem Rücken zu ihm bei einem der Schaukästen stand. »Das war sehr Nobel von Ihnen.«

»So wahr.« Von Steinheim stand die Selbstgefälligkeit ins Gesicht geschrieben. »Ich habe ihn auch noch einige Zeit auf der Falkenburg wohnen lassen, er wusste ja nicht, wo er sonst hinsollte. Leider verschwand er plötzlich, aber ich bin froh, dass er wieder zu Ihnen gefunden hat. Die brüderlichen Bande sind ja unerschütterlich – besonders bei Zwillingen.«

»Und was genau machen Sie jetzt in Kairo?«

»Ach, hat man es Ihnen noch gar nicht erzählt?« Der Graf warf einen tadelnden Blick in Richtung von Ludwig Borchardt, der sich gerade zu ihnen gesellte. »Ich habe mein Interesse an der Ägyptologie entdeckt – diese ganze Tutanchamun-Sache, der konnte auch ich mich nicht entziehen. Daher habe ich beschlossen, das Deutsche Institut finanziell zu unterstützen – damit Sie Ihre Grabungen weiterhin durchführen können, Dr. Falkenburg.« Bei dem Grinsen, das von Steinheim nun zeigte, spürte Carl einen Schauer über seinen Rücken laufen.

»Ah, Sie haben sich schon bekannt gemacht, wie schön«, sagte Borchardt. »Graf von Steinheim, es freut mich, dass Sie es geschafft haben, hierherzukommen.« Der Direktor schüttelte dem Grafen freudig die Hand.

»Aber selbstverständlich. Diese einmalige Gelegenheit, an diesem Ort zu speisen, lasse ich mir doch nicht entgehen.«

»Kommen Sie, ich stelle Ihnen die Herren der Antikenverwaltung vor. Sie erlauben doch, Dr. Falkenburg?«

»Aber sicher.«

Borchardt ging mit dem Grafen zu Pierre Lacau, der gerade mit zwei seiner Inspektoren vor dem goldenen Thronsessel von Tutanchamun stand. Carl ging zu seinem Bruder, der immer noch vor dem ersten Schaukasten stand.

»Worüber hat er mit dir geredet?«, fragte Richard.

»Er ist jetzt offizieller Finanzier des Instituts.«

»Du machst Witze!«

»Leider nein«, sagte Carl und blickte besorgt zu dem Grafen, der sich angeregt mit Lacau unterhielt. »Wenn ich es nicht besser wüsste, würde ich sagen, er ist nur wegen dir hier.«

»Wegen mir? Wie meinst du das?«

»Er hat noch mal erwähnt, dass er dich aus Mexiko zurück nach Deutschland gebracht hat und dass er dir Obdach in der Falkenburg gewährt hat. Und jetzt taucht er plötzlich hier auf.« Carl sah Richard tief in die Augen. »Weißt du irgendwas?«

»Was soll ich denn wissen?«, fragte Richard empört. »Ich habe nicht die geringste Ahnung, was dieser Kerl von mir will. Aber vielleicht«, Richard stockte und sah an Carl vorbei zum Grafen hinüber, »vielleicht ist er ja auch wegen dir hier!«

Carl folgte dem Blick seines Bruders.

»Möglich. Ich hätte diesem Kerl die Falkenburg nicht verkaufen dürfen.«

»Hab ich dir doch gesagt«, sagte Richard beinahe beschwörend. »Lass uns hoffen, dass er uns keinen Ärger macht.«

»Ich habe da ein ganz mieses Gefühl.«

Ein tiefes Räuspern erklang in ihrem Rücken und ließ sie beide gleichzeitig kehrtmachen.

»Wir laufen uns wohl ständig über den Weg«, sagte der Amerikaner Frederick Crichton und grinste sie freundlich an. Er hielt zwei Rotweingläser in den Händen.

»Ja, scheint fast so«, gab Richard weniger freundlich zurück.

»Wie wäre es, wenn wir gemeinsam auf das Weihnachtsfest anstoßen?«, fragte der Amerikaner und streckte ihnen zwei Weingläser entgegen. Carl und Richard sahen einander kurz an und nahmen jeder ein Glas. Der zweite Amerikaner, Alexander Harris, kam zu ihnen. Er hielt noch weitere Gläser in den Händen, von denen er eines an Crichton weiterreichte.

»Also, frohe Weihnachten!«

»Frohe Weihnachten.«

Die Gläser klangen hell, als sie anstießen.

»Nun, Dr. Falkenburg, man erzählt sich, dass Howard Carter erneut die Lizenz für das Tal der Könige bekommen hat und bald seine Arbeit im Grab von Tutanchamun fortsetzen wird.«

»Hier in Kairo wird viel geredet«, erwiderte Carl ruhig. »Wo genau arbeiten Sie beide eigentlich?«

»Oh, Freddie und ich vertreiben uns die Zeit in Gizeh«, antwortete Harris. »Es ist aber ein eher symbolischer Zeitvertreib. Sie wissen ja bestimmt, dass dort nicht mehr viel zu entdecken ist.«

»Dasselbe hat man über das Tal der Könige auch gesagt und zehn Jahre später ist Carter fündig geworden. Es gibt immer etwas zu finden«, meinte Carl lächelnd.

»Und wie läuft es für Sie in Achetaton, konnten Sie noch etwas finden?«, fragte Crichton.

»Bisher nicht. Aber ich bin zuversichtlich.«

»Sehr schön. Dann auf die Zuversicht«, sagte Harris und stieß ein weiteres Mal mit ihnen an.

Im Verlauf des Abends folgten noch einige weitere Gelegenheiten zum Anstoßen. Schließlich verabschiedeten sich Carl und Richard von den Amerikanern und verließen das Museum gemeinsam mit Ludwig Borchardt. Wilfried von Steinheim sahen sie nicht mehr. Vor der Tür empfing sie eine angenehme Kühle. Auf den Straßen Kairos waren immer noch viele Menschen unterwegs, es war laut und auf dem Platz vor dem Museum spielte ein Musiker nubische Volksweisen auf seiner Leier.

»Welche Meinung haben Sie von unserem neuen Finanzier, Dr. Falkenburg?«, fragte Borchardt unvermittelt.

»Warum fragen Sie mich das?«

»Vielleicht, weil Sie den Grafen angesehen haben, als ob er Ihrer Mutter unter den Rock geschaut hat.« Der Direktor lachte.

»Nein, so schlimm ist es nicht«, gab Carl grinsend zurück. »Im letzten Jahr hat Graf von Steinheim unsere alte Familienburg gekauft, nach dem Tod unseres Vaters. Ich war einfach überrascht, ihn jetzt hier wiederzusehen.«

»Wenn das alles ist, bin ich beruhigt. Tatsächlich ist das Institut sehr auf das Geld angewiesen, das wir durch die Großzügigkeit des Grafen nun zur Verfügung haben. Der Geldfluss an staatlichen Mitteln aus Deutschland ist infolge der Wirtschaftskrise, fast komplett versiegt. Da kommt ein wohlsituierter Sponsor aus dem privaten Bereich gerade recht.«

»Kann ich gut verstehen.«

»Außerdem denke ich nicht, dass der Graf Einfluss auf die Ausgrabungen nehmen wird. Er hat mir versichert, dass er nur als Mäzen in Erscheinung treten wird.«

Carl nickte zufrieden. Nachdem sich Ludwig Borchardt bei ihnen verabschiedet hatte und sie allein weiter durch die Straßen gingen, sah er seinen Bruder fragend an.

»Du bist den ganzen Abend über schon so still, ist alles in Ordnung? Machst du dir Sorgen wegen von Steinheim?«

»Nein, keine Sorgen. Es ist sicherlich nur ein Zufall, dass dieser Kerl hier in Kairo aufgekreuzt ist.« Richard zuckte mit den Schultern. »Solange er uns in Ruhe lässt, soll es mir egal sein.«

»Und was ist mit deiner neuen Position als Grabungsleiter? Meinst du, du bekommst das hin?«

»Aber klar doch, mach dir deswegen keine Gedanken. Ich werde alles in deinem Sinne fortführen, während du dich bei Carter im Ruhm sonnst.« Richards letzte Worte ließen Carl abrupt anhalten.

»Das ist nicht der Grund, warum ich ihm helfe, und du weißt das«, erwiderte er zornig.

»Jetzt reg dich nicht auf, das sollte ein Witz sein.« Sein Bruder sah ihn versöhnlich an. »Komm, wir suchen uns noch ein nettes Plätzchen, wo wir noch was trinken können. Bei dieser Gelegenheit kannst du mir auch gleich alles erzählen, worauf ich als Grabungsleiter achten muss.« Richard zwinkerte ihm zu.

»Ich werde nicht gleich morgen weg sein. Ein paar Wochen bleibe ich dir noch erhalten, keine Sorge«, sagte Carl. »Aber dein Vorschlag ist trotzdem gut. Lass uns ein nettes Lokal suchen, du zahlst!«

TEIL ZWEI

RÜCKKEHR INS TAL DER KÖNIGE

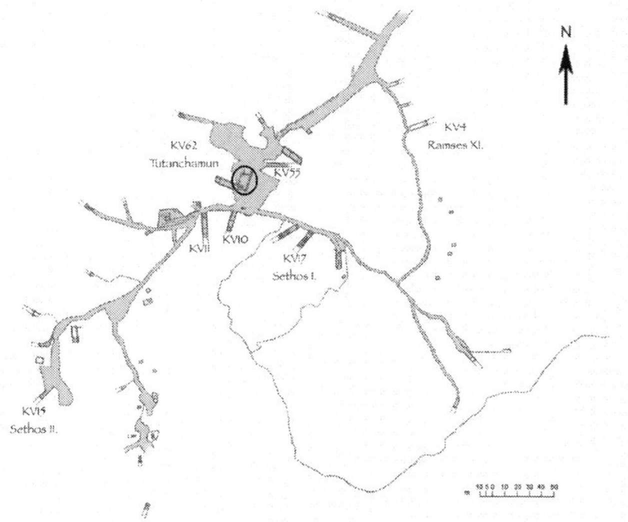

Tal der Könige (Ost)

ZEHN
GRABÖFFNUNG
LUXOR, 25. JANUAR 1925

Beim Betreten der Lobby des *Winter Palace* erlebte Carl ein Déjà-vu. Sein Blick fiel als Erstes auf die knallroten Sessel im Sitzbereich gegenüber des Empfangstresens. Und genau wie im Dezember 1922, bei seinem ersten Besuch in Luxor, saß dort ein Engländer und las die *London Times*. Carl ging grinsend auf den Mann zu, der ihn nicht bemerkt hatte. Als er bei ihm angekommen war, ließ er seinen Koffer lautstark neben dem Sessel auf den Boden fallen. Der Engländer senkte die Zeitung und blickte ihn erst mit verärgerter Miene an, die sich aber blitzschnell in ein strahlendes Lächeln wandelte.

»Carl, du alter Halunke!« Sofort sprang Harry Burton aus dem Sessel auf und drückte ihn fest an sich. Dann schob er ihn ein Stück zurück und sah ihn prüfend an. »Gut siehst du aus. Als Howard mir erzählte, es würden auch einige altbekannte Gesichter für die Arbeit hier erscheinen, hatte ich nicht zu hoffen gewagt, dass er auch dich damit meint!«

»Hallo Harry, ich freu mich auch, dich hier zu treffen. Hat Carter dich also auch wieder angeheuert?«

»Natürlich! Wer sonst könnte so geniale Fotos machen?« Burton lachte vergnügt. »Komm, setz dich zu mir und erzähl. Ich will alles hören, was du in den letzten Monaten so getrieben hast.« Harry klopfte ihm auf die Schulter und ließ sich wieder in seinen Sessel fallen. Carl nahm neben ihm Platz. Aber ehe er die Gelegenheit hatte, etwas zu sagen, betrat bereits der nächste Neuankömmling das Hotel.

»Typisch, kaum angekommen, fläzen sich die Herrschaften wieder faul in den Plüschsesseln«, dröhnte Arthur Callenders tiefes Timbre durch die Empfangshalle. Mit großen Schritten kam er auf sie zugestapft. »Du bist kein Stück hübscher geworden, Harry.«

»Arthur, charmant wie eh und je«, erwiderte Burton schmunzelnd. »Gute Ausgräber sind schwer zu finden, deswegen musste Howard wohl notgedrungen auf dich zurückgreifen.«

»Auf mich und auf unseren deutschen Freund hier«, lachte Callender und klopfte Carl zur Begrüßung mit seiner riesigen Pranke auf die Schulter. Dann nahm auch er auf einem freien Sessel Platz.

»Todesmutig wie eh und je«, sagte Harry ernst. »Habt ihr schon die Zeitung von heute gelesen?«

»Nein, wieso?«

Burton nahm die *London Times* in die Hand, blätterte darin und zeigte ihnen schließlich einen kleinen Artikel mit der Überschrift: »Der Fluch des Pharao fordert weiteres Opfer!«

Während Carl den kleinen Bericht genau las, winkte Callender kopfschüttelnd ab.

»Das ist doch alles Blödsinn. Die Pressefuzzis finden es toll, den Lesern Angst einzujagen.«

»Das vierte Opfer bereits«, murmelte Carl und machte ein betont besorgtes Gesicht, während er weiterlas. »Oh, aber alles Engländer oder Amerikaner, dann muss ich mir keine Sorgen machen«, sagte er augenzwinkernd und lachte.

»Ich weiß nicht, ob das wirklich so zum Lachen ist.«

»Ach, jetzt komm schon, Harry. Du willst mir doch nicht weismachen, dass du wirklich an diesen Unsinn über einen Fluch glaubst? Wir waren alle in dem Grab und sind bei bester Gesundheit.«

»Ja, wir vielleicht, aber was ist mit Arthur Mace?«

»Mace' Gesundheit war schon angegriffen, bevor er in das Grab ging«, erwiderte Callender. »Außerdem ist er bereits auf dem Weg der Besserung. Ich habe ihn vor zwei Wochen in der Schweiz besucht.«

»Das freut mich zu hören. Aber trotzdem«, Burton faltete die *Times* wieder zusammen, »sollten wir das nicht auf die leichte Schulter nehmen.«

»Wenn du wirklich so besorgt deswegen bist, warum bist du wieder hier, um Bilder zu machen?«

»Weil ihr einen Profi braucht und ich nun mal der Beste auf diesem Gebiet bin«, sagte Burton im Brustton der Überzeugung.

»Na, wenn du das sagst.« Arthur Callender zwinkerte Carl zu. Dann lachten sie beide prustend los.

»Ah, es freut mich, alle in so guter Stimmung vorzufinden«, erklang die Stimme von Howard Carter hinter ihren Rücken. Sofort verstummten Arthur und Carl und drehten sich herum. »Einen schönen guten Morgen. Wenn ihr soweit fertig seid mit euren Begrüßungsritualen, können wir gleich aufbrechen ins Tal der Könige, wir werden dort erwartet.«

Nachdem Carl und Arthur ihre Zimmer bezogen und sich kurz frisch gemacht hatten, stiegen sie auch schon gemeinsam mit Harry Burton in das Auto ein, in dem Carter vor dem Hotel auf sie wartete. Carl kannte den Wagen gut, es war das Austin Heavy Cabrio, das einst dem verstorbenen Lord Carnarvon gehört hatte. Er half Harry, dessen Kameraausrüstung im Kofferraum zu verstauen, bevor er sich mit ihm auf die Rückbank setzte, während Callender auf dem Beifahrersitz Platz nahm. Diesmal nahmen sie eine andere Route ins Tal der Könige, Carter lenkte den Wagen zum Ufer hinab, wo sie mit einem kleinen Fährschiff auf die andere Seite übersetzten und dort über staubige Straßen weiter ins Tal fuhren. Dort hatte sich nicht viel verändert, wie Carl schnell feststellte. Vor dem Grab Tutanchamuns stand bereits eine Gruppe von Menschen, die dort auf sie wartete. Unter ihnen waren auch einige Uniformierte. Carl dachte mit Unbehagen daran, wie das ägyptische Militär sie drangsaliert hatte, als sie das Grab das letzte Mal verließen. Aber diesmal waren es keine Soldaten, sondern Polizisten, die sich dezent im Hintergrund hielten. Es waren auch einige bekannte Gesichter dabei, zwei Inspektoren der Antikenverwaltung, die Carl des Öfteren getroffen hatte, sowie James Edward Quibell, der stellvertretende Direktor des Ägyptischen Museums aus Kairo und Berater der Antikenverwaltung. Sie waren Begleitung für einige Minister der ägyptischen Regierung. Den Kulturminister Morkhos Bey Hanna kannte Carl ebenfalls von einem Empfang im Deutschen Institut.

»Willkommen zurück im Tal der Könige, Mr. Carter«, begrüßte Bey Hanna sie mit ausgebreiteten Armen und kam auf den Austin zuspaziert, sobald Carter den Motor abstellte. »Ich freue mich sehr, dass Sie die Aufgabe wieder angenommen haben.«

»Guten Tag, Eure Exzellenz«, antwortete Carter, nachdem er ausgestiegen war. »Ich freue mich ebenfalls, wieder zurückzusein.« Er schüttelte dem Minister die Hand.

»Sehr schön. Lassen Sie uns gleich zum Grab gehen.«

Harry machte sich daran, seine Kamera aus dem Kofferraum des Austin zu holen. Aber einer der ägyptischen Polizisten kam sofort auf ihn zu und sagte mit strenger Stimme: »Keine Fotos!«

Carter drehte sich verwundert um.

»Bitte haben Sie Verständnis dafür, aber wir möchten nicht, dass heute Bilder gemacht werden«, sagte der Minister in freundlichem Tonfall.

»Selbstverständlich«, sagte Carter. »Harry, lassen Sie bitte Ihre Kamera im Auto.«

»Das geht ja gut los«, knurrte Harry leise, als er das Stativ wieder einlud und die Kofferraumklappe schloss.

»Ganz ruhig, du kannst noch genügend Aufnahmen machen«, sagte Carl.

Dann folgten sie dem Tross die Treppe hinab in das

Grab. Die Inspektoren der Antikenverwaltung und die Polizisten hatten Lampen dabei, mit denen sie den schmalen Gang erleuchteten. Am Ende des letzten Absatzes war eine schwere Holztür eingelassen, noch massiver als die ursprüngliche Tür, an die Carl sich erinnerte. Morkhos Bey Hanna zog einen Schlüsselbund hervor und reichte diesen an Howard Carter.

»Hiermit übergebe ich Ihnen offiziell die Schlüssel für das Grab Tutanchamuns.«

»Vielen Dank«, erwiderte Carter knapp und griff nach dem Ring, an dem sich nur zwei Schlüssel befanden. Gleich der erste, den Carter benutzte, war der richtige, um die Holztür zu öffnen. Ein muffiger Geruch schlug ihnen entgegen, als die Tür ganz geöffnet wurde. Sie traten nacheinander in die Vorkammer des Grabes ein. In den Ecken standen noch die Strahler, die sie für die Beleuchtung genutzt hatten, aber die nun, da kein Stromaggregat lief, nutzlos herumstanden. Arthur Callender prüfte sofort die Kabelverbindungen und nickte zufrieden.

»Was ist das?«, fragte Carter und deutete auf eine Holzwand, die genau vor der eigentlichen Grabkammer errichtet worden war.

»Wir hielten es für das Beste, den Sarkophag des Pharao vor neugierigen Blicken zu schützen«, erklärte der Minister.

»Zu schützen, wovor?«

»Nun, wir hatten auch in Ihrer Abwesenheit einige Besucher hier in der Grabkammer.«

Carter atmete tief durch. »Haben diese Besucher irgendwas angefasst?«

»Nein, nein … Ich meine, also genau kann ich das natürlich nicht sagen …« Der Minister sah sich hilfesuchend um.

»Um genau zu sein, einige Besucher haben sogar den Sarkophag angefasst, weswegen wir uns dazu entschieden haben, die Grabkammer mit dieser Holzwand zu versiegeln«, sagte Ibrahim Habbeeb, einer der Inspektoren der Antikenverwaltung, mit ruhiger Stimme.

»Na herrlich«, brummte Arthur Callender hinter Carl.

»Gut. Dann schauen wir uns das Dilemma mal an«, sagte Carter und benutzte den zweiten Schlüssel, um ein großes Vorhängeschloss zu öffnen, das den Riegel vor der Holzwand sicherte. Carl und Callender hievten den schweren Holzbalken, der über die gesamte Länge der Wand verlief, aus der Halterung herunter und legten ihn beiseite. Die Inspektoren hoben vorsichtig ein Element aus der Holzwand heraus, das als Tür diente. Carter nahm sich eine der Lampen und ging als Erster in die Grabkammer, genauso, wie er dies bei der ersten Öffnung vor knapp zwei Jahren schon getan hatte.

»Grundgütiger!«

»Alles in Ordnung, Howard?«, fragte Callender besorgt.

»Nein, gar nichts ist in Ordnung.« Mit einem Fetzen Stoff in der linken Hand kam Carter wieder aus der Grabkammer heraus.

»Was ist das?«, fragte der Minister.

»Das Leichentuch des Tutanchamun. Es war schon sehr porös, als wir den Sarkophag damals öffneten. Aber jetzt ist es vollends vernichtet. Das hier ist das größte Stück, das noch übrig ist«, sagte Carter und blickte traurig auf kleine Stoffstück, das nicht größer war als eines von Carls Taschentüchern.

»Der Deckel des Sarkophags ist immer noch offen«, stieß Arthur Callender verblüfft hervor, als auch er mit einer Taschenlampe in die Grabkammer hineinleuchtete. »Ein Wunder, dass unsere Konstruktion so lange gehalten hat. Warum haben Sie den nicht wieder hinabgelassen?«, fragte er Inspektor Habbeeb, der leicht beschämt zu Boden starrte und keine Antwort gab.

»Wäre der Deckel herabgestürzt, hätte er den Sarkophag sowie den Sarg bestimmt schwer beschädigt«, sagte Carter, der sich große Mühe gab, seine Beherrschung nicht zu verlieren, wie Carl an seiner Stimme erkannte.

»Es wäre doch ein Leichtes gewesen, den Deckel mit dem Flaschenzug wieder herabzulassen«, brummte Callender. »Komm, Carl, wir machen das schnell.«

Gemeinsam gingen sie in die Grabkammer und lösten die Ketten, an denen der tonnenschweren Steindeckel des Sarkophags mit Seilen aufgehängt war, und ließen ihn vorsichtig wieder in seine ursprüngliche Position auf dem Larnax herab. Hinter sich konnte Carl hören, wie Howard Carter tief durchatmete. Aber den erwartbaren Wutausbruch verkniff er sich angesichts der Umstände. Er wollte wohl nicht am ersten Tag für einen Eklat sorgen.

»Ich würde sagen, für heute ist das alles, was wir hier tun können. In den nächsten Tage werden wir diese Holzwand demontieren, damit wir ordentlich in der Grabkammer arbeiten können«, sagte Carter und klopfte gegen die stabile Konstruktion. »Jetzt würde ich mir noch gerne unsere Laboratorien ansehen.«

»Ganz wie Sie meinen, Mr. Carter. Es ist Ihre Ausgrabung«, nickte der Kulturminister.

Sie verließen das Grab Tutanchamuns und statteten zunächst dem nahe gelegenen Grab mit der Nummer KV55 einen Besuch ab. Während der Kulturminister mit den anderen Gästen davor wartete, betraten nur Carter, Burton, Carl und die Inspektoren der Antikenverwaltung das Grab, das während ihrer Ausgrabungen als Dunkelkammer für Harrys Arbeit gedient hatte. Es genügten wenige Augenblicke, um festzustellen, dass sich hier in ihrer Abwesenheit nichts getan hatte. Die Tische und die Wannen für die Entwicklung der Fotografien waren noch allesamt vorhanden, was Burton zufrieden stimmte. Danach standen noch die Inspektionen der Gräber KV10 und KV15 an, die beiden Hauptlagerräume für die Artefakte, die sie aus Tutanchamuns Grab herausgetragen hatten. Während in KV10 nichts mehr zu finden war, lagerten in KV15, der ehemals letzten Ruhestätte von Pharao Sethos II., noch der in seine Einzelteile zerlegte Schrein von Tutanchamun.

»Warum ist der Schrein immer noch hier?«, fragte Carter mit leicht ungehaltener Stimme, weil nun nur die Inspektoren mit ihnen im Grab waren.

»Nun, wir hielten es für das Beste, den Schrein erst mal hier zu belassen«, antwortete Ibrahim Habbeeb kleinlaut.

Carter drehte sich herum und leuchtete ihm mit seiner Taschenlampe ins Gesicht. »Ach wirklich? Sie hielten es für das Beste, diesen Jahrtausende alten

Schrein ein ganzes Jahr lang hier stehen zu lassen? Der Sommerhitze und dem Wüstensand ausgesetzt?«

»Aber er steht hier doch gut geschützt«, sprang der zweite Inspektor seinem Kollegen bei.

Ohne darauf zu antworten, richtete Carter den Strahl seiner Lampe auf den Boden, dorthin, wo eine Wand des demontierten Schreins stand. Deren Fußende stand komplett in feinem Wüstensand, der von draußen in den langen Gang des Grabes hineingeweht worden war.

»Oh.«

»Ich denke nicht, dass *›Oh‹* auch nur halbwegs eine angemessene Reaktion auf Ihr Versagen ist, meine Herren«, presste Carter mit wütender Stimme hervor. »Ich werde ein paar ernste Worte mit Pierre Lacau wechseln müssen.«

»Wir sollten wieder hinausgehen, Howard«, schlug Arthur Callender vor. »Für heute haben wir genug gesehen.«

»Ich wünschte, ich hätte meine Kamera dabei, um diese Szene zu dokumentieren. Der grimmige Ausdruck in Howards Gesicht und wie bedröppelt die beiden Inspektoren aussehen – unbezahlbar«, flüsterte Harry fröhlich in Carls Ohr, als sie dem Korridor nach draußen folgten.

»Ich glaube kaum, dass du bei den Lichtverhältnissen ein brauchbares Foto hättest machen können. Oder glaubst du, die hätten ihre Gesichtsausdrücke so lange beibehalten, bis du mit dem Einrichten fertig wärst?«, scherzte Carl.

»Ein Jammer.«

Vor dem Ausgang wartete noch immer der Kulturminister mit seinen Kollegen und den Polizisten auf sie.

»Ich hoffe, alles ist soweit in Ordnung?«

Carter warf den beiden Inspektoren einen Seitenblick zu und antwortete: »Ja, ist es.«

»Sehr schön. Darf ich Sie alle zum Lunch in den *Winter Palace* einladen?«

»Gerne, Eure Exzellenz. Eine gute Idee«, erwiderte Carter.

»Eine ausgezeichnete Idee sogar«, brummte Arthur Callender, der neben Carl stand, leise und ließ wie zur Bestätigung seinen Magen deutlich vernehmbar grummeln.

Eine Stunde später saßen sie alle an einer langen Tafel im Restaurant des Hotels. Ihre Gruppe war nun noch angewachsen, da der Minister zusätzlich noch einige hochrangige Gäste mehr eingeladen hatte. Unter anderem war der königliche Berater Hamid Bedawi Pascha zugegen sowie ein weiterer Minister der ägyptischen Regierung, Mohamed Riad.

Zu Carls Überraschung hatten alle für Howard Carter und seine Arbeit nur lobende Worte übrig, die der Engländer mit stoischer Miene über sich ergehen ließ.

»Hört euch das leere Geschwafel an«, wisperte Callender ihnen zu. Er saß mit Carl und Harry am anderen Ende des Tisches, weit genug entfernt von den Würdenträgern. »Vor einem Jahr noch haben die gleichen Leute dafür gesorgt, dass Howard die Grabungslizenz verlor. Sie konnten uns gar nicht schnell genug aus dem Land jagen.«

»Arthur, Sie wissen doch, wie schnell sich solche Dinge ändern können«, raunte James Quibell, der direkt neben ihnen saß und zugehört hatte. »Es lohnt sich nicht, deswegen nachtragend zu sein. Ich denke, Howard wird das genauso sehen.«

»Sie haben leicht reden, James. Schließlich biedern Sie sich schon seit Jahren bei den Ägyptern und der Antikenverwaltung an, während wir die Feldarbeit verrichten müssen.« Arthur Callender blickte dem stellvertretenden Direktor des Kairoer Museums geringschätzig in die Augen.

»Bedauerlich, dass Sie es so sehen, Arthur«, gab dieser pikiert zurück und wandte sich von ihnen ab.

»Hoffen wir nur, dass wir diesmal die Arbeit auch zu Ende bringen können«, sagte Harry nachdenklich. »Ich sehe hier zwar viele Regierungsvertreter, aber keinen einzigen vom Militär. Dabei hatten die doch ganz besonders ihre Finger im Spiel, als es um die Grabschließung ging.«

»Vermutlich haben die etwas an Einfluss eingebüßt«, äußerte Carl nachdenklich. »Sonst wäre die Lizenz doch nicht erneut erteilt worden.«

»Mag sein. Dann hoffen wir, dass es auch dabei bleibt.«

ELF
GENERAL HAMAD
KAIRO

Den ganzen Vormittag verbrachte der General allein in seinem Dienstzimmer der Kaserne. Niemand durfte ihn stören und Zahi kannte auch den Grund dafür. Heute würde der Kulturminister die Schlüssel für das Grab Tutanchamuns wieder an Howard Carter aushändigen. Diese Entscheidung war für den General wie ein Schlag ins Gesicht, vor allem, da auch König Fu'ad I. nicht an diesem Entschluss rütteln wollte und ihn somit de facto bloßstellte. Unter den Soldaten der Kaserne gab es schon Wetten, wann der General seinen Rücktritt einreichen würde, das wusste Zahi. Aber niemand kannte Razul Hamad so gut wie er. Niemals würde dieser freiwillig zurücktreten und aufgeben. Umso gespannter wartete Zahi darauf, dass sich die Tür öffnete und der General mit neuen Anweisungen zu ihm kommen würde. Aber stattdessen betrat plötzlich ein Ausländer das Vorzimmer, in dem Zahi an seinem Schreibtisch auf Befehle wartete. Ein sehniger Mann, in einem weißen Anzug und dazu passenden Hut, der in der linken Hand einen schwarzen Spazierstock hielt, an dessen oberen Ende ein silberner Falkenkopf befestigt war.

»Was wollen Sie hier?«, fragte Zahi barsch. Er kannte den Terminplan des Generals in- und auswendig und heute gab es keinen einzigen Besuchstermin.

»Guten Morgen, mein junger Freund«, grüßte der Mann höflich und nahm seinen Hut dabei ab. In akzentfreiem Arabisch fuhr er fort. »Mein Name ist Graf Wilfried von Steinheim. Ich bin mit General Hamad verabredet.«

»Das glaube ich kaum. Der General hat heute keine Termine und er empfängt niemanden. Schon gar nicht …« Hinter Zahi schwang die Tür zum Dienstzimmer des Generals auf.

»Sie sind pünktlich auf die Minute, Herr Graf«, begrüßte General Hamad den Ausländer freundlich. »Kommen Sie bitte herein. Zahi, wir brauchen Getränke.«

Mit einem eigentümlichen Lächeln ging der Fremde an Zahis Schreibtisch vorbei ins Dienstzimmer des Generals. Zahi starrte noch eine Weile auf die geschlossene Tür, ehe sich auf den Weg machte, um die Getränke zu holen.

Razul Hamad musterte den deutschen Aristokraten eingehend. Normalerweise war er in der Lage, jeden Menschen innerhalb weniger Augenblicke einschätzen zu können, aber der Mann, der nun vor ihm saß, hatte etwas sehr Eigenartiges an sich. Razul vermochte nicht zu erkennen, was genau hinter den grauen Augen des Grafen vor sich ging. Und dieses Gefühl behagte ihm gar nicht.

»Es freut mich sehr, dass Sie so kurzfristig Zeit für mich hatten, General Hamad.«

»Sie sagten am Telefon, dass Sie ein besonderes Angebot für mich hätten. Etwas, wonach ich mich sehr sehne.« Razul kniff die Augen zusammen und versuchte damit, die gelassene Fassade des Deutschen bröckeln zu lassen. Aber von Steinheim schien nicht im Geringsten davon beeindruckt zu sein.

»Howard Carter wird ab heute wieder im Tal der Könige graben. Mit dem Segen Ihrer Regierung.«

»So ist es«, gab er unwirsch zurück. »Aber wenn Sie nur deswegen gekommen sind …«

»Gemach, Herr General. Mir ist bewusst, welch große Abneigung Sie dagegen haben, wenn Ausländer in den Grabstätten Ihrer Ahnen herumsteigen.«

»Fast so eine große Abneigung wie gegen Ausländer, die mich mitten im Satz unterbrechen, Herr Graf.« Ein schwaches Lächeln war alles, was Razul auf diese Aussage hin erntete. »Was haben Sie mir anzubieten?«

»Wie wäre es mit der Herrschaft über Ägypten?«

Konsterniert blickte Razul seinen Besucher an, der aufrecht – beinahe stocksteif – auf seinem Stuhl saß und ihn mit unbewegter Miene anblickte, als er den letzten Satz aussprach. Dann lachte er. Erst leise, dann immer lauter, bis er schließlich den Kopf in den Nacken legte. Die Tür zu seinem Büro schwang auf und Zahi an-

Nahhas, seine Ordonnanz, kam mit einem Tablett voll mit Getränken in den Raum und sah ihn verwundert an.

»Ich hoffe, du hast keinen Alkohol mitgebracht, Zahi, denn wie es scheint, ist mein Gast bereits betrunken.«

»Ich trinke nie«, erwiderte von Steinheim mit Nachdruck.

»Dann, mein lieber Herr Graf«, Razul beugte sich über seinen Schreibtisch und sah dem Deutschen fest in die eisgrauen Augen, »frage ich mich, warum Sie so einen Blödsinn reden?«

»Ist alles in Ordnung, General?«, fragte Zahi.

»Alles ist in bester Ordnung, mein Junge«, antwortete von Steinheim an seiner Stelle. »Danke für die Getränke. Lassen Sie uns nun wieder allein.«

Razul Hamad hatte schon weniger dreiste Menschen hinrichten lassen. Aber er war zu neugierig darauf, zu erfahren, wovon dieser Kerl sprach. Also nickte er Zahi zu, der daraufhin das Tablett auf dem Schreibtisch abstellte und das Zimmer wieder verließ.

»Sie scheinen sich Ihrer Sache sehr sicher zu sein.«

»Absolut sicher.« Graf von Steinheim nahm sich eine Flasche Wasser von dem Tablett, dazu ein Glas und schenkte es sich seelenruhig ein.

»Also, reden Sie.«

»Sie wurden von allen enttäuscht. Ihrem König, den Ministern und der Antikenverwaltung. Niemand hat Ihr Ansinnen verstanden, worum es Ihnen ging, als Sie die Engländer aus dem Grab Tutanchamuns heraus haben wollten. Und nun müssen Sie mit ansehen, wie alles, wofür Sie gekämpft haben, mit Füßen getreten und ins Gegenteil verkehrt wird.«

Razul nickte stumm.

»Ich kann Ihnen die Möglichkeit bieten, dies alles umzukehren. Alle werden sich Ihrem Willen beugen. Sie werden derjenige sein, der die Regeln macht.«

»Sie reden von einem Putsch!«

»Aber nicht doch, Putsch ist so ein schnödes Wort. Eine Machtübernahme, legitimiert von Ihren Ahnen.«

»Ich fürchte, ich kann Ihnen nicht ganz folgen.«

»Die Engländer sind nicht die Einzigen, die in Ihrem schönen Land Grabungen durchführen. Auch meine Landsleute sind dabei, an geschichtsträchtigen Orten zu graben.«

»Das weiß ich. Und außer ihnen noch Dutzende andere. Kommen Sie zum Punkt.«

»Die Deutschen sind auf etwas gestoßen. Alte Tontafeln, auf denen vom Geheimnis von Echnatons Macht die Rede ist.«

»Echnaton? Der Ketzerkönig? Er ist kein legitimer Herrscher Ägyptens gewesen. Er hat versucht, die alten Götter zu hintergehen. Dafür wurde er aus den Königslisten getilgt.«

»Er war ein Visionär, genau wie Sie auch, General. Echnaton hatte erkannt, dass um ihn herum viele mächtige Männer die falschen Entscheidungen für sein Land trafen. Er musste reagieren. Als er noch Amenophis IV. hieß, waren die wahren Herrscher in Ägypten die Priester des Amun. Über Jahrhunderte hinweg bauten diese ihre Machtposition im Land aus und ließen sogar die Pharaonen wie Marionetten an ihren Strippen tanzen.« Von Steinheim lehnte sich ein wenig zurück und lächelte. »Aber Amenophis IV. hat sich Hilfe geholt, aus dem Ausland. Er nannte sich fortan Echnaton und schließlich war er mächtig genug, um gegen die vorzugehen, die seinem Land schaden wollten.«

»Wovon sprechen Sie?«

»Von uneingeschränkter Macht. Für Sie, General.«

»Sie verschwenden meine Zeit. Sagen Sie klar, was Sie mir anzubieten haben, oder verschwinden Sie auf der Stelle!« Razul hob drohend seinen Finger.

»Echnaton hatte sich aus Babylon etwas darreichen lassen, womit es ihm möglich war, die Macht der alten Priesterkaste zu brechen. Er etablierte eine neue Gottheit, die von nun an alle anderen Götter überflüssig machen sollte: Aton.«

Ungeduldig blickte Razul den Deutschen an.

»Ich kann Ihnen einen Teil von Echnatons alter Macht sichern. Die Gabe, die er aus Babylon bekommen hat und für die er eine seiner Töchter geben musste, befindet sich immer noch in Ägypten.«

»Soso.« Razul Hamad hob eine Augenbraue und blickte spöttisch auf den hageren Mann. »Und was möchten Sie als Gegengabe haben, dafür, dass Sie mich mit grenzenloser Macht ausstatten? Meinen erstgeborenen Sohn?« Er lachte höhnisch.

»Ich hatte an etwas anderes gedacht. Alexandria.«

»Sie sind ja völlig verrückt«, stieß Razul hervor. »Verschwinden Sie! Auf der Stelle!«

»Überlegen Sie es sich gut, General. Ein zweites Mal unterbreite ich Ihnen dieses Angebot nicht«, erwiderte von Steinheim mit seinem merkwürdigen Lächeln.

»Raus hier, sofort!«

Der Deutsche erhob sich von seinem Stuhl und

nickte ihm zum Abschied zu. Dann setzte er seinen Hut auf und schritt langsam aus dem Raum.

»Zahi!«

Sofort kam sein Adjutant angelaufen.

»Was ist passiert?«

»Dieser Kerl ist allem Anschein nach verrückt. Aber trotzdem möchte ich, dass du ein paar Männer auf ihn ansetzt. Sie sollen ihn rund um die Uhr beobachten. Wenn er irgendwas Verdächtiges unternimmt, will ich informiert werden.«

Zahi nickte. »Sehr wohl, General.« Dann machte er kehrt und verließ das Dienstzimmer wieder.

Razul kratzte sich über das Kinn und sinnierte darüber nach, was der Deutsche ihm über Echnaton erzählt hatte.

ZWÖLF
GRABFÜHRUNG
LUXOR, 3. FEBRUAR 1925

Das Lachen von Harry Burton dröhnte durch die Grabkammer, während Arthur und Carl erneut den schweren Steindeckel des Sarkophags mittels des Flaschenzugs anhoben und in dieser Haltung verharrten. Dann folgte das Auslösegeräusch von Burtons Gandolfi.

»Ich will hoffen, dass das Bild diesmal was geworden ist, Harry«, stöhnte Callender, als sie den Deckel vorsichtig wieder absenkten. »Noch mal mache ich das nicht.«

»Das kann ich erst später sagen, wenn ich die Bildplatte entwickle, aber ich denke, die Chancen stehen gut. Zumindest hat diesmal keiner von euch gezwinkert oder Sonstiges.«

»Heißt das, wir können endlich mit unserer Arbeit fortfahren?«, fragte Carl und wischte sich mit dem Handrücken den Schweiß von der Stirn.

Die ohnehin schon stickige Luft wurde durch die

beiden großen Scheinwerfer, die in der Vorkammer aufgebaut und auf die Grabkammer ausgerichtet waren, auf eine Temperatur erhitzt, die einer Sauna zur Ehre gereicht hätte.

»Genehmigung erteilt!« Harry begann damit, die große Balgenkamera vorsichtig vom Stativ abzubauen.

»Gut, dann sollten wir uns beeilen. In wenigen Stunden hat sich schon wieder eine Besuchergruppe angekündigt«, sagte Callender.

»Was denn, schon wieder? Wer denn diesmal?«, fragte Carl.

»Irgendein französischer Baron oder so. Dazu noch ein paar betuchte Gäste, die wahrscheinlich gutes Geld im Büro des Ministers hinterlegt haben.«

Carl seufzte. »Ich hatte gehofft, dass es diesmal etwas anders laufen würde, aber diese ständigen Besuche behindern jede ordentliche Arbeit.«

»Ja, fast noch mehr als dieser lästige Fotograf«, fügte Callender launig hinzu.

»Hey, ich kann dich hören, Arthur.«

»Das solltest du auch!«

Carl beachtete die beiden nicht länger und lenkte seine Aufmerksamkeit auf einen schwarzen Stab aus Ebenholz mit einer Spitze aus Elfenbein, die kunstvoll in Form eines Anubis-Kopfes geschnitzt worden war. Er stand in der Ecke der Grabkammer.

»Wo kommt dieser Stab her? Er ist noch nicht gekennzeichnet.« Normalerweise wurde jedes noch so kleine Artefakt aus der Grabkammer erst fotografiert, dann katalogisiert; schließlich gut verpackt, soweit es möglich war und in eines der als Lagerraum genutzten Gräber gebracht.

»Den habe ich da hingestellt«, sagte Harry, der seine Gandolfi in die Transportbox verstaut hatte. »Bevor ihr gekommen seid, habe ich damit eine schöne Aufnahme gemacht. Ich habe ihn aus der Schatzkammer geholt und vergessen, ihn zurückzustellen.«

Carl blickte zu Arthur, dem genau derselbe Gedanke wie ihm durch den Kopf zu gehen schien.

»Bevor ihr beide gleich explodiert, bringe ich ihn mal lieber zurück«, lachte Harry. »Und keine Angst, der ist natürlich schon vorher erfasst gewesen und ordnungsgemäß nummeriert worden.«

»Howard würde dich damit aufspießen, wenn er wüsste, dass du Gegenstände aus der Schatzkammer einfach so entfernst«, sagte Callender mit ernster Stimme.

Burton nahm den Stab und brachte ihn in die angrenzende Schatzkammer zurück, wo er ihn neben dem goldenen Kanopenschrein abstellte. Auf dem Boden konnte Carl das kleine weiße Pappschild mit der Erfassungsnummer erkennen, die sie intern scherzhaft auch Carter-Nummer nannten.

»Seht ihr, alles wieder so wie zuvor. Kein Grund zur Aufregung.«

»Hast du so was schon öfter gemacht?«, wollte Carl wissen.

»Das werdet ihr nie erfahren«, erwiderte Harry in verschwörerischem Tonfall und lachte. »So, wärst du so nett und hilfst mir beim Hinaustragen der Kamera und des Stativs?«

Ehe Carl antworten konnte, schnappte sich Arthur Callender das sperrige Holzstativ.

»Ich helfe auch mit. Nach der ganzen Anstrengung brauche ich etwas frische Luft. Hier drinnen kann man ja kaum atmen.«

Schon als sie die Treppenstufen nach oben stiegen, konnten sie die strenge Stimme von Howard Carter hören, der den ägyptischen Arbeitern Anweisungen erteilte.

»Verlegt die Schienen direkt bis hinunter zum Nil!«

Carl blinzelte, als er aus dem nur mäßig beleuchteten Treppengang wieder ins helle Sonnenlicht trat.

»Schienen? Wollen wir jetzt auch noch eine Bahnstrecke bauen?«

»Nicht ganz. Aber ich habe während meiner Reise durch die USA eine gute Anregung bekommen, wie wir den Abtransport der Fundstücke etwas schneller und einfacher gestalten können, indem wir eine Feldbahn errichten.« Carter zeigte auf die Hügelkette, die das Tal umschloss.

»Einfach? Howard, es sind bestimmt zehn Kilometer von hier bis zum Nil durch unwegsames Gelände.« Arthur Callender schüttelte ungläubig den Kopf. »Warum nehmen wir nicht einfach wieder die Brücke?«

»Weil die bald nicht mehr existieren wird. Sie ist marode und nicht mehr sicher passierbar. Ich will und kann nicht riskieren, mit den Grabfunden diesen Weg zu nehmen und darauf zu hoffen, dass alles gut geht. Daher habe ich mich für diese Lösung entschieden.« Carter deutete auf gut ein Dutzend riesiger Holzkisten, die in der Nähe des Grabes aufgebaut waren und in denen sich laut der französischen Beschriftung die Gleise einer Schmalspurbahn befanden.

»Ist das etwa alles? Damit kommen wir nie von hier bis zum Nil«, brummte Callender, als er die Kisten in Augenschein nahm.

»Oh doch, das werden wir. Wir müssen natürlich die Strecke mit uns nehmen.«

»Ich verstehe nicht ganz?«

»Er meint, dass wir die Gleise, die am Anfang verbaut wurden, wieder abbauen und vorne an die Strecke anbauen.«

Carter nickte Carl zu.

»Die Arbeiter werden meutern.« Arthur kratzte sich am Kopf. »Und ich kann es ihnen nicht einmal verdenken.«

»So schlimm wird es nicht werden. Es dauert ja auch noch etwas, bis wir das System nutzen. Ich habe die Leute erst mal angewiesen, das Anfangsstück zu verlegen.«

»Haben wir jemanden hier, der damit Erfahrung hat?«

»Die Schienen dieser Feldbahn haben ein Stecksystem, das dem einer Kindereisenbahn gleicht. Das sollte hinzukriegen sein.« Carter wandte sich an Burton. »Sind Sie für heute mit den Fotos soweit fertig?«

»Ja, alles im Kasten.« Harry klopfte zur Bestätigung fest auf das Gehäuse der Transportbox für die Kamera.

»Gut.« Carter zog seine Taschenuhr hervor und ließ den Deckel aufspringen. »In einer Stunde erwarten wir Besucher für das Grab. Baron de Szilassy gemeinsam mit einem Comte de Contades und einigen Gästen der ägyptischen Regierung.«

»Oha, so viel Adelsbesuch auf einmal«, grinste Callender und rieb sich das Kinn. »Da kommt nur einer infrage, der diese hochgestellten Persönlichkeiten angemessen durch das Grab führen kann.« Er sah Carl auffordernd an.

»Bitte nicht.«

»Oh doch, ich hatte auch gleich an Sie gedacht«, fügte Carter schmunzelnd hinzu. »Sie haben doch genügend Erfahrung mit solchen Besuchern. Ich erinnere mich noch gut an die belgische Königin, die so angetan von Ihnen war, dass Sie gleich mehrfach zu Besuch kam.«

»Das war was anderes, ich kannte sie von früher und …«

»Also abgemacht«, schnitt Carter ihm das Wort ab und wandte sich Arthur Callender zu. »Während Dr. Falkenburg den Besuchern das Grab zeigt, werden wir uns in KV15 darum kümmern, die Einzelteile des Schreins endlich transportfertig zu verpacken.« Dann ging er auch schon los, ohne sich noch einmal umzudrehen. Arthur Callender zuckte mit den Schultern und stapfte ihm durch den Sand hinterher.

»Kopf hoch, du schaffst das schon.« Harry klopfte Carl aufmunternd auf die Schulter. »Aber vorher kannst du mir noch helfen, meine Ausrüstung in die Dunkelkammer zu tragen.«

»Nichts lieber als das, wenn ich dir auch noch deine Schuhe putzen soll, brauchst du es nur zu sagen.«

»Hey, ich kann die Sachen auch allein tragen, wenn du mich anmaulst!«

»Entschuldige, Harry. So war das nicht gemeint. Aber wir sind jetzt schon wieder seit fast zwei Wochen hier und haben bisher kaum etwas geschafft, geschweige denn, dass wir endlich mal den Sarkophag geöffnet hätten.«

Burton nickte verständnisvoll. »Ich verstehe gut, was du meinst. Ich sag dir was, ich wette mit dir, dass Carter auch in fünf Jahren immer noch nicht mit diesem Grab fertig ist.«

»Da halte ich nicht dagegen«, lachte Carl. »Niemand ist geduldiger und akribischer als Carter. Der wird noch das letzte Staubkorn im Grab analysieren, wenn wir alle längst in unseren eigenen Särgen liegen.«

Harrys Miene gefror augenblicklich.

»Das ist nicht lustig. Vor allem nicht hier.«

»Ach, jetzt komm schon, Harry, fang bloß nicht wieder mit dem Fluch an.« Carl hob den Kamerakasten hoch. »Lass uns die Sachen wegbringen, ehe die Besucher hier aufkreuzen.«

»Hey, stell das wieder hin. Die trage ich. Du hast ein Talent, mit meinen Sachen zu stürzen.« Burton lachte. »Nimm das Stativ, das Arthur netterweise im Sand liegen gelassen hat.«

»Meinetwegen.« Carl reichte Harry die Kiste.

Nachdem sie die Ausrüstung in KV55 hineingetragen hatten, ließ Carl seinen Freund beim Entwickeln der Bilder allein und ging wieder hinaus, wo er sich unter den Pavillon setzte, den die Arbeiter in der Nähe des Grabes zum Schutz vor der Sonne errichtet hatten. Um die Wartezeit auf die Besucher nicht ungenutzt zu lassen, zog er sein Notizbuch hervor und las Alan Gardiners Übersetzung der babylonischen Briefe, die er sich abgeschrieben hatte. Besonders der Text der vierten Tafel beflügelte seine Neugier. Was konnte der babylonische König Burna-Buriaš II. nur mit Marduks Gabe gemeint haben? Und warum war sie Echnaton so wichtig, dass er schließlich eine seiner Töchter im Gegenzug dafür nach Babylon schickte? Während Carl darüber nachgrübelte, hallte von den Bergen das Dröhnen von Motoren wider und kündigte die Besuchergruppe an. Er klappte sein Notizbuch zu und steckte es wieder in die Tasche. Sein Blick fixierte die Kurve des schmalen Weges, der direkt auf ihn zuführte. Nach kurzer Zeit kam das erste von insgesamt drei Fahrzeugen um die Ecke gebogen. Es war ein Cabrio, auf dessen Rückbank ein junges Paar in weißer Kleidung saß. Der Fahrer stoppte den Wagen in unmittelbarer Nähe des Pavillons und stieg aus, um den beiden die Tür zu öffnen.

»Vorsichtig beim Aussteigen, meine Liebe«, säuselte der weiß gekleidete Geck auf Französisch, als seine Begleiterin zuerst ausstieg.

»Keine Sorge, André. Ich schaffe das schon«, gab die junge Frau in einem leicht ironischen Tonfall zurück und lachte glockenhell. Sie öffnete ihren kleinen Schirm zum Schutz gegen die Sonne und sah in Carls Richtung. Ihr Gesicht war das schönste, was er je gesehen hatte. Hohe Wangenknochen, eine schmale Nase und volle Lippen, deren Ränder sich leicht nach oben bogen, als sie ihm zulächelte. Carl spürte, wie sein Herz schneller zu schlagen begann, als sie auf ihn zukam.

»Guten Tag. Sind Sie …«

»Wer immer Sie wollen«, murmelte Carl.

»Wie bitte? Ich habe Sie nicht ganz verstanden«, gab die blondhaarige Schönheit zurück.

»Ich sagte ›Guten Morgen‹. Ich bin Dr. Carl Falkenburg.« Er ergriff ihre freie Hand und deutete einen Handkuss an. »Freut mich sehr, Madame …?«

Sie ließ ihr fröhliches Lachen erneut erklingen.

»Mademoiselle, wenn überhaupt. Aber ich komme wie Sie aus Deutschland, Elsa von Rosenberg.« Sie zwinkerte ihm zu und wechselte ins Deutsche. »Freut mich sehr, Sie kennenzulernen, Dr. Falkenburg. Ich habe schon viel über Sie gelesen.«

»Über mich?«, fragte er erstaunt.

»Aber ja doch. Es gab da einige Artikel in …«

»Elsa, Liebes, schnatter nicht so viel mit dem Herrn.« Der weiß gekleidete Dandy aus dem Auto war neben sie getreten. »Bon Jour, ich bin Comte André de Contades.«

»Carl Falkenburg, freut mich.« Er schüttelte dem Franzosen die Hand.

»Die kleine Elsa war schon heute Morgen vor der Abfahrt so aufgeregt. Wenn sie einmal loslegt, sprudeln die Worte aus ihr heraus wie aus einem Wasserfall.« De Contades lachte vergnügt, während sich die Miene der neben ihm stehenden Elsa verfinsterte.

»Rede nicht über mich, als wäre ich ein dummes kleines Kind«, zischte sie ihren Begleiter an.

»Aber Liebes, ich habe doch nur einen Scherz gemacht.«

»Auf meine Kosten.«

Carl konnte sehen, dass es dem Franzosen sichtlich

unangenehm war, sich vor ihm mit seiner Freundin zu streiten. Aber vielleicht war es auch nur die Hitze, die ihm den Schweiß auf die Stirn trieb.

»Einen wunderschönen guten Morgen«, rief ein voluminöser Mann mit kräftiger Stimme ebenfalls auf Französisch, als er auf sie zukam. Er war aus dem zweiten Fahrzeug ausgestiegen und ging an der Spitze einer Gruppe von fünf Männern. Carl erkannte eine ägyptische Militäruniform unter ihnen. »Ich bin Baron de Szilassy, mit wem habe ich das Vergnügen?«

»Das ist Dr. Carl Falkenburg«, kam ihm Elsa von Rosenberg zuvor. »Ich habe Ihnen gestern von ihm erzählt.«

»Ah, der deutsche Ägyptologe in Howard Carters Team. Werden Sie uns heute das Grab zeigen?«

»So ist es«, antwortete Carl. »Es gibt da nur eine Kleinigkeit, die wir vorher klären sollten.« Er sah Elsa von Rosenberg mit betrübtem Blick an.

»Ich weiß, es sind keine Frauen im Grab erwünscht«, erwiderte sie und fügte nach einer kurzen Pause hinzu: »Normalerweise.«

»Ich verstehe nicht ganz?«

»Sie darf uns in das Grab begleiten, Dr. Falkenburg«, erklang die Stimme des ägyptischen Offiziers, der sich nun in den Vordergrund schob. Carl erkannte das Gesicht des Mannes wieder. Es war Zahi an-Nahhas, der im letzten Jahr für die Schließung des Grabes mitverantwortlich gewesen war. Der Ägypter grinste ihn an. »Freut mich sehr, dass Sie sich an mich zu erinnern scheinen.«

»Es sind nicht die besten Erinnerungen«, gab er nüchtern zurück.

»Das glaube ich. Aber lassen wir die Vergangenheit ruhen und wenden wir uns der Gegenwart zu. Und keine Sorge, die Erlaubnis zum Betreten des Grabes für Frau von Rosenberg ist von höchster Stelle erteilt worden.«

»Nun gut. Dann lassen Sie uns gleich in das Grab hinabsteigen. Ich möchte Sie vorher nur darauf hinweisen, dort unten nichts – und ich meine absolut gar nichts – zu berühren oder gar anzufassen.« Carl nickte an-Nahhas zu und ging der Gruppe voran. Er erklärte bereits auf den ersten Stufen der Treppe einiges zur Fundsituation, weiterhin auf Französisch, auch wenn er in der Sprache nicht so sattelfest war wie im Englischen oder Arabischen. Durch den schmucklosen Korridor gelangten sie in die Vorkammer, in der sich die Luft inzwischen durch die beiden Scheinwerfer noch stärker aufgeheizt hatte.

»Puh, was für eine Hitze«, sagte Baron de Szilassy. »Ich hatte es kühler erwartet.«

»Diese Nebenwirkung müssen wir leider in Kauf nehmen«, sagte Carl und drehte einen der Scheinwerfer so, dass die Vorkammer besser ausgeleuchtet wurde. »Aber die elektrische Beleuchtung ist alternativlos für die Arbeit hier im Grab.«

»Ist er das?«, fragte Elsa mit staunender Stimme und blickte an Carl vorbei auf den Durchbruch zur Grabkammer, in der der Sarkophag gut sichtbar stand.

»Ja. Das ist Pharao Tutanchamun.«

»Können wir mal einen Blick auf den alten Knaben werfen?«, fragte André de Contades in heiterem Tonfall.

»Auf keinen Fall. Es gibt gute Gründe, warum wir den Sarkophag bisher nicht vollends geöffnet haben.« Er warf einen Seitenblick zu Zahi an-Nahhas, der mit grimmiger Miene auf den Franzosen blickte. »Zudem war Tutanchamun alles andere als alt, sondern tatsächlich eher ein Knabe, wenn wir uns auf die Aufzeichnungen verlassen können, die wir hier gefunden haben.«

Carl setzte zu einem Vortrag über die Geschichte des Pharao an und erklärte der Gruppe, wie sie das Grab vorgefunden hatten und welche Schätze sich alleine in der nun leeren Vorkammer befunden hatten. Nachdem er etwa zehn Minuten gesprochen hatte, verabschiedete sich der Comte de Contades bereits wieder aus dem Grab.

»Ich muss hier raus«, keuchte er mit schweißnassem Gesicht und eilte durch den Korridor hinauf.

»Noch jemand?«, fragte Carl.

»Auf gar keinen Fall«, erwiderte Elsa von Rosenberg. »Dürfen wir die Grabkammer betreten?«

»Natürlich, aber passen Sie auf, da ist ein hoher Absatz.« Carl ging voraus in die Grabkammer, deren Boden um einiges tiefer lag, als in der Vorkammer, und reichte Elsa die Hand. »Kommen Sie.«

»Danke.« Sie hielt ehrfürchtig den Atem an, als sie neben dem Sarkophag stand und die Wandzeichnungen rundherum betrachtete. »Das ist wunderschön.«

»Ja, das ist es. Aber verglichen mit den Dekorationen in anderen Gräbern hier im Tal nur von untergeordneter Bedeutung.«

Mit stummen Staunen ging Elsa um den Sarkophag herum und entdeckte schließlich den Durchgang zur anschließenden Schatzkammer.

»Da bitte nicht hineingehen«, mahnte Carl.

»Es ist ein erhebendes Gefühl, hier zu stehen und all diese Schätze mit eigenen Augen zu sehen. Die Bilder von diesem Burton sind zwar nicht schlecht, aber sie geben nur einen Bruchteil dieser Pracht wieder.«

»Sie sagen es.« Hinter sich hörte Carl ein Knirschen und er fuhr blitzschnell herum. Zahi an-Nahhas hatte beide Hände an den Deckel des Sarkophags gelegt. »Nichts anfassen!«

»Vergessen Sie nicht, wer hier das Sagen hat, Falkenburg!«

»Sie ganz sicher nicht. Raus hier!« Carl sah den Ägypter eindringlich an.

»Gut. Dann ist die Führung hiermit für alle beendet. Bedanken Sie sich bei Dr. Falkenburg dafür.«

Mit enttäuschtem Gesicht ging Elsa von Rosenberg an ihm vorbei und verließ mit dem Rest der Gruppe das Grab, während Carl und Zahi noch in der Grabkammer verblieben.

»Was wollten Sie damit bezwecken? Wollten Sie mich testen?«

»Nehmen Sie sich nicht zu wichtig, Falkenburg«, gab Zahi höhnisch zurück. »Achten Sie lieber darauf, dass Sie Ihre Arbeit ordentlich verrichten, sonst könnte die Grabung schneller beendet sein, als Ihnen lieb ist.« Der Ägypter ließ Carl grübelnd in der Grabkammer zurück.

Als er schließlich wieder ins Freie trat, hatte sich die Besuchergruppe unter dem Pavillon versammelt. Harry Burton stand bei ihnen und gab einige Anekdoten zum Besten, die die Stimmung deutlich verbesserten. Carl blieb noch beim Grabeingang stehen, seine Augen suchten Zahi an-Nahhas und fanden ihn schließlich bei seinem Auto, in das er gerade wieder einstieg und allein losfuhr.

»Hallo Carl, es gab Probleme, hab' ich gehört?«, fragte Harry, der zu ihm rübergekommen war.

»Nicht wirklich. Aber dieser an-Nahhas war letztes Jahr auch hier, als das Grab geschlossen wurde. Jetzt hat er versucht, den Deckel des Sarkophags aufzuschieben.«

»Er ist sicherlich im Auftrag von General Hamad hier gewesen. Der hat bestimmt schwer daran zu knabbern, dass wir wieder im Tal sind.«

»Ganz bestimmt hat er das. Ich sollte mit Howard über den Vorfall sprechen.«

»Hey, das machen wir später.« Harry legte ihm eine Hand auf die Brust, als er gerade losgehen wollte. »Erst mal kümmerst du dich noch um die Besucher. Die nette Dame würde gerne noch einige andere Gräber besichtigen und ich habe das Gefühl, sie würde sich sehr freuen, wenn du ihr einiges dazu erklärst.« Burton zwinkerte ihm eindeutig zweideutig zu. »Ich bin ja leider verheiratet, sonst würde ich das übernehmen ...«

»Untersteh dich. Außerdem ist sie in Begleitung hier.«

»Dieser Stutzer ist doch keine Konkurrenz für dich.« Harry blickte in Richtung des Franzosen, der sich im Schutz des Pavillons mit seinem Hut Luft zufächelte.

»Dr. Falkenburg.« Mit schnellen Schritten kam Elsa von Rosenberg zu ihnen gelaufen. »Hat Mr. Burton es Ihnen gesagt? Wäre es möglich, dass Sie mir noch andere Gräber zeigen?«

»Ähm, ja ... Prinzipiell schon, aber was ist mit Ihrem Begleiter? Er sieht nicht so aus, als ob er noch großes

Interesse daran hätte, sich ein weiteres Grab anzusehen.«

»Ach, er muss ja auch nicht. Baron de Szilassy hat ebenfalls keine Lust auf weitere Gräber, aber ich glaube, er würde sich über weitere von Ihren Geschichten freuen, Mr. Burton«, sagte sie an Harry gewandt. Der verstand sofort.

»Das mache ich doch sehr gerne, Fräulein.« Das letzte Wort sprach Burton auf Deutsch aus und ging mit einem breiten Grinsen zu den anderen hinüber.

»Also, welches Grab können Sie mir noch zeigen, Dr. Falkenburg?« Elsa von Rosenberg sah ihn voller Vorfreude an. Carl verlor sich beinahe in ihren tiefblauen Augen.

»Äh, ich würde Ihnen KV17 zeigen wollen, das Grab von Sethos I., es ist eine der größten Anlagen und hat die schönsten Wandgemälde von allen, meiner Meinung nach.« Carl nahm sich zwei Taschenlampen, die in einer Holzkiste neben dem Eingang verstaut waren. »Die werden wir dort brauchen.«

»Sehr schön. Dann lassen Sie uns gehen.« Sie hakte sich bei ihm unter, was Carl nervöser machte als der Ärger mit an-Nahhas. Gemeinsam gingen sie am Pavillon vorbei, wobei Carl der böse Blick, mit den der Comte ihn bedachte, nicht entging.

Im Grab von Sethos I. war es deutlich kühler als in dem kleinen, stickigen Grab von Tutanchamun. Mit einer Gesamtlänge von fast einhundertvierzig Metern, die sich tief in die Erde erstreckten, war es das längste seiner Art im Tal der Könige und stellte den Höhepunkt der Baukunst der alten Ägypter dar.

Am Eingang schaltete Carl seine Lampe an und ging voraus über die flach abfallende Treppe in den breiten Korridor.

»Wer hat dieses Grab entdeckt?«, fragte Elsa, die dicht hinter ihm ging.

»Ein Italiener, Giovanni Belzoni. Deswegen wird dieses Grab unter den Ägyptologen manchmal auch Belzonis Grab genannt.«

»Ist er hier etwa begraben?«

»Aber nicht doch.« Carl lachte. »Er hat hier allerdings wirklich für kurze Zeit gelebt, während der Ausgrabung. Sie werden es sehen, wenn wir tiefer kommen, wie riesig es ist. Aber schauen Sie sich erst mal das hier an.« Er ließ den Lichtkegel seiner Lampe über die linke Seite der Korridorwände gleiten. »Das sind Darstellungen der Litanei des Re. Dies ist das erste Grab, in dem sie an den Wänden verwendet worden ist.«

»Einfach wunderschön.«

»Kommen Sie, es wird noch besser.« Carl ging weiter durch den Korridor zu einer zweiten Treppe, die noch tiefer hinabführte. Die Luft wurde kühler, bekam aber einen muffig-feuchten Beigeschmack. Durch einen kurzen Korridor gelangten sie über einen abgedeckten Brunnenschacht in einen großzügig dimensionierten Raum, in dessen Mitte vier Säulen standen. Carl strahlte mit seiner Lampe die Decke an, die mit zahlreichen Zeichnungen von Sternen verziert war.

»Der schönste Sternenhimmel, den ich je gesehen habe«, staunte die junge Deutsche.

»So ging es mir auch, als ich das erste Mal hierher kam. Auch die Wandmalereien werden immer detaillierter und kunstfertiger. Hier sind es Darstellungen aus dem altägyptischen Pfortenbuch, die den Weg in die Unterwelt ebnen.«

»Wie lange die Arbeiten an diesem Grab wohl gedauert haben?«

»Alan Gardiner nimmt an, dass es zwischen zwölf und vierzehn Jahre in Anspruch genommen haben muss, um alles fertigzustellen.«

»Das glaube ich sofort. Es ist alles so unglaublich gut ausgearbeitet, noch viel schöner als bei Tutanchamun.«

»Ja, das stimmt. Howard Carter sagte mir, ein Vergleich der beiden Grabanlagen verbiete sich. Man vergleicht die Sixtinische Kapelle ja auch nicht mit einer Dorfkirche.« Carl schwenkte seine Taschenlampe nach links, wo hinter einer Säule eine Treppe zu sehen war. »Kommen Sie, ich zeige ...«

»Elsa!« Die Stimme des Franzosen schallte durch die Gänge. »Elsa! Komm jetzt, wir brechen auf!«

Sie seufzte und sah Carl wehmütig an.

»Ich fürchte, das muss warten. Aber ich bin noch die ganze Woche in Luxor, vielleicht ergibt sich ja noch mal eine Gelegenheit für einen Besuch hier und Sie haben etwas Zeit für mich?«

»Ich werde es gern versuchen«, erwiderte Carl und lächelte sie an. Für einen Moment trafen sich ihre Blicke.

»ELSA!«

»Ja, ich komme schon«, rief sie hinauf. »Es tut mir leid, aber ich muss jetzt los.«

»Natürlich.«

Sie gingen durch die Korridore zurück und wurden

von einem ungeduldig wartenden Comte de Contades in Empfang genommen.

»Komm jetzt«, brummte er, als sie die letzten Treppenstufen hinaufkamen. Aber Elsa wandte sich noch einmal zu Carl um.

»Vielen Dank, Dr. Falkenburg. Bis bald, hoffentlich.« Sie drückte ihm die Taschenlampe in die Hand und schenkte ihm noch ein Lächeln, bevor sie am Arm des Franzosen zurück zu ihrem Automobil ging. Carl blieb noch eine Weile im Grabeingang stehen und sah ihr hinterher. Zum ersten Mal seit Jahren kreisten seine Gedanken nicht um die Ägyptologie.

DREIZEHN
EIGENE PLÄNE
ACHETATON, AMARNA

Abdel verschränkte trotzig seine Arme vor dem Brustkorb und sah ihn mit grimmiger Entschlossenheit an.

»Nein, das mache ich nicht, Sidi!«

»Meinetwegen.« Richard zuckte mit den Schultern. »Dann eben nicht. Aber dann kann ich dich hier auch nicht länger brauchen.«

Der Ägypter ließ die Arme wieder sinken und sah ihn fassungslos an. »Aber ... das geht nicht! Sidi Carl würde es niemals erlauben!«

»Mein Bruder hat mir die Verantwortung übertragen, Abdel. Das bedeutet, ich kann sehr wohl widerspenstige Arbeitskräfte entlassen, wenn sie sich weigern, meinen Anweisungen Folge zu leisten.« Er machte eine kurze Pause, bevor er weitersprach. »Also, möchtest du es dir noch einmal überlegen?«

Nach kurzem Zögern nickte ihm der verunsicherte Ägypter zu.

»Gute Entscheidung. Dann schnapp dir ein paar Männer und macht euch auf den Weg zu den Gräbern. Ich komme gleich nach.«

Wortlos verließ Abdel sein Zelt und Richard atmete tief durch.

Wie hält Carl das mit diesen Kerlen bloß aus? Dieses ganze Getue und übervorsichtige Vorgehen, pah.

Zwei Wochen war es nun her, dass Carl ins Tal der Könige aufgebrochen war, und ihm kam es bereits wie Monate vor. Jeden Tag derselbe Ablauf, von früh bis spät. Das war zwar schon vorher so gewesen, aber da konnte er sich von Zeit zu Zeit auch anderweitig beschäftigen, nun war er derjenige, der die Arbeit am Laufen halten musste. Und er hatte schnell festgestellt, dass er für diese Art Leben nicht gemacht war. Umso wichtiger war es, sich zu beeilen, damit er von Steinheim endlich loswerden würde. Das hoffte er zumindest, auch wenn er tief in sich spürte, dass dieser Graf trotz allem an ihm haften bleiben würde wie ein Brandmal.

»Und es ist alles deine verdammte Schuld, Carl«, murmelte er leise vor sich hin. Er sagte es sich jeden Tag, um keine Gewissensbisse aufkommen zu lassen. Und es klappte erstaunlich gut. Aber vielleicht lag es auch daran, dass er mittlerweile Übung darin hatte, Freunde zu hintergehen. Warum also nicht auch seinen Bruder?

Er ging zu dem improvisierten Waschtisch hinüber, der in der Ecke des Zeltes aufgebaut war und auf dem eine Schüssel Wasser vor einem Tischspiegel stand. Unbewusst starrte er sein Spiegelbild einen Augenblick zu lange an.

»Du willst also wirklich deinem eigenen Bruder in

den Rücken fallen?«, fragte ihn das Gesicht aus dem Spiegel. Es sprach mit Carls Stimme.

»Tu nicht so scheinheilig. Du hast keine Ahnung!«

»Ach wirklich? Habe ich nicht? Mir ist gleich aufgefallen, dass du dich in Gegenwart des Grafen seltsam benommen hast. Ich bekomme schon raus, was du für ihn besorgen sollst. Und dann …«

»Halt endlich deine Klappe! Einen Scheiß wirst du herausbekommen«, schrie Richard und schlug den Spiegel vom Tisch. Es dauerte einen Moment, bis er bemerkte, wie seine rechte Hand pochte. Blut tropfte von seinen Fingern. In seinem Handrücken steckte eine vier Zentimeter lange Scherbe von dem zerbrochenen Spiegel. Er atmete tief durch. »Auch das noch.« Dann zog er sich das Glas mit einem Ruck hinaus und suchte sich etwas, um die Wunde zu verbinden.

Mit vier Männern zog Abdel in Richtung der Felsenzüge, die das gesamte Gebiet des ehemaligen Achetaton wie eine Sichel umschlossen. Sie hielten auf einen schmalen Einschnitt im Gebirge zu, der eine lang gezogene Schlucht bildete. Dies war der Weg zu den Gräbern des Adels und der Herrscherfamilie des Pharaos. Er führte in das Königstal von Amarna, ein Weg, den damals niemand vom niederen Volk nehmen durfte. Nun schritten Abdel und seine Kameraden auf ebenjenen Pfad. In sich spürte Abdel immer noch die Wut über Richard Falkenburg. Er hatte sich vorgenommen, an seinem kommenden freien Tag nach Luxor zu fahren und mit Sidi Carl über dessen Bruder zu sprechen. Ganz sicher würde er nicht gutheißen, was sein Bruder von Abdel und den anderen Arbeitern verlangte.

Schließlich erreichten sie die Gräber. Die Eingänge waren alle durch schwere Holzplatten und einem großen Balken davor verriegelt. Das Werk der Archäologen, die bereits Jahre vor ihnen an diesem Ort gewesen waren. Aber Abdel wusste, dass es ohnehin keine Schätze in diesen Gräbern gab, nie gegeben hatte. Auch die Grabstätten selbst wurden nie benutzt. Umso mehr wunderte sich Abdel, warum Richard Falkenburg darauf bestand, dass sie eines der Gräber öffneten. Echnatons Grab. Ähnlich den Anlagen im Tal der Könige waren die Grabstätten tief in den Fels hineingeschlagen worden. Abdel wies die Männer an, den Eingang freizumachen. Mit Stemmeisen und einer Spitzhacke mühten sich die vier ab, den Riegel zu öffnen. Der Kampf mit der Tür und dem Balken dauerte einige Minuten, aber schließlich behielten die Arbeiter die Oberhand. Sie rissen die große Tür aus der Verankerung, sodass sie wie eine Zugbrücke hinabfiel und den Weg ins Grabinnere freigab. Abdel ging als Erster hinein und entzündete seine Karbidlaterne. Im gelblichen Lichtschein wurde das Chaos in der großen Grabkammer sichtbar. Große Steinbrocken, vermutlich von einem Sarkophag, lagen auf dem Boden. An den Wänden waren bei einigen der dargestellten Figuren die Gesichter entfernt oder weggekratzt worden. Schon beim ersten Auffinden des Grabes vor mehr als zweihundert Jahren hatte es so ausgesehen. Die wenigen Stücke, die der Zerstörung nach dem Ende von Echnatons Herrschaft entgangen waren, befanden sich längst in Kairo, in den Archiven des Museums. Soweit Abdel wusste, war der als Ketzerkönig verschriene Pharao niemals in seinem Grab beigesetzt worden. Vielleicht war seine Mumie auch entfernt und vernichtet worden. Hinter sich hörte er ein Knirschen. Als er sich umdrehte, sah er die anderen vier Männer im Eingang stehen.

»Was ist, warum kommt ihr nicht rein?«

»Kein guter Ort, um einzutreten«, gab Yassir, der Älteste der vier zurück. »Schlimm genug, dass wir in seiner Stadt graben, aber auch noch in seinem Grab – lassen wir es lieber sein.«

»Aber nicht doch«, ertönte aus dem Hintergrund die Stimme von Richard Falkenburg. Der Deutsche drängte sich an den vier Männern vorbei und kam zu Abdel in das Grab. »Gar nicht so groß«, sagte er.

»Groß genug für einen König«, erwiderte Abdel. Er bemerkte den frischen Verband, den Falkenburg um die rechte Hand trug und auf dem sich deutlich sichtbar ein tiefroter Fleck abzeichnete.

»Auf jeden Fall reicht es, wenn ich hier allein arbeite.« Der Deutsche streckte die Hand nach Abdels Laterne aus. »Gib mir die Lampe. Du und die anderen, ihr könnt wieder zurück zur Stadt gehen.«

»Sollen wir im Palast weitergraben?«, fragte Abdel überrascht.

»Ja, gute Idee«, antwortete Falkenburg nachdenklich, während er sich im Grab umsah.

»Vielleicht sollte ich besser hierbleiben, um den Sidi zu unterstützen?«

»Nicht nötig, das schaffe ich auch alleine.« Richard

Falkenburg drehte sich zu ihm herum und leuchtete ihm ins Gesicht. »Worauf wartest du noch? Du kannst jetzt gehen, ihr alle!«

Abdel verbeugte sich und verließ das Grab. Am Eingang blieb er stehen und blickte zurück. Misstrauisch beäugte er, wie der Deutsche sich den Wänden des Grabes zuwandte. Er beschloss, die Begräbnisstätte zu einem späteren Zeitpunkt noch mal zu besuchen. Allein.

VIERZEHN

SÄRGE

TAL DER KÖNIGE, 4. FEBRUAR 1925

Nachdem der gestrige Tag wegen der Besucher nicht ganz so produktiv gewesen war, konnten sie heute ungestört im Grab arbeiten. Gemeinsam mit Howard Carter stand Carl über den geöffneten Totenschrein gebeugt und sie reinigten den Deckel des darin befindlichen Sarges vorsichtig mit lauwarmem Wasser und etwas Ammoniak. Die künstlerische Ausarbeitung des Holzsarges in der bekannten anthropomorphen Form war beeindruckend. Vor allem die verschiedenfarbigen Glaseinlagen erstrahlten wieder in neuem Glanz.

»Schauen Sie sich die Uräus an. Ist sie nicht wunderschön?« Carter blickte verzückt auf die Schlange, die sich oberhalb des in den Deckel eingeschnitzten Gesichtes befand und aus der Stirn herauszukommen schien. Direkt neben der Schlange war der Geierkopf, das Symbol für Oberägypten, während die Uräus für Unterägypten stand. »Ein großartiges Stück!«

»Ich bin gespannt, wie der nächste Sarg aussieht«,

sagte Carl. Genau wie Carter war er sich sicher, dass der Pharao nicht einfach nur in einem Sarg lag, sondern in mehreren verschachtelten Särgen, wie russische Matrjoschka. Zudem bestand diese Totenkiste – so prächtig sie auch gearbeitet sein mochte – zum Großteil aus Holz und war keineswegs einem König angemessen. »Wann öffnen wir den Deckel?«

»Alles zu seiner Zeit. Vorher müssen wir uns etwas mehr Platz verschaffen. Hier in der Grabkammer ist es einfach zu beengt.«

»Wir könnten den Sarg mittels des Flaschenzuges aus dem Sarkophag herausheben und in der Vorkammer weiterarbeiten.«

»Ja, daran habe ich auch schon gedacht. Aber dazu müssten wir noch einige Vorbereitungen treffen.«

»Worauf warten wir noch?« Carl grinste Carter an.

»Sie haben recht.«

Carter beendete die Reinigungsarbeit am Sarg und verließ das Grab, nur um gleich darauf mit Arthur Callender zurückzukehren. Sie besprachen kurz die Möglichkeiten und entschieden, noch einen zweiten Flaschenzug aufzubauen, um den Sarg sicher aus dem Sarkophag heben und in die Vorkammer bugsieren zu können.

Den restlichen Tag verbrachte Carl gemeinsam mit Callender und zwei ägyptischen Arbeitern damit, Holzbalken zuzusägen und miteinander zu verschrauben. Als das Gestell für den Flaschenzug fertig war, errichteten sie noch ein kleines Podest in der Vorkammer, auf dem sie den Sarg abstellen konnten.

Am nächsten Tag versuchten sie, den Sarg aus dem

Granitsarkophag herauszuheben, was sich als komplizierter als zunächst gedacht herausstellte. Es kostete sie Stunden, die Schlingen um die Totenkiste zu legen, weil jeder Handgriff mit größter Vorsicht ausgeführt werden musste, um ja keine Beschädigung zu verursachen. Zum Glück stand der Sarg nicht direkt auf dem Boden des Sarkophags, sondern auf einem kleinen Gestell, einer Art Bahre. Schließlich waren vier starke Riemen um den Sarg herumgelegt und jeweils zwei an den Flaschenzügen befestigt. Unter die Riemen wurden zudem reichlich Watte gestopft, damit die Hülle auf keinen Fall beschädigt werden konnte. Das Totenbehältnis selbst war glücklicherweise nicht so schwer wie der Deckel des Sarkophags. Zu viert zogen sie an den Seilen und hoben das Totenbehältnis von Tutanchamun in die Höhe. Durch das vergleichsweise geringe Gewicht war es ihnen möglich, die Befestigung am ersten Flaschenzug zu lösen und den Sarg nur mit dem neu aufgebauten zweiten Hebegestell in die Vorkammer zu schwenken, um ihn dort sicher auf dem Podest abzusetzen.

»So, jetzt können wir endlich richtig arbeiten«, sagte Howard zufrieden. »Gehen Sie mir mal zur Hand, Arthur.«

»Sollen wir den Deckel des Sarges öffnen?«, fragte Callender. »Soll Burton nicht erst noch ein paar Bilder machen?«

»Ach wo, er hat noch genug Gelegenheiten, Bilder davon zu machen. Fassen Sie bitte am Fußende an.«

Gemeinsam hoben die beiden Engländer den Sargdeckel an und legten ihn vorsichtig zur Seite. Carl und die beiden ägyptischen Arbeiter hielten den Atem an.

Zum Vorschein kam ein Leinentuch, das im Gegensatz zu den Tüchern, die den ersten Sarg abgedeckt hatten, fast vollständig erhalten war. Es war lediglich braun verfärbt. Auf dem Tuch waren verschieden Stickereien zu erkennen, hauptsächlich Blumenschmuck und einige Applikationen von Göttersymbolen. Carl schickte einen der beiden Ägypter los, um Harry Burton zu holen.

»Dann wollen wir doch mal sehen, was darunter verborgen ist«, sagte Carter und entfernte das Leinentuch vorsichtig von dem perfekt in den ersten eingepassten Sarg. Als er das Gesicht auf dem Deckel freigelegt hatte, stutzte er und hielt in der Bewegung inne.

»Was ist los, Howard?«

»Das ist nicht Tutanchamuns Gesicht.«

Sofort traten Carl und Arthur neben Carter und blickten auf das vergoldete Antlitz, das in den Sarg eingearbeitet war. Es waren gewissen Ähnlichkeiten zur Maske auf dem äußeren Sarg vorhanden, aber es gab auch signifikante Unterschiede bei den Darstellungen der Augen und der Wangen. Etwas, das bei der Kunstfertigkeit der Ägypter niemals vorgekommen wäre.

»Ob es überhaupt nicht Tutanchamun ist, der in diesem Grab liegt?« Der Frage von Arthur Callender folgte ein langes Schweigen.

»Doch, er muss es sein«, sagte Carter schließlich. In einer für ihn ungewohnten Hektik entfernte er das Leinentuch komplett und warf es über den äußeren Sargdeckel. »Schnell, wir öffnen den zweiten Sarg jetzt gleich!«

»Das halte ich für keine gute Idee«, sagte Carl ruhig.

»Das haben Sie nicht zu entscheiden«, gab Carter gereizt zurück.

»Er hat recht, Howard«, sprang Arthur Callender Carl zur Seite. »Sehen Sie hier.« Er deutete auf das Fußende des reich vergoldeten Sarges. Dort war an einigen Stellen deutlich zu sehen, dass sich das Holz ausgedehnt und die dünne Goldschicht aufgebrochen hatte. Teilweise gab es Schimmelbildung und salzartige Ausblühungen.

Carter kniete sich neben das Fußende.

»Oh mein Gott«, murmelte er. »Diese Pfuscher!«

Callender blickte fragend zu Carl.

»Wahrscheinlich war die Mumifizierung des Pharao nicht vollends abgeschlossen, als sie ihn in den Sarg gelegt haben«, erklärte Carl. »Andere Ursachen für die Feuchtigkeit kann es nicht geben, sonst hätten wir vergleichbare Spuren auch schon am äußeren Sarg gesehen.«

»Wenn das so ist …«

»… dann ist die Mumie höchstwahrscheinlich in keinem guten Erhaltungszustand«, vollendete Carter den Satz von Callender. Er blickte besorgt zu Carl. »Wir werden noch warten, bevor wir den Deckel anheben. Ich werde ein Telegramm nach Kairo schicken. Alfred Lucas muss sofort herkommen. Er kennt sich damit am besten aus.« Carter sprang auf und eilte aus dem Grab.

Kurz nachdem er fort war, betrat Harry Burton keuchend die Grabkammer. Er trug seine komplette Kameraausrüstung allein, den Kamerakasten in den Händen, das Stativ hatte er sich auf den Rücken geschnallt.

»Was ist los, habe ich was Wichtiges verpasst? Howard sah ziemlich besorgt aus.«

Carl berichtete Harry in knappen Worten, um was es ging. Der Brite nickte nur und begann damit, seine Gandolfi aufzubauen.

»Wir lassen dich in Ruhe deine Bilder machen«, sagte Carl und verließ mit Callender ebenfalls das Grab.

»Was glaubst du? Ist die Mumie des Pharao tatsächlich hinüber und wir finden in dem Sarg nur noch einen verschimmelten Leichnam vor?«

»Das will ich nicht hoffen«, erwiderte Carl. »Die Ausblühungen an dem zweiten Sarg sind zwar ein Grund zur Sorge, sie bedeuten aber keineswegs, dass der Leichnam nicht doch noch einigermaßen gut erhalten sein könnte.«

Als sie aus dem Grab kamen, sahen sie gerade noch die Staubwolke, die der Austin hinter sich her zog, als Howard aus dem Tal hinausfuhr.

»Er hat es aber wirklich eilig«, brummte Callender.

FÜNFZEHN
VERGEBENS
ACHETATON, AMARNA, 05. FEBRUAR 1925

Gefrustet warf Richard den kleinen Meißel zur Seite und ließ sich auf einem der großen Steinbrocken nieder, die in der Mitte von Echnatons Grab lagen. Es war der dritte Tag, den er nun schon damit verbrachte, nach dem Hinweis zu suchen, von dem von Steinheim gesprochen hatte. Doch es war nichts zu finden. Er rieb sich mit der rechten Hand über die Stirn und dachte angestrengt nach.

Habe ich irgendwas Wichtiges übersehen? Nein. Wahrscheinlich sind die Angaben, die von Steinheim hat, einfach nur falsch.

Diese Erkenntnis frustrierte ihn nur noch mehr, denn wenn er nichts vorzuweisen hatte, konnte er sich auch nicht freikaufen. Er atmete tief durch und wollte gerade weitersuchen, als er Abdels Stimme vor dem Grab hörte.

» ... seit drei Tagen ist er dort schon am Arbeiten, allein. Er will nicht, dass jemand von uns ihm hilft.«

»Ich sehe mir das mal an. Warte du hier draußen.«

Richard zuckte zusammen, als er Carls Stimme erkannte. Kurz darauf betrat sein Bruder auch schon die Grabkammer.

»Hallo, lässt du dich auch mal wieder blicken? Dein letzter Besuch liegt schon zehn Tage zurück. Carter hält dich wohl ordentlich auf Trab.«

»Was um alles in der Welt treibst du hier, Richard?« Carl sah ihn wütend an. »Du kannst doch nicht einfach das Grab öffnen und hier ...« Er stockte, als sein Blick auf den am Boden liegenden Meißel fiel. »Bist du denn komplett wahnsinnig?«

»Beruhige dich. Es ist nicht das, wonach es aussieht«, versuchte Richard, ihn zu beschwichtigen.

Carl hob den Meißel auf. »Ich warte auf deine Erklärung.«

»Nun gut. Ich suche nach diesem Stein oder was auch immer es war, dass Echnaton aus Babylon bekommen hat. Du weißt schon, diese Gabe, die auf den Tontafeln erwähnt wird.« Richard rang sich ein Lächeln ab. Er wusste, dass Carl es bemerken würde, wenn er log. Daher war die Wahrheit die bessere Alternative. *Auch wenn es nicht die ganze Wahrheit ist,* fügte er in Gedanken hinzu.

»Und danach suchst du hier? In Echnatons leerem Grab?«

»Weißt du einen besseren Ort?«

Carl verschränkte die Arme vor der Brust.

»Vielleicht. Aber das braucht dich nicht zu interessieren. Deine Aufgabe ist es, die Ausgrabung in den Ruinen Achetaton voranzutreiben, und nicht, nach irgendwelchen ominösen Göttergaben zu suchen.« Er schüttelte den Kopf. »Ich hoffe nur, dass Borchardt von alldem nichts mitbekommt oder noch schlimmer, Scheich Razek.«

»Wie sollten sie? Der eine sitzt in Kairo und der andere …«

»Richard, auch wenn du es vielleicht noch nicht bemerkt hast: Es arbeiten hier noch knapp zwanzig andere Männer mit dir. Männer, für die du verantwortlich bist! Was denkst du, was die untereinander reden, wenn sich ihr Grabungsleiter drei Tage lang alleine in einem alten Königsgrab aufhält?«

»Es ist mir egal, was die Schmutzfüße zu bereden haben«, gab Richard respektlos zurück.

»Okay, das reicht. Raus hier. Das Grab wird sofort wieder verschlossen.«

»Das ist nicht mehr deine Ausgrabung. Du hast selbst gesagt, dass ich hier der Grabungsleiter bin.« Richard grinste.

»Treib es nicht zu weit!« Der Ausdruck in Carls Augen sagte ihm, dass es besser wäre, ihn nicht noch weiter zu reizen. Er streckte die Hand aus und ließ sich von Carl seinen Meißel geben, dann verließ er die Grabkammer. Vor dem Eingang stand Abdel, der Blickkontakt mit ihm vermied.

Eine halbe Stunde später saß er in seinem Zelt und wartete darauf, dass Carl zu ihm kommen würde, um seine Standpauke fortzusetzen. Doch als sein Bruder das Zelt betrat, machte er ein besorgtes Gesicht.

»Wir haben ein Problem. Komm mit raus.«

»Was ist denn los?« Richard folgte Carl vor das Zelt und sah sofort, was sein Bruder meinte. Vom Ufer des Nils kam eine Gruppe von knapp dreißig Männern auf ihr Lager zu. Sie führten einige Maultiere mit sich und die Gewehre, die auf deren Rücken befestigt waren, sorgten für Unbehagen bei Richard. An der Spitze der kleinen Schar schritt Scheich Abdul Razek.

»Das sieht nicht nach einem Freundschaftsbesuch aus.« Richard sah sich um. Ihre Arbeiter, die in den Ruinen beschäftigt waren, hatten die Neuankömmlinge auch bemerkt und hielten in ihrer Arbeit inne.

»Und es ist deine Schuld«, murmelte Carl. Dann ging er los.

»Wo willst du hin?«

»Unsere Gäste in Empfang nehmen.«

Richard lief hinter seinem Bruder her.

»Bist du dir sicher, dass es eine gute Idee ist? Der Scheich sieht verärgert aus.«

»Hast du ihm mal einen Besuch abgestattet, seit ich weg bin?«

»Nein, habe ich nicht. Es gab ja auch keinen Grund dazu.«

»Darum geht es nicht. Er erwartet einen Besuch. Aus Respekt.«

»Keine Sorge, ich regel das schon.« Ehe Carl reagieren konnte, beschleunigte Richard seine Schritte und breitete die Arme aus. »Scheich Razek, wie schön, Euch hier zu sehen.«

Razek hob seine Hand und sofort stoppte der ganze

Tross, der ihm folgte. Er ging auf Richard zu und sah ihn finster aus seinen dunklen Augen an.

»Ist es das? Warum zwingst du mich, hierher zu kommen?«

»Aber ich zwinge Euch doch nicht.«

»Oh doch, das tust du. Du erscheinst nicht zu unserem vereinbarten Termin und dann erfahre ich, dass du dich in den Gräbern meiner Ahnen aufhältst, obwohl das nicht Teil der Abmachung gewesen ist.«

»Es gab neue Hinweise und …«

»Verschone mich mit deinen Ausreden. Eure Grabung ist vorbei. Packt eure Sachen und verschwindet!«

»Ich bitte Euch, Scheich Razek, lasst es uns erklären.« Carl ging auf den Scheich zu. »Es war mein Fehler. Ich habe es versäumt, Euch über das Vorhaben, das Grab des Echnaton zu betreten, zu informieren. Mein Bruder hat nur in meinem Auftrag gehandelt.«

Richard versuchte, sich seine Überraschung nicht anmerken zu lassen, als der Scheich sie beide mit ernster Miene musterte.

»Es ist egal, wessen Schuld es ist. Aber ihr hättet das Grab nicht einfach so betreten dürfen.«

»Das ist mir bewusst, aber trotzdem haben wir es getan«, gab Carl selbstbewusst zurück. »Erinnert Ihr Euch an die Tontafel, die ich Euch vor einiger Zeit gezeigt habe? Darauf stand geschrieben, dass Echnaton ein besonderes Geschenk aus Babylon erhalten hat, etwas, das seine Macht als Herrscher festigte.«

In den Augen Razeks war das Aufglimmen von Interesse zu erkennen.

»Habt ihr es gefunden?«

»Nein, leider nicht.«

»Gut so. Denn es hätte euren Tod bedeutet.«

Jetzt blickte Carl überrascht zu Richard.

»Ihr wisst, wovon die Rede ist?«

»Alte Legenden, die euch nicht länger zu interessieren brauchen. Ihr habt zwei Stunden Zeit, um euer Lager abzubrechen und zu verschwinden!« Der Scheich wandte sich von ihnen ab und ging wieder zu seinen Männern zurück.

»Nein«, sagte Carl mit entschlossener Stimme. »Das werden wir nicht tun!«

Razek erstarrte in der Bewegung und drehte sich mit feindseligem Gesichtsausdruck zu ihnen um.

»Was hast du gesagt?«

»Ich sagte Nein!«

Auf ein Zeichen Razeks hin, ergriffen seine Männer die Gewehre und luden sie auf ein weiteres Signal hin durch.

»Ist das dein letztes Wort, mein Freund?«

»Nein ... ich meine, wartet noch«, sagte Richard schnell. »Es gibt doch sicherlich noch eine andere Möglichkeit, die Sache zu regeln.«

»Ihr geht«, beharrte der Scheich. »Mehr gibt es nicht zu regeln.«

»Wir werden nicht gehen«, sagte Carl erneut und ging auf Razek zu. Einige seiner Männer richteten die Gewehrläufe auf ihn. »Ihr mögt der Scheich von Deir Mawas sein, aber das hier ist der Horizont des Aton, die alte Hauptstadt Echnatons. Eure Befugnis endet hier.« Carl deutete demonstrativ mit dem Zeigefinger auf den

Boden. »Wir hingegen haben eine offizielle Genehmigung der ägyptischen Regierung, uns hier aufzuhalten und hier zu graben. Auch in den Gräbern, wenn wir dies für nötig erachten. Überlegt gut, Scheich Razek, wollt Ihr Euch tatsächlich auf einen Konflikt mit der Regierung einlassen, wenn ich berichten muss, dass Ihr Euch wie ein Kriegsfürst aufführt und die Erlasse aus Eurer Hauptstadt missachtet?«

Richard spürte, wie sein Herz immer schneller schlug, während Razek und Carl einander starr in die Augen blickten. Sie standen eine gefühlte Ewigkeit so da, bis die Mundwinkel des Scheichs plötzlich zu zucken begannen und er schließlich ein lautes Lachen ertönen ließ. Dann schlug er Carl mit beiden Händen kräftig auf die Schultern.

»Gut gesprochen, mein junger Freund. Ich wusste vom Tag unserer ersten Begegnung, dass in dir das Herz eines Löwen schlummert.« Razeks Männer ließen ihre Gewehre sinken. »Komm, wir werden jetzt zusammen speisen und du erzählst mir, was ihr hier als Nächstes plant. Vergessen wir unseren leidigen Streit.«

»Sehr gerne«, gab Carl zurück.

Razek zog seine Arme zurück, drehte sich zu seinen Männern um und gab einige Anweisungen.

»Uff, das war knapp«, murmelte Richard, als er sich neben Carl stellte. »Gut gemacht, Bruderherz.« Von Carl erntete er nur einen frostigen Blick.

Zufrieden saß Scheich Razek in ihrem Zelt und ließ sich,

nachdem sie mit dem Essen fertig waren, von Abdel noch etwas Wein nachschenken. Er hob das Glas.

»Auf unsere Freundschaft.«

Auch Carl und Richard erhoben ihre Gläser und stießen mit dem Scheich an. Richard warf Carl einen belustigten Blick zu.

»In den zwanzig Jahren, die ich nun als Scheich von Deir Mawas herrsche, gab es niemanden, der es gewagt hat, sich meinen Anweisungen so zu widersetzen«, sagte Razek. »Viele deiner Vorgänger hätten dies nicht gewagt, mein Freund.« Er zwinkerte Carl zu.

»Warum habt Ihr es ihm durchgehen lassen?«, fragte Richard.

»Weil ich kein Narr bin. Ich kenne die Grenzen meiner Macht, die in den letzten drei Jahren, seitdem der neue König in Kairo herrscht, stetig geschwunden ist. Es wird nicht mehr lange dauern, bis es neue Regionalgouverneure gibt. Dann bin ich als Scheich überflüssig.«

Richard war überrascht, wie offen und gelöst Razek ihnen das erzählte.

»Was bedeutet das für unsere Abmachung?«, fragte Carl.

»Sie ist hinfällig«, erwiderte der Scheich gleichmütig. »Mir ist sehr wohl bewusst, dass auch du nicht in der Lage bist, ein einziges Artefakt für dich selbst zu behalten, geschweige denn, mir etwas davon zu geben.«

»Aber das war Euch doch sicherlich schon länger bewusst?«, fragte Carl.

»Natürlich.« Razek zwinkerte vielsagend. »Aber es hat doch Spaß gemacht, so zu tun, als ob wir beide die Macht hätten, über solche Dinge zu entscheiden.« Er seufzte. »Die Zeiten haben sich sehr geändert. Nicht mehr lange und immer mehr Fremde werden in unser Land einfallen. Sie werden wie selbstverständlich durch die Stätten unserer Vorfahren streifen, sie anstieren und doch nicht den Hauch einer Ahnung davon haben, was sie da eigentlich vor sich haben.« Der Scheich hielt inne und schien mit leerem Blick durch sie hindurchzusehen. »Ich bin wahrscheinlich auch schon ein Überbleibsel der alten Zeit. Eines Tages werden sie noch meine Gebeine hier ausgraben, meine Freunde.« Er ließ ein kehliges Lachen ertönen.

»Na kommen Sie, es wird noch eine Weile dauern, bis es so weit ist.« Richard leerte sein Glas und merkte, wie seine Zunge langsam schwer wurde.

»Ja, das hoffen wir alle, nicht wahr? Aber manchmal ereilt unser Schicksal uns vor der Zeit. Denk nur an Tutanchamun.« Er sah Carl bei seinen letzten Worten an. »Du bist doch wieder im Tal der Könige in seinem Grab, hast du ihn schon gesehen?«

»Nein, noch nicht. Aber es wird jetzt nicht mehr lange dauern.«

»Gut, gut.« Razek richtete sich langsam auf und klopfte sich mit beiden Händen auf seinen Bauch. »Ich werde nun wieder dorthin zurückgehen, wo ich noch ein allseits gefürchteter Scheich bin. Gute Nacht, meine Freunde.«

Sie blieben noch eine Weile im Zelteingang stehen und sahen, wie der Tross von Razeks Männern wieder abzog, der untergehenden Sonne entgegen. Ein Bild wie aus einer anderen Zeit.

»Das lief doch besser als erwartet. Du warst klasse«, lobte Richard seinen Bruder.

»Ich kann es nicht fassen, dass du mich in eine solche Situation gebracht hast«, platzte es aus Carl heraus. »Es war reines Glück, dass Razek so einsichtig war. Die hätten uns auch erschießen und hier verscharren können.«

»Haben sie aber nicht.«

»Was nicht dein Verdienst ist.«

»Hey, ich habe schon gesagt, dass du das toll hingebogen hast.«

Carl atmete tief durch.

»Ich weiß nicht, ob ich dir noch trauen kann, Richard. Ich weiß nicht einmal mehr, wer du bist.« Er blickte ihn traurig an und ging ins Zelt.

»Komm schon, Carl. Es tut mir leid. Ich verspreche dir, so etwas wird nicht mehr vorkommen. Ich weiß auch nicht genau, was in mich gefahren ist, als ich in Echnatons Grab gegangen bin. Vielleicht war es einfach nur die Langeweile.«

»Ich werde versuchen, so schnell wie möglich zurückzukehren. Wir haben den Sarkophag aus der Grabkammer geholt und es kann nicht mehr lange dauern, bis wir ihn öffnen. Vielleicht beendet Carter die Grabung für diese Saison schon früher.«

»Ja, gut. In Ordnung. Das freut mich«, sagte Richard und er meinte es ehrlich.

Den restlichen Abend sprachen sie nicht mehr viele Worte. Carl veranlasste, dass Echnatons Grab wieder verschlossen wurde, was Richard nur recht war. Er hatte dort nichts gefunden und war sich sicher, dass es dort auch nichts zu finden gab. Was seine persönliche Situation nicht verbesserte. Aber im Moment machte er sich deswegen keine Sorgen.

Wichtiger war ihm, dass Carl nicht das Vertrauen in ihn verlor.

SECHZEHN
UNANGEKÜNDIGT
LUXOR, 07. FEBRUAR 1925

Verbissen arbeitete Carl an der hohen Alabaster-Vase. Er saß auf einem Hocker im Eingang von KV15 und versuchte nun schon seit mehreren Minuten, einen feinen Riss im Körper der Vase mit Wachs so weit zu kitten, dass sie den Transport nach Kairo unbeschadet überstehen würde. Jemand räusperte sich in seinem Rücken.

»Ist alles in Ordnung bei dir?«

Carl ließ von der Vase ab und wandte seinen Kopf zu Harry Burton, der ihn besorgt ansah.

»Ja, alles bestens«, gab Carl knapp zurück und wollte sich wieder seiner Arbeit zuwenden.

»Warum nur habe ich das Gefühl, dass du mich anlügst?« Harry machte ein paar Schritte und stellte sich vor seinen Arbeitsplatz. »Was ist los, Carl? Seit du von deinem Kurztrip nach el-Amarna zurück bist, hast du kaum mehr als drei Worte mit mir gesprochen. Und noch weniger mit allen anderen.«

»Du stehst mir im Licht, Harry.«

»Ja und ich werde hier stehen bleiben, bis du mir sagst, was los ist.« Burton baute sich demonstrativ vor ihm auf und stemmte seine Arme in die Hüfte.

»Es gab einige Schwierigkeiten mit meinem Bruder in Achetaton. Das ist alles. Kann ich jetzt weiterarbeiten?«

»Vielleicht hättest du nicht wieder für Carter arbeiten und stattdessen lieber bei deiner eigenen Ausgrabung bleiben sollen.«

»Ich habe mir das gut überlegt. Es ist alles in Ordnung, Harry.«

»Aber sicher. Deswegen ziehst du auch ein Gesicht wie ein geprügelter Hund.« Der Engländer stützte sich mit beiden Händen auf den kleinen Tisch, auf den Carl die Vase gestellt hatte, und sah ihn eindringlich an. »Nun sag schon, was ist passiert, dass es dir so die Laune verhagelt hat?«

Carl blickte Harry Burton an, überlegte kurz und erzählte ihm von den Geschehnissen von vor zwei Tagen, als er Richard im Grab Echnatons angetroffen hatte. Den Konflikt mit Scheich Razek ließ er außen vor.

»Du glaubst, dass dein Bruder auf eigene Rechnung arbeitet?«

»Ich weiß es nicht. Früher konnte ich in Richard lesen wie in einem offenen Buch. Wir waren immer zusammen. Aber nach dem Krieg hat sich einiges geändert. Ich habe in Berlin Ägyptologie studiert und er ist in der Welt herumgereist. Und nun bin ich mir nicht mehr sicher, was ihn betrifft.«

»Das Buch scheint für dich geschlossen zu sein«,

sagte Harry nachdenklich. »Ich hatte nie einen Bruder, also kann ich dir da vielleicht nicht den passenden Ratschlag geben. Nur so viel: Wenn dein Bauchgefühl dir sagt, dass etwas nicht stimmt, dann solltest du darauf hören.«

»In zwei Wochen fahre ich wieder hin. Wenn er sich diesmal wieder nicht an meine Vorgaben hält, werde ich mir überlegen müssen, ob ich hier vorzeitig abbreche.«

»Das wollen wir doch nicht hoffen!« Arthur Callender gesellte sich zu ihnen. Er war durchgeschwitzt und seine Kleidung voll feinem Staub, aber er grinste sie zufrieden an.

»Oh, Arthur. Das ... Ich wäre dir sehr dankbar, wenn Howard davon vorerst nichts erfährt.«

»Keine Angst, meine Lippen sind versiegelt. Aber ich würde es mir an deiner Stelle zweimal überlegen, ob du uns gerade zu diesem Zeitpunkt verlassen möchtest.« Callender zwinkerte ihm vielsagend zu.

»Willst du damit sagen ...?«

»Genau das. Howard hat einen Termin mit der Antikenverwaltung und dem Büro des Kulturministers abgestimmt. In zwölf Tagen soll es so weit sein und wir öffnen endlich Tutanchamuns Sarg!«

»Halleluja«, sagte Harry. »Es wird auch mehr als Zeit, dass wir uns König Tut nach all der Mühe mal genau anschauen – und ein paar schöne Bilder von ihm machen.«

»Ich bezweifle ja, dass er sonderlich fotogen sein wird«, brummte Arthur und an Carl gewandt fuhr er fort: »Danach kannst du dir ja immer noch überlegen, ob du uns wirklich verlassen möchtest. Ich hoffe natürlich, dass du bleibst.« Callender klopfte ihm auf die Schulter und ging in den Eingang von KV15 hinein.

»By Jove«, sagte Harry halb staunend und halb lachend. »Das war ja ein richtiger Gefühlsausbruch von Artie!«

»Ich kann dich hören, Burton«, dröhnte Callenders Stimme aus dem Grab.

»Das solltest du auch«, rief Harry zurück.

Während die beiden Engländer frotzelten, wirbelten in Carls Kopf derweil die Gedanken durcheinander. Einerseits wollte er sich diese Gelegenheit nicht entgehen lassen, aber was, wenn er dafür in Kauf nehmen musste, dass bei seiner Ausgrabung in Achetaton die Dinge aus dem Ruder liefen? Zugegebenermaßen wirkte Richard auf ihn ehrlich einsichtig und Carl hatte Abdel eingeschärft, ihn sofort zu kontaktieren, sollte sein Bruder wieder einen eigenmächtigen Grabungsplan verfolgen. Ein Faustschlag gegen seine Schulter ließ ihn zu Harry aufblicken.

»Aua, was soll das?« Carl rieb sich die Stelle, wo die Faust seines Freundes ihn getroffen hatte.

Burton antwortete nicht, sondern grinste nur breit und deutete auf ein Eselsgespann, das gerade vor dem Grab stoppte. Der Karren wurde von zwei jungen Ägyptern gelenkt, von denen einer sofort absprang und nach hinten lief, um dem einzigen Fahrgast beim Heruntersteigen zu helfen. Aber die junge Frau war trotz ihres langen Kleides schon ohne fremde Hilfe abgestiegen. Elsa von Rosenberg winkte ihm zu, als sie ihn erblickte.

»Dr. Falkenburg, hallo«, rief sie fröhlich. Sie bezahlte die beiden Ägypter und kam mit schnellen Schritten zu ihm, wobei ihr hellbeiges Kleid von der Sonne hinter ihr angestrahlt wurde und so einen Blick auf die Umrisse ihres Körpers erlaubte.

»Ich glaube, jetzt hast du einen Grund, um wieder fröhlich zu sein«, flüsterte Harry und fügte hinzu: »Verdammter Glückspilz.«

Mit strahlendem Gesicht blieb die junge Deutsche vor ihm und Harry stehen.

»Hallo, Mr. Burton.« Sie reichte dem Engländer die Hand. Erst jetzt besann sich Carl auf seine Manieren und erhob sich von seinem Stuhl, machte dies jedoch so hastig, dass die Alabastervase auf dem Tisch dabei ins Schwanken kam. In letztem Augenblick gelang es ihm, sie festzuhalten.

»Gerade noch mal gut gegangen«, kommentierte Harry die Situation augenzwinkernd. »Komm, ich bringe sie lieber wieder ins Grab, während ihr euch unterhaltet.« Burton hob die Vase vom Tisch und verschwand damit schnell in dem Eingang von KV15.

»Ich hoffe, es ist nicht unhöflich von mir, einfach so unangemeldet herzukommen«, sagte Elsa von Rosenberg, nachdem Carl sie einfach nur anstarrte.

»Äh, nein, nein. Nicht doch. Es ist ... Ich freue mich, Sie wiederzusehen, Frau von Rosenberg.«

»Fräulein«, korrigierte sie ihn sanft lächelnd. »Aber Sie dürfen mich auch gerne Elsa nennen, wenn Sie mögen.«

»Ich ... aber gerne.« Erst jetzt ergriff er ihre Hand zur Begrüßung. »Dann müssen Sie ... ich meine du, aber auch Carl zu mir sagen.«

»Sehr gerne, Carl«, erwiderte sie mit einem Augenaufschlag, bei dem er sämtliche Sorgen vergaß.

»Und du bist ganz allein hergekommen, wo ist denn der Comte de Contades?«

Elsa winkte genervt ab.

»Der hockt seit Tagen nur im Hotelrestaurant. Ich habe mir währenddessen den Karnaktempel angesehen und andere antike Stätten in der Umgebung. Hier ist einfach alles so überwältigend, nie zuvor habe ich solche Ehrfurcht gespürt.« Die Worte sprudelten nur so aus ihr heraus und Carl konnte sich ein Lächeln über ihre Begeisterung – die er sehr gut nachvollziehen konnte – nicht verkneifen. »Ich hatte ja gehofft, dich in Luxor zu treffen, aber da hätte ich wohl lange warten müssen.« Den letzten Satz sprach sie vorwurfsvoll aus.

»Oh, ich hatte viel zu tun in den letzten Tagen. Ich …«

Ihr glockenhelles Lachen schnitt ihm die Worte ab.

»Ist schon gut. Ich verstehe das. Es ist nur so, dass ich ein wenig ungeduldig bin, und ich konnte es nicht ertragen, noch länger zu warten, ehe ich das Tal noch mal sehen würde. Daher habe ich beschlossen, auf eigene Faust hierherzukommen. Zum Glück hat mir der Concierge diese beiden Jungs mit ihrem Karren besorgt.« Sie deutete auf die beiden Ägypter, die sich bereits wieder mit ihrem Karren in Bewegung setzten und aus dem Tal herausfuhren.

»Warten die denn nicht auf dich?«, fragte Carl verwundert.

»Nein, ich werde schon irgendwie wieder zurück ins Hotel kommen«, erwiderte sie unbekümmert. »Also, lässt es deine Arbeit zu, dass du mir den Rest des Grabes von Sethos I. zeigst?«

»Sicher … ich meine, ich muss erst noch kurz mit Carter sprechen, ob …«

»Ist schon in Ordnung, Carl. Geh nur, ich regele das mit Howard für dich«, erklang die tiefe Stimme von Arthur Callender hinter ihnen. Carl drehte sich herum. Der Engländer stand im Grabeingang, flankiert von Harry Burton. Die beiden Männer blickten amüsiert zu ihm.

»Okay, vielen Dank, Arthur.« Er wandte sich wieder zu Elsa und bot ihr seinen Arm an. »Dann lass uns gehen.«

»Ich grabe jetzt schon seit zwanzig Jahren hier in Ägypten, aber mir ist nie eine Frau zur Ausgrabungsstätte gefolgt«, sagte Callender, während er Carl Falkenburg und seiner attraktiven Begleiterin hinterherblickte.

»Kein Wunder«, erwiderte Burton und lachte. »Hast du mal in den Spiegel gesehen?«

»Sehr witzig.« Arthur kratzte sich schmunzelnd über die Bartstoppeln. »Ich hoffe nur, das Sweetie verdreht Carl den Kopf nicht so sehr, dass er seine Arbeit vergisst.«

»Da hoffst du vergebens. Hast du nicht gesehen, wie Carl sie anstarrt? Er ist ihr doch schon hoffnungslos verfallen.« Burton zwinkerte ihm zu und ging los.

»Wo willst du hin?«

»Zurück in meine Dunkelkammer. Ich habe noch einige Bilder zu entwickeln. Viel Spaß mit Howard.«

»Verdammter Schwätzer«, brummte Arthur leise. Dann zog er die Gittertür von KV15 hinter sich zu und verriegelte sie.

SIEBZEHN
ELSA

Die Führung durch das Grabmal von Sethos I. zog sich über mehrere Stunden hin und wenn es nach Carl gegangen wäre, hätte sie ewig andauern können. Elsa zeigte sich an allem interessiert, war von jedem Detail des Grabes fasziniert und sog seine Worte förmlich auf. Er konnte sich nicht daran erinnern, jemals eine Besucherin im Tal erlebt zu haben, die so enthusiastisch auf die Ägyptologie reagierte. Selbst einige Mitarbeiter der Antikenverwaltung brachten bedauerlicherweise weniger Begeisterung auf, als die junge Deutsche es tat.

Schließlich beendete er die Führung und sie kehrten zurück ins Tageslicht, wo die Sonne schon auf ihrer Nachmittagsposition stand.

»Vielen lieben Dank für die Führung, Carl. Du hattest recht, es ist wirklich ein ganz außergewöhnliches Grabmal. Die Pyramiden von Gizeh mögen größer sein, aber beeindruckender finde ich diese Grabanlagen hier.«

»Habe ich gerne gemacht, Elsa«, erwiderte Carl. Erst jetzt bemerkte er, wie ausgetrocknet sein Mund vom vielen Reden und der Luft im Grab war. »Hast du auch Durst?«

»Und wie.«

Carl bot Elsa erneut seinen Arm an und ging mit ihr in Richtung des Grabes von Tutanchamun. Im Schutz des vor dem Grab aufgestellten Pavillon stand ein Eimer mit frischem Wasser sowie einige Gläser. Etwas weiter rechts davon sah er Harry Burton mit seiner Kamera stehen, die dieser gerade ausrichtete. Das Objektiv zeigte in ihre Richtung. Als sie den Pavillon erreichten und Carl Elsa ein Glas eingeschenkt hatte, kamen Howard Carter und Arthur Callender gerade aus dem Grab heraus.

»Ah, wen haben wir denn da? Dr. Falkenburg und die bezaubernde junge Dame, die ihn von seiner Arbeit abhält«, sagte Carter und trat zu ihnen unter den Sonnenschutz. »Howard Carter, freut mich, Sie kennenzulernen, Mademoiselle.«

»Elsa von Rosenberg. Ich bin ebenfalls sehr erfreut, Mr. Carter. Hoffentlich können Sie mir verzeihen, dass ich Dr. Falkenburg von seiner Arbeit abhalte.«

»Ich bin Kummer gewohnt«, erwiderte Carter jovial. »Aber Dr. Falkenburg hat sich auch mal eine Pause verdient. Ich hoffe, er hat Ihnen auch alle Fragen beantworten können? Sie waren im Belzoni-Grab, richtig?«

»Korrekt. Meine Fragen wurden allesamt beantwortet. Ich bin immer noch ganz begeistert von dem, was ich dort sehen durfte.«

»Sehr schön, das freut mich zu hören.« Carter zog

seine Taschenuhr aus seiner Weste hervor. »Es ist Zeit für unseren Nachmittagstee. Leisten Sie uns doch dabei noch etwas Gesellschaft, meine Liebe.«

»Sehr gerne, Mr. Carter.«

»Sie erlauben, Dr. Falkenburg?« Howard blickte Carl an und bot Elsa seinen rechten Arm an. Die hakte sich bei Carter ein und ließ sich von ihm den Weg hinauf zu dem als Speisezimmer umfunktionierten Grab von Ramses XI. führen, das einige Hundert Meter entfernt war. Carl folgte mit Arthur Callender und auch Harry Burton schloss sich ihnen an.

Zum Tee gab es trockenes Gebäck, das nach Carls Dafürhalten auch bestens als Baumaterial für die Gräber geeignet gewesen wäre. Elsa von Rosenberg saß rechts neben ihm am Tisch, schien aber jegliches Interesse an ihm verloren zu haben und löcherte nun Howard Carter unablässig mit ihren Fragen.

»Ihr wart ganz schön lange im Grab verschwunden. Ich hoffe, du warst ein Gentleman«, flüsterte Harry ihm feixend ins linke Ohr, worauf Carl nur mit einem bösen Blick antwortete. Dann konzentrierte er sich wieder auf das Frage-und-Antwort-Spiel zwischen Howard und Elsa.

»Wann werden Sie den Sarg des Pharao öffnen?«, fragte Elsa gerade.

»Es wird nicht mehr lange dauern, es sind nur noch einige Absprachen mit der ägyptischen Regierung zu treffen. Aber der Zeitpunkt ist genau richtig, so ruhig wie gegenwärtig war es schon lange nicht mehr im Tal.«

»Ich kann mir vorstellen, dass die Vertreter der Regierung ebenfalls schon ganz aufgeregt sind, den

Pharao endlich zu Gesicht zu bekommen«, sagte Elsa. Dafür erntete sie von Carter ein hintergründiges Schmunzeln.

»Das sollte man meinen, richtig. Aber tatsächlich ist die Resonanz darauf eher verhalten. Es sieht danach aus, als ob dies nur als leidige Pflicht angesehen wird. Daher wird der offizielle Vertreter der Regierung wohl nur ein ägyptischer Inspektor der Antikenverwaltung sein.«

»Oh, aber das ist doch eigentlich noch ein viel wichtigerer Moment, als es die Graböffnung im letzten Jahr gewesen ist.«

»Meine Liebe, Sie sehen das ganz richtig. Aber Sie müssen verstehen, dass es nun, da die erste Begeisterung für Tutanchamun abgeflaut ist, nur noch von untergeordneter Bedeutung für die Ägypter ist. Allenfalls die Schätze, die wir noch zutage fördern, erregen ihre Aufmerksamkeit.« In Carters Stimme schwang von Bitterkeit getränkte Ironie mit. »Aber die Ruhe bei der Arbeit, die wir im Gegenzug dafür erhalten, ist unbezahlbar.«

»Absolut«, stimmte Callender zu. »Wenn ich nur daran denke, wie diese Heerscharen von Journalisten durch das Tal getrampelt sind und uns sogar hier vor unserem Esszimmer belagert haben – da lobe ich mir den jetzigen Zustand.«

»Mach dir keine großen Hoffnungen, dass das auch so bleibt. Spätestens, wenn wir die Mumie des Pharao aus ihrem Sarg befreit haben, geht das ganze Theater wieder von vorne los.«

»Das kommt dir bestimmt ganz gelegen, oder Harry?

Ich habe schon lange keins deiner Bilder mehr in der Times gesehen.«

»Sei froh, dass eine Dame anwesend ist, Arthur, sonst würde ich dir jetzt ...« Carl legte Harry eine Hand auf die Schulter.

»Beruhige dich. Arthur hat nur einen Witz gemacht.«

»Genau. Du bist doch sonst nicht so dünnhäutig.«

»Schluss jetzt mit dem Unsinn«, rief Carter seine Landsleute zur Räson. »Gerade lobe ich die Ruhe bei der Arbeit und dann so was. Was soll unser Gast von uns denken?«

»Keine Sorge, Mr. Carter. Ich befinde mich mit einer Gruppe Franzosen auf Reisen, mich kann so schnell nichts erschüttern.« Sie lachte keck.

Die Erwähnung ihrer Reisepartner erinnerte Carl daran, dass Elsa längst vergeben war, und nun kamen ihm die Hoffnungen, die er sich insgeheim gemacht hatte, mehr als töricht vor.

»Ist dieser Comte eigentlich Ihr Verlobter?«

Als Harry seine Frage stellte und sich dafür vorbeugte, um an Carl vorbei zu Elsa zu blicken, glaubte Carl, seinen Ohren nicht trauen zu können.

Ich bring dich um, Burton, dachte er und schenkte Harry einen frostigen Blick, den dieser in seiner gewohnt charmanten Art weglächelte.

Elsa hob ihre Hände und spreizte die Finger auseinander.

»Sehen Sie hier irgendwo einen Ring, Mr. Burton?«

»Nein.«

»Dann ist Ihre Frage damit wohl beantwortet«, sagte sie lächelnd.

Harry lehnte sich zufrieden zurück und zwinkerte Carl aufmunternd zu.

Nach dem Tee gingen sie zusammen zurück zum Grab Tutanchamuns. Einige der Arbeiter warteten dort bereits auf Carter.

»Ist schon wieder Zahltag?«, wunderte sich Callender.

»Nein, der ist erst nächste Woche. Ich nehme an, es geht mal wieder um die Feldbahn.« Seufzend ging Carter zu den Ägyptern.

»Ich werde mich gleich auf den Weg nach Luxor machen«, sagte Harry. »Die nächsten drei Tage müsst ihr ohne mich auskommen. Ich hoffe, das bekommt ihr hin.«

»Ich würde lügen, wenn ich sage, dass es uns schwerfällt.«

»Ja, ich werde dich auch vermissen, Arthur«, lachte Burton. »Carl, bis bald!«

»Pass auf dich auf, Harry.«

»Mach ich.« Dann wandte Burton sich an Elsa. »Kann ich Sie mitnehmen?«

»Oh, aber sehr gerne, Mr. Burton«, gab sie freudig zurück. Sie wandte sich an Carl. »Siehst du, ich wusste doch, es ergibt sich eine Mitfahrgelegenheit.«

»Und Sie werden es mögen. Viel besser als der Eselskarren, mit dem Sie hergekommen sind«, sagte Harry und ging zum Austin Heavy Cabrio. Elsa folgte ihm, machte aber kurz, bevor sie den Wagen erreichte, noch einmal kehrt, und eilte zu Carl zurück.

»Vielen Dank für den schönen Tag!« Dann drückte sie ihm einen Kuss auf die Wange.

Perplex schaute Carl ihr hinterher, als sie in das Cabrio einstieg und noch winkte, als Burton den Motor startete und losfuhr. Seine Augen klebten an ihr, bis der Wagen um die Ecke bog und aus seinem Sichtfeld verschwand. Dann legte sich die schwere Pranke von Arthur Callender auf seine Schulter.

»Komm, wir gehen hinunter ins Grab.«

»Wieso, haben wir da noch was zu tun?«, fragte Carl immer noch leicht betäubt.

»Na was wohl: Wir suchen einen guten Platz, an dem wir Harry verscharren können, wenn er wiederkommt«, lachte Arthur.

Harry Burton betätigte mehrmals das Signalhorn und winkte ihr mit der Linken zu, als er auf dem Vorplatz des *Winter Palace* wendete und wieder wegfuhr. Elsa winkte zurück und ging die wenigen Stufen zum Hoteleingang hinauf. In der Lobby kam ihr sofort der Concierge entgegen.

»Mademoiselle von Rosenberg, ich soll Ihnen ausrichten, dass der Comte de Contades bereits im Restaurant zu Abend isst und höflichst darum gebeten hat, dass ich Sie sofort zu ihm bringe, wenn Sie wieder eintreffen.«

Elsa stieß einen kleinen Seufzer aus, sie verspürte wenig Lust, ins Restaurant zu gehen, wollte den Concierge aber auch nicht in Verlegenheit bringen.

Also nickte sie ihm freundlich zu und sagte: »Gerne doch.«

Schon vor dem Betreten des Restaurants hörte sie die laute Stimme von André de Contades. Der Franzose ließ sich lautstark über die Servicequalität des ägyptischen Personals im Vergleich zum französischen aus. Elsa entdeckte ihn auch sofort an seinem Stammplatz, dem großen runden Tisch am Fenster. Neben dem Baron de Szilassy saßen noch zwei weitere Männer mit ihm dort, die Elsa nicht kannte. Einer der beiden war ein Ägypter, dessen Miene Bände sprach, was de Contades nicht zu bemerken schien. Wie immer war der arrogante Franzose sich sicher, die Wahrheit allein für sich gepachtet zu haben.

»... ein faules Pack, allesamt. Ich habe selten in einem schlimmeren Hotel gewohnt. Bah.« Er hob sein leeres Glas in die Höhe, woraufhin sofort ein Kellner zu ihm an den Tisch eilte und ihm Rotwein nachschenkte.

»Aber trotzdem scheint Ihnen dies nicht den Durst zu nehmen«, bemerkte der zweite Unbekannte, den Elsa noch nie gesehen hatte. Die Haare des Mannes waren an den Schläfen fast weiß und seine Augen saßen tief in ihren Höhlen, was seinem hageren Gesicht eine unheimliche Aura verlieh.

»Ich verrate Ihnen auch, wieso nicht, mein lieber Graf«, sagte de Contades und schnippte mit dem Zeigefinger gegen das Weinglas. »Es ist französischer Wein!« Er lachte lauthals auf. Als er Elsa erblickte, stoppte er sein Lachen. »Ma chérie, da bist du ja endlich. Ich habe mir schon Sorgen gemacht.«

»Die du im Wein zu ertränken suchtest?«, gab sie spitzfindig zurück.

»Ist sie nicht reizend? Man muss die deutschen Frauen einfach lieben, nicht wahr Herr Graf? Sie sind immer so stark und selbstbewusst. Ich mag das an einer Frau – und ihre blonden Haare.« Erneut prustete er lauthals los.

Der angesprochene Graf erhob sich von seinem Platz und neigte den Kopf vor ihr.

»Fräulein von Rosenberg, ich bin erfreut, Ihre Bekanntschaft zu machen. Erlauben Sie, dass ich mich vorstelle? Graf Wilfried von Steinheim.«

»Freut mich, Herr Graf.«

»Es scheinen nur Landsleute von dir in Ägypten unterwegs zu sein, ma chérie. Man könnte fast den Eindruck gewinnen, die Krautfresser haben den Krieg doch noch gewonnen«, blökte André de Contades ihr zu. »Hast du deinen Spaß gehabt im Tal der Könige mit diesem Falken...dings?«

Auch Baron de Szilassy wurde das Benehmen seines Landsmanns langsam unangenehm. Er versuchte, den Angetrunkenen zu beruhigen.

»André, ich bitte Sie. Wahren Sie doch bitte den Anstand.«

»Finger weg, Sie alter Sack.«

De Contades stieß den Baron von sich fort, der daraufhin samt seinem Stuhl umkippte. Elsa eilte sofort zu de Szilassy, um ihm aufzuhelfen, während die anderen Gäste des Restaurants zu ihnen herüber starrten.

»Was glotzt ihr denn alle so?«, lallte André und stand auf. »Ihr seid wohl alle …«

»Es reicht jetzt, Comte!«

Der Ägypter, der mit am Tisch saß, war ebenfalls aufgestanden und blickte den Franzosen feindselig an.

»Wie war das? Sie wollen mir vorschreiben, was ich zu tun habe. Ich werde Ihnen gleich auf die französische Art Manieren beibringen.«

Doch dazu kam es nicht. Der Ägypter war blitzschnell bei André, packte seinen Arm, drehte ihm diesen mit einer schnellen Bewegung auf den Rücken und stieß ihn mit dem Oberkörper auf den Tisch. Es gab einen lauten Knall, als der Kopf des Comte auf die Tischplatte prallte.

»Ich denke, ich zeige Ihnen erst einmal eine klassische ägyptische Unterkunft.« Er blickte zu von Steinheim, der ihm zunickte, und führte de Contades dann aus dem Restaurant hinaus.

Der Graf assistierte Elsa dabei, Baron de Szilassy wieder auf die Beine zu helfen.

»Das Ganze ist mir wirklich höchst peinlich. Ich weiß nicht, was in ihn gefahren ist.«

»Zu viel Wein wahrscheinlich«, erwiderte von Steinheim gelassen und nahm wieder am Tisch Platz. Der Baron und Elsa taten es ihm gleich. »Und Sie haben heute Dr. Falkenburg im Tal der Könige einen Besuch abgestattet?«, fragte er Elsa.

»Ja, das habe ich. Kennen Sie ihn?«

»Selbstverständlich. Sie müssen wissen, dass ich ein großer Förderer des Deutschen Instituts in Kairo bin. Ich finanziere eine Ausgrabung, die Dr. Falkenburg ursprünglich geleitet hat, bevor er sich wieder Howard Carter anschloss.« Die schmalen Lippen des Grafen krümmten sich leicht nach oben und einige Zähne kamen zum Vorschein.

»Wie interessant. Hören Sie, Herr Graf, ich möchte nicht unhöflich erscheinen, aber es war ein langer Tag und jetzt dieser Empfang hier ...«

»Schon verstanden.« Von Steinheim hob die Hand. »Entschuldigen Sie vielmals. Bitte, fühlen Sie sich nicht verpflichtet, hierzubleiben.«

»Danke für Ihr Verständnis.« Elsa erhob sich von ihrem Stuhl und verabschiedete sich vom Baron und dem Grafen.

»Ach, Fräulein von Rosenberg«, rief der Graf ihr hinterher. »Eins noch, falls Sie Hilfe benötigen, zögern Sie bitte nicht, bei mir anzufragen. Ich bin noch die ganze Woche in Luxor und wohne auch hier im Hotel.«

»Danke für Ihr Angebot«, erwiderte Elsa freundlich. *Im Leben frage ich dich nicht,* dachte sie beim Verlassen des Restaurants.

ACHTZEHN
ENTHÜLLUNG
20. FEBRUAR 1925

Die Szenerie war in Anbetracht des bevorstehenden Ereignisses ernüchternd. Lediglich zwei Inspektoren der Antikenverwaltung waren anwesend, abgesehen vom Grabungsteam, zu dem seit nunmehr einer Woche auch wieder Alfred Lucas zählte. Der Chefkonservator und Chemikalienexperte des Ägyptischen Museums hatte es geschafft, die Oberfläche der Särge so zu reinigen, dass sie beinahe wie neu wirkten.

Nun standen sie alle erwartungsvoll in der Vorkammer des Grabes von Tutanchamun um den niedrig aufgebahrten Sarg versammelt. Es handelte sich nur noch um den zweiten, die äußere Umhüllung hatten sie komplett entfernt und ins Grab KV15 gebracht, wo Lucas sie konserviert hatte. Den Deckel mit dem Antlitz, das Tutanchamun kaum ähnlich sah, hatten Carter und Carl bereits vor zwei Tagen geöffnet und in Vorbereitung für diesen Moment nur lose wieder aufgelegt. Hätten sie jedoch geahnt, dass die offizielle Abordnung nur aus den beiden Inspektoren bestehen würde, hätte Carter sicherlich schon vorher den dritten Sarg geöffnet.

In der rechten Ecke der Vorkammer, neben einem der beiden Scheinwerfer, die wie üblich die Temperatur extrem erhöhten, stand Harry Burton mit seiner Kamera, bereit, einige Aufnahmen für die Ewigkeit zu machen.

Howard Carter, der sich für den feierlichen Anlass einen seiner besten Anzüge angezogen hatte, stand direkt vor dem Sarg und richtete nur ein paar knappe, launige Worte an die beiden Inspektoren, Ibrahim Habbeeb und Mohamed Shaban. Als er geendet hatte, zog er sich sein Jackett aus und öffnete den obersten Knopf seines Hemdes.

»Dann wollen wir mal. Mr. Callender, Dr. Falkenburg, würden Sie mir freundlicherweise zur Hand gehen?«

Arthur und Carl gingen zum Sarg, einer zum Kopf und einer zum Fußende, hoben vorsichtig den bereits gelösten Deckel des zweiten Sarges hoch und legten ihn vorsichtig auf dem Boden ab. Carter nicke ihnen zufrieden zu und kniete sich neben den nun offenen zweiten Sarg, in dem deutlich erkennbar noch ein dritter verborgen lag, der noch mit einem Leinentuch bedeckt war. Ohne etwas zu sagen, zog Carter das Tuch vorsichtig beiseite und reichte es an Alfred Lucas. Niemand sagte etwas, das einzige Geräusch in der Vorkammer war das Auslöseklicken von Burtons Gandolfi. Obwohl Carl den dritten Totenschrein schon vor zwei Tagen zu Gesicht bekommen hatte, konnte er sich der Faszination dieses Anblicks nicht entziehen.

Im Gegensatz zum zweiten Sargdeckel war auf diesem das Gesicht Tutanchamuns wieder zu erkennen, aber das war zweitrangig. Das hervorstechendste Merkmal dieses Totenschreins war das Material, aus dem er gearbeitet worden war und das auch bei den beiden Inspektoren für große Augen und offene Münder sorgte.

»Meine Herren« sagte Carter und breitete seine Arme über den knapp ein Meter neunzig langen anthropomorphem Gebilde aus. »Der eindrucksvollste Sarg, der jemals gefunden wurde!«

Carter und Lucas hatten ihn bereits vor zwei Tagen getestet, er bestand aus purem Gold. Kein vergoldetes Holz, wie bei den anderen Särgen oder dem großen Schrein. Nein, dieser Sarg war komplett aus dem Edelmetall gefertigt, was angesichts der Kunstfertigkeit, mit der die Oberfläche verziert worden war, schier unglaublich schien. Der Korpus war in ein stilisiertes Federkleid gehüllt, mit fein ziselierten Linien in das Gold geritzt. In den beiden überkreuzten Armen mit den glatt polierten Händen hielt der Pharao jeweils ein Zepter, Flagellum und Krummstab, bestehend aus Gold und Lapislazuli. Im königlichen Gesicht, wie immer mit dem Nemes-Kopftuch umrandet und mit Uräus- und Geierkopf auf der Stirn, stachen die zwei pechschwarzen Augen hervor.

»Unfassbar«, sagte Ibrahim Habbeeb und machte einen Schritt auf den Sarg zu. »Ist das alles Gold?«

»Bis auf die letzte Unze«, sagte Carter mit sichtlicher Zufriedenheit. »Wir haben ihn noch nicht gewogen, aber ich nehme an, sein Gewicht beläuft sich auf weit über dreihundert Pfund. Was ihn zum wertvollsten antiken

Artefakt in der Menschheitsgeschichte machen dürfte, das je gefunden wurde.«

»Dreihundert Pfund Gold, grundgütiger!«, stieß Inspektor Shaban hervor. »Der muss ja Millionen wert sein!«

»Millionen? Ich denke, wir bewegen uns schon im Milliardenbereich«, gluckste Arthur Callender. »Nicht einmal J. D. Rockefeller könnte sich dieses Ding leisten!«

»Warum sind die Augen so schwarz?«, fragte Ibrahim Habbeeb.

»Hier kommen wir leider zur schlechten Nachricht.« Alfred Lucas trat neben Carter und deutete auf eine schwarze, pechartige Masse, die zwischen dem Goldsarg und dem Bodenteil des zweiten Sargs hervortrat. »Wie es scheint, wurde bei der Einbalsamierung des Pharao nicht an Salbölen gespart. Vielmehr wurde deutlich zu viel davon benutzt. Die Feuchtigkeit, die so in den Särgen eingeschlossen war, hat dafür gesorgt, dass einige der Einlegearbeiten – wie zum Beispiel die Augen aus Kalzit – unwiederbringlich zerstört worden sind.«

»Ein Jammer. Aber was bedeutet das für die Mumie?«

»Das werden wir gleich sehen, wenn wir den Deckel des Goldsargs öffnen«, sagte Carter.

Die Öffnung des Deckels war keineswegs einfach, dadurch, dass der dritte Sarg durch die schwarze Substanz im Bodenteil des zweiten Sargs eingeklebt war, mussten sie größte Vorsicht walten lassen, um nichts zu beschädigen. Zum Glück befand sich die schmale Fuge zwischen Deckel und Boden des Goldsargs knapp oberhalb der Masse. Diese Verbindung war mit acht Goldstiften – vier auf jeder Seite – fixiert, die Arthur und Carl nacheinander lösten. Nachdem der letzte Stift entfernt war, versuchten sie zu viert, den massiven Golddeckel anzuheben. Aber erst unter mithilfe der beiden Inspektoren gelang es ihnen, das Oberteil hochzuheben. Schwer atmend setzten sie den überdimensionalen Goldbarren mit dem Pharaonengesicht auf dem Boden ab. Burtons Kamera löste wieder und wieder aus.

Im offenen Sarg war eine goldene Totenmaske zu sehen, die den Kopf und die Brust des toten Königs bedeckte. Darunter war der Körper mit zahllosen Lagen von Leinenbinden umwickelt, über die Arme waren etliche silberne und goldene Armbänder gestreift. In die Leinenbinden waren zudem noch Amulette und Eisenobjekte mit eingravierten Zauberzeichen eingewoben. Carl hatte davon bisher nur im Amduat, dem ägyptischen Totenbuch gelesen, die Zeichen stellten im Glauben der alten Ägypter eine Art magische Rüstung dar, die den Körper des Pharao bei seiner Reise ins Jenseits vor allem Übel schützen sollte. Aber sie sahen auch sofort ihre Befürchtungen bestätigt. Die pechschwarze Masse befand sich überall im Sarginneren, auch Teile der Mumie waren davon bedeckt. Burton rückte mit seiner Kamera ein Stück näher und drückte auf den Auslöser.

»Das ist er also, Tutanchamun. Endlich hat der Name auch einen Körper bekommen«, sagte Carter mit gefasster Stimme. Er berührte die verhärtete Substanz. »Es wird nicht einfach werden, ihn aus dem Sarg herauszubekommen.«

»Fürwahr, das wird unsere bisher schwerste Aufgabe sein«, pflichtete Alfred Lucas ihm bei.

»Nun, meine Herren, was sagen Sie?«, fragte Carter die beiden Inspektoren, die stumm auf die Pharaonenmumie hinabblickten.

»Ich beglückwünsche Sie, Mr. Carter. Die Ägypter werden Ihnen ewig dankbar dafür sein, dass Sie Tutanchamun aus seinem Grab befreit haben.« Ibrahim Habbeeb sprach die Worte so bedeutungsschwer aus, als wollte er Carter ein Denkmal errichten. »Ich werde umgehend einen Bericht verfassen und diesen morgen Direktor Lacau vorlegen, der den Minister informieren wird.«

»Sehr schön. Dann sind wir hier fürs Erste fertig, meine Herren.« Carter nickte den beiden Männern zu, die sich kurz verneigten und schließlich nach einem letzten Blick auf die Mumie verabschiedeten.

»Unfassbar. Da geben wir den Ägyptern die Möglichkeit, ihren toten König wiederzuentdecken, und die schicken uns nur diese beiden Hanswurste«, polterte Callender, nachdem sie wieder unter sich waren.

»Es spielt keine Rolle, wer hier anwesend war«, sagte Carter und kniete sich wieder neben den Sarg. »Hauptsache, wir speichern diesen Moment in unseren Köpfen ab. Keiner von uns wird diesen Augenblick je wieder vergessen.«

Die darauffolgenden Tage waren sie alle damit beschäftigt, die Särge von den steinharten, jahrtausendealten Salbölen zu befreien, die nicht nur die Mumie fest mit dem Unterteil des Goldsarges verband, sondern auch aus diesem herausgelaufen war und den dritten und zweiten Sarg miteinander verklebt hatten.

»Wer immer dafür verantwortlich war, er hatte keine Ahnung, was er dem Pharao damit antat«, fluchte Carter, nach mehreren vergeblichen Versuchen, die Mumie auch nur ein Stück zu bewegen.

»Wir werden Hammer und Meißel brauchen, um ihn da herauszubekommen«, schnaufte Arthur Callender.

»Vielleicht sollten wir vorher noch eine andere, weniger zerstörerische Methode anwenden.« Alfred Lucas sprach mit leiser Stimme. »Ich könnte mir vorstellen, dass erhitzen eine gute Möglichkeit darstellen könnte. So könnten wir das Salböl zumindest ein wenig erweichen.«

»Dazu müsste es uns aber erst einmal gelingen, die Särge voneinander zu trennen, Alfred. Der Äußere besteht schließlich aus Holz, dem wird das Erhitzen nicht besonders guttun.«

»Ich habe Ähnliches schon mit kleineren Artefakten im Museum durchgeführt. Diese waren zwar nicht in solchem Ausmaßen verklebt, aber es hat gute Ergebnisse erbracht.«

»Gut, einen Versuch ist es auf jeden Fall wert«, stimmte Carter zu.

Tatsächlich gelang es ihnen mit Lucas' Methode, die beiden Särge voneinander zu trennen. Es dauerte einige Stunden und erforderte neben viel Geduld auch einiges an Geschick. Arthur Callender hatte sich als Schmied betätigt und einige lange Schraubendreher erhitzt und so zurechtgebogen, sodass sie zwischen die beiden Särge gesteckt werden konnten und als Hebel dienten. Der äußere Sarg, der bis auf einige Einlegearbeiten komplett aus Holz bestand, wurde von Alfred Lucas mit einer dicken Schicht aus Paraffinwachs überzogen, damit das Holz beim Erhitzen keinen Schaden nehmen würde.

»Nie wieder möchte ich einen Sarg öffnen und dieses klebrige Zeug darin vorfinden«, stöhnte Arthur Callender, nachdem es ihnen endlich gelungen war, den Goldsarg von seinem hölzernen Außenmantel zu befreien.

»Das war doch noch der leichte Part«, erwiderte Carl, ebenfalls erschöpft. »Ich bin gespannt, ob diese Methode auch bei der Mumie Erfolg haben wird.«

»Das werden wir morgen sehen. Für heute ist es genug.«

»Ganz meine Meinung, Howard.«

Sie verließen die Vorkammer und Carter teilte diesmal sogar einige Arbeiter als Wachen ein, zu groß war seine Angst davor, dass irgendjemand versuchen könnte, sich Zugang zu dem Grab zu verschaffen.

NEUNZEHN
AUSEINANDERGEHEN
KAIRO, 23. FEBRUAR 1925

Mit einem bedauernden Seufzer legte Elsa die Tageszeitung beiseite und blickte aus dem Fenster auf den Nil, auf dem gerade einige Feluken vorbeisegelten.

»Alles in Ordnung?«, fragte Baron Szilassy, der mit ihr am Frühstückstisch saß. Er deutete auf die Zeitung. »Schlechte Nachrichten?«

»Nein, ganz im Gegenteil. Der Sarg von Tutanchamun wurde vor ein paar Tagen geöffnet.« Sie nahm die Zeitung und deutete auf das Foto auf der Titelseite, das Howard Carter zeigte, der neben dem offenen Sarg kniete und auf die Totenmaske von Tutanchamun blickte. »Ich wünschte, ich hätte dabei sein können.«

»Tja, das verstehe ich gut. Ich hätte mir das auch gerne aus der Nähe angesehen«, erwiderte Szilassy. »Aber leider mussten wir Luxor ja früher als geplant verlassen.«

Elsa antwortete mit einem sarkastischen Lacher und

sah sich das Foto, das von Harry Burton aufgenommen worden war, erneut an. Am linken Bildrand waren noch ein Bein und ein Arm zu sehen und sie erkannte sofort, dass die auf der Aufnahme brutal abgeschnittenen Körperteile zu Carl von Falkenburg gehörten. Hätte sich André nicht so unmöglich benommen, hätte sich bestimmt die Möglichkeit ergeben, einen weiteren Besuch im Tal der Könige zu arrangieren. Sie war sich nicht sicher, ob es nur die Nekropole war, die sie dorthin zog, oder ob es nicht doch an Carl lag, der so völlig anders war als der Comte de Contades.

»Woran denken Sie gerade?«

»Oh, gar nichts. Ich finde es nur erstaunlich, dass laut diesem Artikel keine einzige hohe Persönlichkeit der Regierung dabei war, als der Sarg geöffnet wurde.«

Der Baron musterte sie genau. Vom Alter her hätte er ihr Vater sein können und wie seine Tochter behandelte er sie manchmal auch. Seit mehreren Monaten reiste sie nun schon mit ihm und ihrem Geliebten quer durch Europa und schließlich nach Ägypten.

»Könnte es nicht doch sein, dass Sie an diesen deutschen Ägyptologen aus Carters Team denken?«, fragte er mit wissendem Unterton.

»Möglicherweise«, gab sie zu. Leugnen hatte keinen Sinn mehr. Auch wenn sie sich nicht sicher war, welcher Art ihre Gefühle für Carl nun waren, in einer Sache war sie sich sicher: Sie würde André de Contades verlassen.

»Ich nehme an, wir werden unsere gemeinsame Reise bald beenden. Ein Jammer, wirklich. Ich habe die Zeit und die Gespräche mit Ihnen immer sehr genossen.« Er sah ihr fest in die Augen. »Es ist die richtige

Entscheidung. Die letzten Wochen waren nicht nur für Sie eine Geduldsprobe, sondern auch für mich. Ich verstehe immer noch nicht, was in André gefahren ist. Sein Verhalten ist mir unerklärlich.«

»Es ist nicht nur sein Fehler. Wir sind einfach zu unterschiedlich. Ich habe viel zu lange mit dieser Entscheidung gewartet.« Dass daran auch ihre finanzielle Abhängigkeit schuld war, erwähnte sie nicht. »Es ist das Beste, wenn ich sofort mit ihm rede.« Sie stand auf.

»Wollen Sie ihn wirklich mit dieser Nachricht aufwecken? Er wird nicht erfreut sein.«

»Es ist gleich zehn Uhr, er sollte sowieso schon längst hier sein. Meine Entscheidung steht fest.«

»Soll ich Sie lieber begleiten? Ich meine nur für den Fall …«

»Dieser Fall wird nicht eintreten und falls doch, wird er es bereuen!«

Elsa verließ das Restaurant und benutzte die Treppe, um zu ihrem Zimmer im zweiten Stock des Hotels zu gelangen. Auf dem Weg legte sie sich die Worte zurecht, mit denen sie André das Ende ihrer Beziehung mitteilen würde. Zu ihrer Überraschung war die Tür zu ihrer Suite nicht verschlossen. Sie trat in die großzügig geschnittenen Räumlichkeiten ein, die Suite erstreckte sich über zwei Zimmer mit einem großen Bad. Im ersten Raum, in dem sich große, schwere Polstermöbel befanden, war keine Spur von dem Franzosen zu sehen.

Er wird doch nicht etwa immer noch schlafen?

Sie ging in das Schlafzimmer und fand André de Contades auf dem Bauch liegend vor, quer über das riesige Bett ausgestreckt. Er trug immer noch seinen roten Seidenpyjama. Wütend klopfte sie mit der flachen Hand gegen das Gestell. Er zeigte keine Reaktion.

»Aufstehen!« Sie gab ihm einen Klaps auf den Rücken, wieder regte er sich nicht. »Jetzt tu nicht so, ich weiß ...« Sie versteinerte, als ihr Blick auf sein Gesicht fiel. Die Augen waren weit aufgerissen, der Mund halb geöffnet. Feine Blutfäden liefen ihm aus den Augenhöhlen, der Nase und dem Mund und tränkten die dicke Matratze unter ihm. Elsa schlug entsetzt die Hände vor das Gesicht, unfähig, einen klaren Gedanken zu fassen. Dann gab es ein Geräusch hinter ihr.

Als sie den Schakal auf sich zukommen sah, schrie sie in Panik auf.

ZWANZIG
ZERLEGT

TAL DER KÖNIGE, 24. FEBRUAR 1925

Vorsichtig setzte Carl den Meißel unterhalb des Oberschenkelknochens an und schlug mit dem Hammer zu. Die schwarze Masse bröckelte leicht auseinander und nach weiteren Schlägen war der Knochen davon befreit. Erleichtert atmete er durch.

»Wollen wir es noch einmal probieren, das Skelett aus dem Sarg zu heben?«

»Ich fürchte, hier oben gibt es ein Problem«, antwortete Howard Carter, der gemeinsam mit Alfred Lucas immer noch versuchte, die Totenmaske vom Kopf Tutanchamuns abzuheben. Mit keiner der von ihnen angewandten Methoden war es ihnen gelungen, die Goldmaske abzuziehen. Immerhin hatten sie es geschafft, die Binden und die darin verwobenen Schmuckstücke einigermaßen unbeschadet vom restlichen Körper zu entfernen, wenngleich sie die Bandagen dafür mit Paraffin tränken und zerschneiden mussten. Das Skelett des Pharao, das darunter zum Vorschein kam, hatte heftig unter der übermäßigen Verwendung der Salböle gelitten. Die Gebeine waren pechschwarz und Carl hatte seine Zweifel, ob sie daraus noch irgendwelche brauchbaren Informationen über Tutanchamun gewinnen konnten.

»Die Beine liegen jetzt frei«, sagte Carl und blickte nachdenklich auf den Sarg. »Vielleicht müssen wir ihn stückweise aus dem Sarg nehmen.«

»Wie bitte? Du willst König Tut zerlegen?« Callender schüttelte den Kopf.

»Ja. Wenn erst die Beine weg sind, kommen wir besser an sein Becken heran, um es freizumeißeln. Danach haben wir auch bessere Möglichkeiten, um den Oberkörper zu befreien.«

»Und dann willst du ihn bestimmt auch noch köpfen oder wie?«, gab Callender sarkastisch zurück.

»Die Idee ist gut«, sagte Howard, bevor Carl etwas erwidern konnte. »So könnte es funktionieren.«

»Das sollte ein Scherz sein. Wenn die Ägypter das erfahren ...«

»Werden sie einverstanden sein.« Carter stand auf. »Es ist ein Jammer, aber anders kommen wir hier nicht weiter. Was sagen Sie, Alfred?«

»Das sollte machbar sein. Wir können das Skelett später wieder zusammensetzen, wenn wir es von diesen Balsamierungsresten gereinigt haben.« Lucas kratzte sich an der Schläfe. »Mit Harz sollte es gut zu machen sein.«

»Dürfte ich trotzdem noch einen Vorschlag machen?«

»Aber natürlich, Arthur.«

»Auch wenn wir den Jungen in seine Einzelteile zerlegen, die Maske klebt immer noch auf seinem Schädel. Ich würde einen Versuch starten, mit einem heißen Messer zwischen die Maske und den Kopf zu kommen.«

»Gute Idee, so werden wir es machen.« Carter nickte zufrieden. »Und jetzt entfernen wir zuerst die Beine.«

Behutsam entfernten Carl und Alfred Lucas erst die Oberschenkel und dann die Unterschenkel und die Füße des Pharao. Danach ging es wie vermutet viel schneller, das Becken und den Rest des Körpers aus dem Sarg zu befreien. Den Kopf samt Maske entnahmen sie als Letztes und Arthur Callender probierte dann, mit einer glühenden Messerklinge den Schädel von Tutanchamun aus der Maske zu lösen. Unter Einsatz von zwei weiteren Messern gelang es ihm schließlich. In Einzelteilen lag das Skelett auf dem Boden der Vorkammer neben seinem goldenen Sarg.

»Alfred, Sie kümmern sich mit Arthur um das Reinigen der Gebeine und setzen alle Knochen schnellstmöglich wieder zusammen. Machen Sie das hier. Die Überreste des Pharao dürfen das Grab nicht verlassen, solange er nicht in Gänze wiederhergestellt ist. Dr. Falkenburg und ich werden uns um die Reinigung der Totenmaske kümmern.«

Laute Schritte hallten durch den Korridor und Harry Burton kam in die Vorkammer gestürzt. In seinem Gesicht konnte Carl Betroffenheit sehen. Harry streckte Carter die Zeitung entgegen, die er in seiner linken Hand hielt.

»Es ist wieder passiert«, sagte Burton ernst.

Carter warf einen Blick auf die Titelseite, auch Carl konnte die Schlagzeile der Kairoer Zeitung lesen.

»Fluch des Pharao fordert weiteres Opfer«, las Carter laut vor und sah zu Harry. »Ich muss mich doch sehr wundern, Mr. Burton, dass Sie so einer Meldung noch Bedeutung beimessen.«

»Früher habe ich da nichts draufgegeben, richtig. Aber in letzter Zeit häufen sich die Vorfälle wieder und der Tote ist erst vor wenigen Tagen hier im Grab gewesen. Das macht mir Sorgen und das sollte uns allen zu denken geben.« Er blickte Carl an.

»Darf ich?« Er nahm die Zeitung aus Carters Hand und las den Artikel. »Comte de Contades ist der Tote?« Carls Herzschlag beschleunigte sich.

»Ja, er wurde in seinem Hotelzimmer in Kairo aufgefunden, Todesursache noch unbekannt.«

Carl überflog den Bericht schnell. Zu seiner Erleichterung schien de Contades das einzige Opfer zu sein. Zumindest wurde Elsa nirgends erwähnt.

»Dieser Tote wird dafür sorgen, dass wir hier sehr schnell wieder Besuch von übereifrigen Journalisten bekommen werden.« Callender kratzte sich besorgt am Kinn.

»Ja, das befürchte ich auch. Ein Grund mehr, mit unserer Arbeit unverzüglich fortzufahren.« Carter hob die schwere Goldmaske vom Boden auf und sah Carl an. »Kommen Sie?«

»Äh, ja, sofort.« Carl reichte Harry die Zeitung zurück. »Du hast doch gute Kontakte zur Presse. Vielleicht kannst du etwas mehr in Erfahrung bringen.«

»Warum sollte ich das tun? Geht es dir da um eine gewisse junge Dame?«

»Auch. Aber vielleicht trägt es zu deiner Beruhigung bei, wenn du herausbekommst, woran der Comte denn nun gestorben ist.« Carl zwinkerte Burton zu und folgte Carter aus dem Grab hinaus.

Elsa erwachte mit einem Schrei. Sofort packte eine Hand sie am Arm und drückte sie sachte zurück in das Kissen. Verwirrt sah sie sich um, sie lag in einem Bett, befand sich aber nicht in ihrem Hotelzimmer.

»Elsa, alles ist gut. Sie sind in Sicherheit.« Baron de Szilassy sah sie erleichtert an. »Ich bin froh, dass Sie endlich aufgewacht sind.«

»Wo ist der Schakal?«

»Welcher Schakal?«

»Anubis, ich habe ihn im Zimmer gesehen als ich … Oh mein Gott, André!« Mit einem Schlag kehrte ihre gesamte Erinnerung zurück. Das Bild, wie de Contades mit blutigem Gesicht auf dem Bett ausgestreckt lag; der Schakal, der auf sie zukam und dann … nichts. Finsternis. Sie wusste nicht, was mit ihr geschehen war.

»Da war niemand im Zimmer außer ihnen und dem armen André«, sagte der Baron. »Ich habe Sie dort vor dem Bett liegend gefunden und sofort einen Arzt gerufen. Für unseren Freund kam jede Hilfe zu spät.«

»Aber da war noch jemand, ich habe ihn gesehen, ganz sicher.« Sie setzte sich auf. »Er hat André getötet!«

Der Baron schüttelte den Kopf. »Es wurden keinerlei Anzeichen von Fremdeinwirkung entdeckt. Aktuell geht die Polizei von keinem Tötungsdelikt aus, vielmehr ...« Er stockte.

»Vielmehr was? Was glauben die denn, woran André gestorben ist?«

Stumm reichte de Szilassy ihr eine Tageszeitung. Als Elsa die Schlagzeile las, riss sie ungläubig die Augen auf.

»Das ist doch Blödsinn! André wurde nicht vom Fluch des Pharao getötet ...«

»Sondern stattdessen von einem schakalköpfigen Todesgott?«, fragte der Baron mit sanfter Stimme.

»Aber das ... es kann nicht sein«, erwiderte Elsa matt. Sie fühlte sich schwach und elend. Sie sank erschöpft zurück ins Kissen.

»Erholen Sie sich erst mal. Sie waren fast zwei Tage ohne Bewusstsein. Ich besorge Ihnen jetzt was zu trinken und zu essen. Dann sehen wir weiter.«

Sie wusste darauf nichts zu antworten, also nickte sie nur. Der Baron eilte aus dem Zimmer heraus. Erst jetzt, als sie durch die geöffnete Tür auf dem Flur einige Pfleger herumlaufen sah, registrierte sie, dass sie sich in einem Krankenhaus befand. Sie schloss die Augen und fragte sich, ob sie sich den Schakal nur eingebildet hatte.

Gedankenverloren entfernte Carl mit einem feinen Spatel die schwarzen Verkrustungen von der Brustplatte der Totenmaske. Selbst in Angesicht dieses prächtigen, aus Gold getrieben Porträts von Tutanchamun fiel es ihm schwer, sich völlig auf die Arbeit zu konzentrieren. Es war nicht der angebliche Fluch, der ihm Sorgen machte, sondern vielmehr beschäftigte ihn, was mit Elsa war.

»Ich denke, ich mache besser alleine weiter.« Carter legte ihm eine Hand auf den Arm. »Es wäre zu schade, wenn Sie dieses Kunstwerk beschädigen, nachdem es dreitausend Jahre fast unbeschadet überstanden hat.«

»Oh, entschuldigen Sie, ich war wohl etwas abgelenkt.«

»Aber hoffentlich nicht wegen dieser lächerlichen Geschichte über den Fluch?«, fragte Carter amüsiert.

»Nein, ganz sicher nicht. Aber es ist ...« Er stoppte sich selbst. Carter gegenüber wollte er nicht zugeben, dass die Gedanken an eine Frau ihn von der ordentlichen Durchführung seiner Arbeit abhielten.

»Ich bin aus gutem Grund eingefleischter Junggeselle, Dr. Falkenburg.« Carter sah ihn mit einem hintergründigen Lächeln an. »Keine Frau der Welt würde ein Leben, wie ich es führe, auch nur ein Jahr lang mitmachen. Daher habe ich für mich schon früh die Entscheidung getroffen, dass es das Beste ist, keinerlei Bindungen einzugehen.«

Carl war in Anbetracht dieser offenen Worte überrascht. Er konnte sich nicht erinnern, das Howard Carter ihm schon jemals etwas so Privates gesagt hatte – oder irgendjemand anderen.

»Bisher dachte ich auch immer, ich könnte mein Leben auf diese Art und Weise leben. Aber ich habe mich wohl geirrt.«

»Wissen Sie, ich habe mir eine andere Aufgabe für

Sie überlegt, die sich in Ihrer momentanen Situation vorteilhaft auswirken sollte.«

»Ich höre.«

»Nun, da wir den Pharao entdeckt und aus seinem Sarg befreit haben – und nicht zu vergessen diese wundervollen Schätze hier«, Carter klopfte auf die Goldmaske, »ist es an der Zeit, dass wir wieder einige Absprachen mit der Antikenverwaltung – also mit Direktor Lacau – treffen, wann der Abtransport dieser Funde nach Kairo vonstattengehen soll.«

»Ich soll in Ihrem Auftrag mit der Antikenverwaltung sprechen?«, fragte Carl bass erstaunt. Bisher hatte Carter immer jede einzelne Absprache alleine getroffen, nie hatte er diesbezüglich jemand anderen in die Verantwortung gezogen. »Sind Sie sich da sicher?«

»Absolut. Ich könnte mir keinen besseren Mann dafür vorstellen. Ich weiß, dass Direktor Lacau eine hohe Meinung von Ihnen hat, wie im Übrigen auch ich. Ich bin mir sicher, dass Sie das gut hinbekommen werden.« Carters Lächeln wurde sogar noch ein Stück breiter. »Und außerdem könnten Sie bei dieser Gelegenheit auch nach der liebreizenden Dame schauen.«

EINUNDZWANZIG
ABSPRACHEN

Bereits am Mittag des nächsten Tages traf Carl in Kairo ein und begab sich sofort zur Antikenverwaltung, wo Pierre Lacau ihn überrascht in Empfang nahm. Das Erstaunen wurde noch größer, als Carl ihm mitteilte, dass er in Carters Namen die Absprachen mit ihm treffen würde.

»*Incroyable!*« Verblüfft fasste ihn der Direktor der Antikenverwaltung ins Auge. »Ich weiß nicht, was mich mehr beeindruckt, Dr. Falkenburg. Die Funde, von denen Sie mir berichtet haben, oder der Fakt, dass Mr. Carter tatsächlich jemand anderen für sich sprechen lässt.«

»Es ging mir ähnlich, Herr Direktor«, gab Carl grinsend zurück.

»Das glaube ich Ihnen gerne. Muss ich mir Sorgen machen? Geht es Mr. Carter nicht gut?«

»Er erfreut sich bester Gesundheit, keine Sorge.«

»Sehr gut. Das freut mich zu hören«, erwiderte Lacau

erleichtert. »Sie wissen ja, dass Mr. Carter und ich in der Vergangenheit einige Meinungsverschiedenheiten hatten, aber natürlich respektiere ich seine Leistung aufs Allerhöchste und hoffe, dass er uns noch lange erhalten bleibt.«

»Da müssen Sie sich keine Sorgen machen.«

Pierre Lacau nickte ihm zu.

»Sie haben sicher die Zeitung gelesen?«

»Selbstverständlich. Und Sie kennen unsere Haltung dazu. Weder Mr. Carter noch ich oder irgendein Mitglied unseres Teams glauben an diesen Humbug über den Fluch.«

»Ich wünschte, ich könnte dasselbe von der Presse sagen«, seufzte der Direktor. »Oder von meinen eigenen Mitarbeitern. Einige meiner ägyptischen Inspektoren weigern sich, das Grab noch einmal aufzusuchen.«

»Es gibt keinen Grund zur Besorgnis, wirklich. Diese Todesfälle haben nicht das Geringste mit dem Grab zu tun.« Carl sprach seine Worte mit Nachdruck aus.

Damit war das Thema erledigt und sie besprachen, wann der Abtransport der Funde, die sich noch im Tal der Könige befanden, durchgeführt werden konnte. Sie waren sich schnell einig darüber, dass auch diesmal wieder der Weg über den Nil der sicherste wäre. Carl stimmte auch zu, dass sich ein ägyptischer Geistlicher die sterblichen Überreste des Pharao ansehen sollte, denn diese mussten auf jeden Fall im Grab verbleiben.

Nachdem sie den Termin für den Transport auf Ende März festgelegt hatten, verabschiedete sich Carl vom Direktor und suchte als Nächstes das Hotel auf, in dem der Comte de Contades tot aufgefunden worden war.

Seine Hoffnung, Elsa von Rosenberg dort anzutreffen, erfüllte sich nicht, aber immerhin gab ihm der Concierge für ein wenig Bakschisch die Auskunft, wo er sie finden könnte. Dass sie sich in einem Krankenhaus befand, beunruhigte ihn sehr und ein ungutes Gefühl breitete sich in ihm aus.

Das Krankenhaus war unweit vom Zentrum gelegen und Carl schaffte es innerhalb von fünfzehn Minuten vom Hotel dorthin. Er hatte das Gebäude gerade betreten, als er auch schon ein bekanntes Gesicht erblickte. Baron de Szilassy erkannte ihn ebenfalls sofort.

»Dr. Falkenburg, welch unerwartete Überraschung, aber eine freudige«, begrüßte der Franzose ihn. Er machte auf Carl einen übernächtigten Eindruck. »Sie haben es sicher schon gehört?«

»Ja, es tut mir sehr leid. Wie geht es Elsa?«

»Den Umständen entsprechend gut. Der Tod des Comte hat sie ziemlich mitgenommen, rein körperlich fehlt ihr nichts, es war wohl der Schock ... Aber ich bringe Sie jetzt am besten zu ihr.«

Der Baron führte Carl durch die Flure des Krankenhauses zu Elsas Zimmer. Sie saß aufrecht im Bett und las Zeitung.

»Besuch für Sie«, verkündete de Szilassy laut, als sie eintraten.

Als Elsas Blick ihn erfasste, hellte sich ihre Miene schlagartig auf.

»Carl! Was machst du denn hier?«

»Ich habe gelesen, was passiert ist. Da ich gerade in der Stadt bin, dachte ich, ich suche dich im Hotel auf, aber dort sagte man mir, dass ich dich hier finden würde. Geht es dir gut?«

»Natürlich«, erwiderte Elsa gelassen. »Aber noch soll ich einen Tag zur Beobachtung hierbleiben.« Sie warf dem Franzosen einen vorwurfsvollen Blick zu.

»Ich lasse Sie beide alleine«, sagte Baron de Szilassy und zog sich zurück.

»Was genau ist denn passiert?«, fragte Carl.

»Genau kann ich das gar nicht beantworten. Ich bin nach dem Frühstück hoch aufs Zimmer und wollte André wecken und da …« Ihre Stimme zitterte. »Er lag quer auf dem Bett, ich dachte, er schläft nur, aber er war bereits tot. Blut lief aus seinem Mund und der Nase, sogar aus den Augen!« Sie schluchzte auf. »Und dann …«

»Was dann?«, fragte Carl leise, als Elsa nicht weitersprach.

»Nichts. Alle anderen sagen, dass es nichts war, dass es nur ein Nervenzusammenbruch war … aber ich habe etwas gesehen.«

»Was hast du gesehen, Elsa?«

Sie sah ihn prüfend an, als wollte sie seine Reaktion vorausahnen.

»Ich sah einen Schakal, den Kopf von Anubis. Ich weiß, es klingt verrückt, aber ich bin mir ganz sicher, dass ich nicht alleine im Zimmer war. Dann wurde ich ohnmächtig.«

Carl erwiderte nichts, sondern betrachtete sie skeptisch.

»Du glaubst mir also auch nicht! Niemand tut das! Der Baron behandelt mich, als ob ich eine Verrückte wäre.«

»Ich habe nicht gesagt, dass ich dir nicht glaube.«

»Das musst du auch nicht, dein Blick tut es.«

»Es fällt mir nur schwer, zu glauben, dass Anubis sich in eurem Hotelzimmer aufgehalten hat«, lächelte Carl. »Aber wenn du sagst, dass du jemanden gesehen hast, glaube ich dir das.«

»Nicht irgendjemanden, einen schakalköpfigen Todesgott!«

»Genau genommen ist Anubis der Gott der Totenriten, er ...« Carl verstummte, als Elsa ihm einen giftigen Blick zuwarf. Er räusperte sich und fuhr fort: »Ist auch egal, viel wichtiger ist, dass es dir gut geht.«

Sie lächelte ihn wieder an. »Danke, dass du hergekommen bist. Ich habe in der Zeitung gelesen, dass ihr den Sarg jetzt geöffnet habt. Dass du dir in so einer Situation Zeit für einen Besuch bei mir nimmst, rechne ich dir hoch an.«

»Was wirst du jetzt machen?«

»Erst einmal möchte ich so schnell wie möglich aus diesem Zimmer heraus, aber dann ... ich weiß es nicht.« Ihr Blick schien durch Carl hindurchzugehen.

»Ist deine Familie in Deutschland schon unterrichtet?«

Elsa stieß ein bitteres Lachen aus.

»Da gibt es nicht viele zu benachrichtigen. Nur meine Mutter lebt noch und mit ihr habe ich seit Jahren kein Wort mehr gewechselt.«

»Verstehe. Also wenn ich dir irgendwie helfen kann, dann...«

»Bitte nicht«, unterbrach sie ihn mit traurigem Blick. »Ich will kein Mitleid und ich bin es leid, ständig von

Männern abhängig zu sein. Auch wenn ich mir das selbst zuzuschreiben habe.«

»So meinte ich das nicht, aber ich werde dich auf keinen Fall einfach so im Stich lassen. Vorläufig könnte ich dich bestimmt im Deutschen Institut unterbringen, da gibt es einige freie Räume.«

»Ich danke dir für dein Angebot, wirklich. Aber ich möchte es lieber alleine versuchen.«

»Ganz wie du willst. Ich bin noch bis morgen früh in Kairo, falls du es dir anders überlegst.«

»Das ist lieb von dir, aber du musst dir keine Sorgen um mich machen.«

»Nun gut«, sagte Carl. »Dann will ich dich auch nicht länger stören.«

»Du willst doch nicht etwa schon gehen?«, fragte sie erschrocken. »Nur, weil ich keine Hilfe möchte, bedeutet es doch nicht, dass ich auf deine Gesellschaft verzichten will.« Sie lächelte ihn an. »Willst du nicht noch eine Weile hierbleiben?«

»Ausnahmsweise, Fräulein«, gab Carl grinsend zurück.

»Sehr gut. Du musst mir unbedingt alles über die Sargöffnung erzählen! Ich wäre so gerne dabei gewesen.«

Carl zog sich den einzigen Stuhl im Zimmer heran und setzte sich damit neben Elsas Bett.

»Carl Falkenburg ist in der Stadt? Das ist höchst unerwartet. Was will er hier?«

»Ich habe keine Ahnung. Er war zuerst bei Direktor

Lacau und befindet sich jetzt im Krankenhaus bei der Begleiterin des Comte.«

»Sie wird ihm erzählen, dass sie dich gesehen hat!«

»Hat sie nicht. Sie hat nur eine Anubismaske gesehen. Niemand schenkt ihren Aussagen Glauben.«

»Du hättest sie ebenfalls töten sollen«, reklamierte er.

»Dazu war keine Zeit mehr. Sie hat laut geschrien und ich hatte kein Gift mehr übrig. Ich musste schnell verschwinden. Was hätte ich machen sollen, ihr den Schädel einschlagen? Das hätte sich wohl kaum mit Ihrem Plan vertragen, den Fluch des Pharao zu nutzen.« Er lachte schäbig. Dann traf ihn die flache Hand mit Schwung im Gesicht. Verdutzt rieb sich der Ägypter die Wange.

»Ich will für dich hoffen, dass niemand der Frau ihre Geschichte glaubt. Und jetzt geh mir aus den Augen!«

Ohne ein weiteres Wort schlich der gedungene Mörder aus dem Zimmer.

Zu gegebener Zeit würde er sich richtig um ihn kümmern, aber noch war er für ihn von Nutzen. Denn nun galt es zunächst, sich den Fluch zunutze zu machen.

Noch bis zum späten Nachmittag leistete Carl der trotz der Umstände gut gelaunten Elsa Gesellschaft, ehe er sich verabschiedete. Beim Verlassen des Krankenhauses traf er noch kurz den Baron de Szilassy, der ihm freundlich zunickte und ihm einen schönen Abend wünschte. Wenngleich ihm Elsas Geschichte von dem Schakal merkwürdig vorkam, wollte er sie nicht als pures Hirngespinst abtun. Aber ihm war auch klar, was es bedeuten würde, wenn tatsächlich jemand im Zimmer des Comte gewesen wäre.

Mord.

Aber das ergab für Carl einfach keinen Sinn. Wer würde einen Mord begehen und es als Teil des angeblichen Pharaonenfluchs hinstellen? Auf dem Weg ins Deutsche Institut grübelte er weiter darüber nach, fand aber keine Antwort.

Die Straßen wurden von der Abendsonne geflutet, als Carl auf einen Marktplatz von geringer Größe einbog. Überall waren kleine Stände aufgebaut, an denen es verführerisch roch. Die Händler boten Gewürze, Kräuter und vieles andere feil und boten ihm ihre Waren nur zu gerne auch zum Probieren an. Immer wieder tauchten zwischen diesen Ständen auch Verkäufer auf, die Dutzende von altägyptischen Artefakten anboten. Zumeist kleinere Grabbeigaben aus den geplünderten Gräbern von Edelleuten aus dem alten Reich. Wobei es sich, wie Carl mit nur einem Blick erkannte, bei einem Großteil nur um billige Fälschungen handelte. Bei einem der Händler, der angebliche Original-Artefakte aus dem Grab Tutanchamuns offerierte, konnte er sich das Grinsen nicht verkneifen. Das Grinsen verging ihm allerdings, als er den Mann erblickte, der direkt auf ihn zuschlenderte.

»Dr. Falkenburg? Was machen Sie denn in Kairo? Sie werden doch bei Carter nicht von der Fahne gegangen sein?«, fragte Graf von Steinheim.

»Guten Abend. Ich musste einige Dinge mit der Antikenverwaltung besprechen. Ich bin ebenfalls überrascht,

Sie hier anzutreffen. Müssen Sie nicht wieder zurück nach Deutschland?«

Von Steinheim winkte ab, während er die Auslage des Händlers mit den Tutanchamun-Artefakten in Augenschein nahm.

»Aber nicht doch. Das Klima in Ägypten wirkt wahre Wunder bei mir, so lebendig habe ich mich seit Jahren nicht mehr gefühlt. Außerdem mag ich das Gefühl, ständig vom Hauch der Geschichte umweht zu werden. Geht es Ihnen nicht auch so?« Der Graf nahm eine kleine Alabasterfigur in die Hand. Sie hatte einen Falkenkopf auf einem menschlichen Körper, eine Darstellung des Gottes Haroeris, ein Phänotyp von Horus, dessen Name seit der 18. Dynastie seltener in der Urform verwandt wurde. »Wie viel?«, fragte von Steinheim den Händler.

»Fünf Pfund, Sidi«, erwiderte dieser und entblößte beim Grinsen einige Zahnlücken.

Ohne zu zögern, zahlte von Steinheim den genannten Preis.

»Sie wissen schon, dass das alles nur Fälschungen sind?«

»Sicher. Aber diese kleine Figur passt doch hervorragend auf Ihre ehemalige Familienburg, finden Sie nicht?«

»Wenn Sie es sagen. Es ist nun Ihre Burg«, erwiderte Carl seelenruhig.

Mit einem hintergründigen Lächeln sah der Graf ihn mit seinen eisgrauen Augen an.

»Mir gefällt diese Horus-Figur jedenfalls.«

»Dann wünsche ich Ihnen viel Spaß damit«, sagte

Carl. »Nun entschuldigen Sie mich bitte, ich muss weiter.«

»Aber natürlich. Noch einen schönen Abend.«

Carl drehte sich um und ging weiter, er hatte das Bedürfnis, so schnell wie möglich einen großen Abstand zwischen sich und den Grafen zu bringen.

»Ach, eine Frage noch, Dr. Falkenburg«, rief von Steinheim ihm plötzlich hinterher. »Haben Sie von dem Toten gehört, der angeblich ein Opfer des Fluchs von Tutanchamun geworden ist?«

»Kein Grund, sich Sorgen zu machen«, antwortete Carl und zeigte auf die kleine Statuette in der Hand des Grafen. »Sie werden doch nun gut behütet.« Ehe von Steinheim ihm eine weitere Frage stellen konnte, tauchte er im Gewimmel der Marktbesucher unter.

ZWEIUNDZWANZIG
VERSTÄRKUNG

Im Deutschen Institut herrschte trotz der schon fortgeschrittenen Abendzeit rege Betriebsamkeit. Es waren einige neue Gesichter unter den Mitarbeitern, augenscheinlich frisch aus Deutschland eingetroffen. Als Carl das Institut betrat, hielt Ludwig Borchardt in der kleinen Empfangshalle gerade einen Vortrag vor einer fünfköpfigen Gruppe.

»Ah, was für eine tolle Überraschung«, sagte der Direktor, als er ihn erblickte. »Meine Herren, darf ich Ihnen Dr. Carl Falkenburg vorstellen, der aktuell unsere Grabung in Achetaton leitet sowie mit Howard Carter in Grab des Tutanchamun arbeitet.«

Alle Augen richteten sich auf ihn.

»Guten Abend, ich hoffe, ich komme nicht unpassend?«

»Aber nicht doch, es ist genau der richtige Zeitpunkt«, erwiderte Borchardt. »Diese fünf Herren werden morgen ihre Arbeit für das Institut aufnehmen, zwei von Ihnen in Achetaton.«

»Das freut mich zu hören. Richard kann sicherlich Unterstützung gebrauchen.«

Ludwig Borchardt nickte ihm zufrieden zu.

»Gut, fürs Erste haben wir alles besprochen. Ich sehe Sie alle morgen früh hier wieder«, richtete er die Worte an die fünf Männer, von denen, wie Carl schätzte, keiner älter als zweiundzwanzig war. Alle bis auf einen verließen die Halle. Der Letzte der fünf, ein bleicher blondhaariger Schlaks, der nach Carls Einschätzung innerhalb weniger Stunden seinen ersten Sonnenbrand bekommen würde, kam auf ihn zu und streckte ihm die Hand entgegen.

»Dr. Falkenburg, darf ich mich kurz vorstellen? Mein Name ist Haakon Ingstad. Ich fühle mich sehr geehrt, mit Ihnen zusammenarbeiten zu dürfen.«

Carl ergriff die leicht schwitzige Hand des Mannes.

»Freut mich ebenfalls. Das erste Mal für Sie in Ägypten?«

»Ja, das stimmt. Ich bin genau genommen das erste Mal außerhalb Europas und ...« Er stockte und schien nach den richtigen Worten zu suchen. »... aufgeregt. Etwas aufgeregt«, sagte er schließlich.

»Was ist das für ein Akzent? Skandinavier?«

»Ja. Norweger, um genau zu sein«, grinste Ingstad fröhlich. »Aber ich habe drei Jahre in Berlin studiert und mein Deutsch ist ganz passabel, möchte ich meinen.«

»Oh, das ist es, absolut. Viel besser als mein Norwegisch«, scherzte Carl. »Würden Sie uns nun bitte entschuldigen, ich habe mit Direktor Borchardt noch etwas zu besprechen.«

»Oh, natürlich. Bin schon weg.«

Carl blickte dem Norweger hinterher.

»Fröhlicher Bursche.«

»Ja, das ist er. Sie werden ihn bald besser kennenlernen, hoffe ich«, sagte Ludwig Borchardt. »Er ist einer der beiden, die nach Achetaton sollen. Aber nun erzählen Sie, was haben Sie mit Pierre Lacau besprochen?«

»Sie wissen, dass ich bei ihm war?«

»Aber natürlich«, lachte der Direktor. »Pierre hat mich angerufen, nachdem Sie bei ihm waren. Aber er wollte mir nicht sagen, worüber Sie beide gesprochen haben, weil es ja nicht um eine Ausgrabung geht, die das Institut betreut.«

»Es war nichts Besonderes. Wir haben nur den Termin für den nächsten Transport vom Tal der Könige nach Kairo abgestimmt«, erzählte Carl bereitwillig.

Die Augen von Ludwig Borchardt wurden groß.

»Meine Güte, Carl. Was haben Sie mit Carter gemacht? Haben Sie ihn getötet oder wie kommt es, dass Sie das machendurften? Der Howard Carter, den ich kenne, würde niemals auch nur ein Fitzelchen Verantwortung delegieren.«

»Ich weiß nur zu gut, was Sie meinen«, erwiderte Carl lachend. »Ich war ebenso überrascht wie Sie, dass er mir das übertragen hat.«

»Vielleicht wird auch Carter auf seine alten Tage etwas weicher«, mutmaßte Borchardt. »Oder er hatte keine Lust auf den Trubel, der ihn erwartet hätte, wäre er in Kairo erschienen. Die Zeitungen kennen seit zwei Tagen kein anderes Thema mehr als den Fluch.«

»Ja, der Zeitpunkt ist mehr als unglücklich«, sagte Carl nachdenklich. »Ausgerechnet in dem Moment, als wir den Sarg geöffnet und den Pharao endlich leibhaftig zu Gesicht bekommen haben.«

»Es wird einiges auf Sie und Carter zukommen, wenn Sie ins Tal der Könige zurückkehren.« Borchardt sah ihn besorgt an.

»Wie meinen Sie das?«

»Ich bekomme hier so einiges mit. Unter anderem, dass demnächst wieder verstärkt aus Luxor und dem Tal berichtet werden soll. Heute sind schon wieder eine Menge ausländischer Reporter eingetroffen.«

Carl verzog den Mund. »Ich hatte so was in der Art schon befürchtet. Aber schlimmer als im letzten Jahr kann es nicht werden.«

»Ihr Wort in Gottes Ohr.«

»Haben Sie was von Richard gehört? Mein letzter Besuch liegt nun schon wieder eine Weile zurück.«

Borchardt nickte zufrieden. »Ja, habe ich. Er war vor wenigen Tagen ebenfalls hier in Kairo und hat mir von den Fortschritten berichtet. Die Ausgrabung geht gut voran. Es scheint, es war eine gute Entscheidung, Ihrem Bruder die Verantwortung zu übertragen.«

»Oh, das freut mich zu hören«, erwiderte Carl angenehm überrascht.

»Was halten Sie davon, wenn Sie auf dem Rückweg nach Luxor einen Abstecher nach Amarna machen? Sie könnten sich selbst ein Bild von den Fortschritten machen und bei der Gelegenheit auch die beiden Neuen mitnehmen.«

Carl wusste, dass dieser kurze Abstecher ihn mehr als einen halben Tag kosten würde. Aber er entschied sich trotzdem dafür. »In Ordnung.«

»Sehr schön. Und jetzt gehen wir zusammen Abendessen. Ich bin gespannt darauf zu hören, was Sie über die Mumie Tutanchamuns zu erzählen haben.«

Zu Carls Bedauern gab es am nächsten Morgen keine Möglichkeit für ihn, noch einmal ins Krankenhaus zu gehen, um Elsa zu besuchen. Er musste schon früh am Tag in Begleitung von Haakon Ingstad und einem weiteren der neu eingetroffenen Ägyptologen nach Tell el-Amarna aufbrechen. Er hoffte sehr, dass er sie trotzdem noch einmal wiedersehen würde. Whrend der Fahrt hatte er zumindest genügend Ablenkung, denn der Norweger Ingstad löcherte ihn unablässig mit Fragen über Tutanchamun, über Howard Carter und seine Erfahrungen im Allgemeinen. So verging die Zeit wie im Flug und als sie Achetaton um die Mittagszeit erreichten, war Carl sich sicher, dass Haakon Ingstad eine echte Verstärkung für Richard sein würde.

Im Lager und an der Ausgrabungsstelle hielt Carl zunächst vergeblich nach seinem Bruder Ausschau, was ihm leichte Sorgen bereitete. Aber Abdel, der ihn und die Neuankömmlinge stattdessen in Empfang nahm, konnte seine Bedenken schnell zerstreuen.

»Sidi Richard hat keinen Versuch mehr unternommen, eines der Gräber zu öffnen. Er hält sich strikt an die

Vorgaben«, sagte der Ägypter zufrieden, als sie allein im Hauptzelt waren.

»Das ist beruhigend zu hören. Und wo steckt er jetzt?«

»Er ist heute Morgen zu Scheich Razek gefahren.«

Carl hob eine Augenbraue.

»Es ist schon sein zweiter Besuch dort, seitdem der Scheich uns äh … besucht hat«, fuhr Abdel fort. »Ich glaube, Sidi Richard möchte auf jeden Fall vermeiden, dass der Scheich noch einmal mit seinen Männern herkommen muss.«

Carl nickte und kratzte sich sein stoppeliges Kinn. Er war sich sicher, dass Richards Besuch beim Scheich einen anderen Grund haben musste.

In Kairo saß derweil General Hamad an seinem Schreibtisch und starrte auf das Schriftstück, das vor ihm lag. Unbändige Wut stieg in ihm auf. Er hatte verloren, daran war nicht mehr zu rütteln. Oder gab es doch noch einen Ausweg? Sein Blick fiel auf die Tageszeitung, die erneut über das Opfer des Fluchs berichtete. Der Leichnam des Franzosen sollte demnächst in seine Heimat überführt werden. Aber Hamad fand eine andere Information viel interessanter. Das Klopfen an seiner Bürotür ließ ihn aufschrecken.

»Herein!«

Zahi an-Nahhas trat ein.

»Die Männer stehen alle hinter euch, General!«

Mit grimmigem Blick stand Hamad auf und nickte

seinem Adjutanten zu. Er hatte keine andere Antwort erwartet, aber trotzdem war die Bestätigung eine gewisse Genugtuung für ihn. Egal, was der neue Stab um König Fu'ad versuchen würde, die Loyalität seiner Männer konnten sie nicht brechen.

»Dann werden wir bald unsere wichtigste Schlacht schlagen!«

Als Richard eine Stunde später zurück ins Lager kam, zeigte er sich überrascht, aber auch hocherfreut, Carl zu sehen.

»Endlich bist du wieder hier! Hat Abdel dir schon von unseren letzten Funden erzählt?« Ehe er etwas erwidern konnte, zog Richard ihn auch schon mit sich ins Zelt. Dort stand eine große Holztruhe, die sein Bruder sofort öffnete und einen schwarzen Stein – vermutlich Obsidian – herausholte. Der blank polierte Brocken aus Gesteinsglas, der beinahe die Größe eines Kopfes hatte, war auf der Oberfläche mit verschiedenen Hieroglyphen versehen. »Was sagst du dazu? Das ist der schwarze Stein, den Echnaton aus Babylon bekommen hat. Ich hätte gleich darauf kommen können, dass im Text der Tontafeln von Obsidian die Rede ist, in Mexiko habe ich etliche Götzenfigurinen gefunden, die alle daraus gefertigt waren.«

Carl sagte immer noch nichts, sondern nahm Richard den glänzenden Brocken vulkanischen Ursprungs aus den Händen, und begutachtete ihn genau. Offensichtlich war dieser von ägyptischen Handwerkern in die Form eines Dreiecks gebracht worden, aber sämtliche Ecken waren mittlerweile abgebrochen und auch die Kanten wiesen einige Bruchstellen auf.

»Ich fürchte, ich muss dich enttäuschen, Richard«, setzte Carl schließlich an. »Das ist Obsidian, aber ich glaube weder, dass dies der schwarze Stein ist, der aus Babylon geschickt worden ist, noch, dass es sonst eine großartige Bewandtnis damit auf sich hat.«

Im Gesicht seines Bruders, das ihn eben noch freudestrahlend ansah, machte sich Ernüchterung breit.

»Was meinst du damit?«

»Dass es nicht das ist, wofür du es hältst.« Carl deutete auf die Hieroglyphen. »Dies hier ist die Königskartusche von Echnaton. Und dieses Zeichen hier«, er deutete auf eine stilisierte Sonne, deren Strahlen sich in Hände verwandelten, »steht für Aton, dem Gott, den der Pharao an die Stelle aller anderen Götter setzte. Der Rest ist einfach nur die Lobpreisung von Aton. Es ist einfach die Spitze eine Stele oder Ähnliches. Nicht mehr, aber auch nicht weniger. Trotz allem ein beeindruckender Fund.« Carl lächelte Richard aufmunternd zu.

»Verdammter Mist. Und ich dachte schon ...« Richard presste die Lippen zusammen. »Auch egal, aber es ist doch immerhin von hohem geschichtlichem Wert, nicht wahr?« Er nahm Carl den Obsidian wieder ab und legte ihn zurück in die kleine Truhe.

»Mit Sicherheit. Wo hast du das Artefakt gefunden?«

»Einige Meter östlich vom Herrscherpalast entfernt, war unter einigem Schutt verborgen, es wirkte so, als ob er absichtlich so tief begraben wurde, damit ihn niemand so leicht findet. Daher dachte ich, er wäre was Besonderes.«

»Ist er auch«, bekräftigte Carl. »Aber eben nicht aus Babylon. Als Achetaton nach Echnatons Tod aufgegeben und geschleift wurde, legten die Amun-Priester, die wieder an die Macht gelangt waren, besonderes Augenmerk darauf, dass alles mit dem Zeichen Atons zerstört oder so tief vergraben wurde, dass es nie wieder jemand finden würde.«

»Ich verstehe. Lass uns lieber schnell das Thema wechseln. Alles in Ordnung bei dir?«

»Aber natürlich, warum sollte es nicht ... Ach, du meinst wegen des Fluchs?« Carl lachte. »Keine Sorge, das ist nur ein dummer Zufall gewesen, nichts weiter.«

Richard sah ihn ernst an. »Mag sein, aber selbst hier sind die Arbeiter unruhig geworden. Abdel und ich mussten einen ganzen Vormittag auf die Männer einreden und sie davon überzeugen, dass sie nichts zu befürchten haben.«

»Weswegen sollten sie Angst haben?«

»Weil sie für dich arbeiten! Und du derjenige bist, auf dem der Fluch lastet.« Richard sprach den letzten Satz mit erhobenen Händen und einer krächzend verstellten Stimme aus.

»Kindskopf, lass den Blödsinn. Es gibt keine Flüche, die Menschen töten!«

Sein Bruder ließ die Arme wieder sinken. »Ganz wie du meinst. Aber trotzdem könnte es nicht schaden, wenn du den Männern noch ein paar aufmunternde Worte sagst, bevor du uns wieder verlässt.«

»Kein Problem. Bei der Gelegenheit kann ich dir

auch die beiden Neuen vorstellen, die ich mitgebracht habe.«

»Etwa noch mehr abergläubische Ägypter?«, fragte Richard wenig begeistert.

»Nein, ungläubige Europäer«, gab Carl grinsend zurück. »Einen Deutschen und einen Norweger. Du wirst sie mögen. Komm, ich stelle dir die beiden vor.«

Nachdem Carl seinen Bruder mit den Neuankömmlingen bekannt gemacht und danach eine kurze Rede an die Arbeiter gehalten hatte, machte er sich auf den Weg nach Luxor. Als er dort am frühen Abend ankam, musste er feststellen, dass Ludwig Borchardt mit seiner Voraussage recht behalten hatte. In den Straßen der Stadt erblickte er zahlreiche Ausländer, wobei er den meisten ihre Profession sofort ansah. Mittlerweile war er recht gut darin, einen Journalisten zu erkennen.

»Das kann ja heiter werden«, murmelte er vor sich hin, während er sich auf den Weg ins Tal der Könige machte.

TEIL DREI

DIE RÜCKKEHR DES KÖNIGS

DREIUNDZWANZIG
ABTRANSPORT
TAL DER KÖNIGE, 30. MÄRZ 1925

Der junge Ägypter fluchte und stieß heftige Verwünschen aller Art aus, während er sein Handgelenk umklammert hielt und dabei umhersprang, als würde er eine Art obskuren Regentanz aufführen. Schnell waren Sayed, der Vorarbeiter, und ein weiterer Ägypter bei ihrem Landsmann und versorgten die Verbrennung, die dieser sich an der linken Hand zugezogen hatte.

»Ich habe doch gesagt, keiner fasst die Schienen ohne Handschuhe an!« Arthur Callender verfolgte das Schauspiel kopfschüttelnd und hatte die Hände in die Seiten gestemmt. Sein Blick ging nach rechts, einen Hügel hinauf. »Burton, hast du das etwa fotografiert?«

Harry winkte vergnügt zu ihnen hinunter. »Das ist mein Job«, rief er ihnen zu. »Versuch mal zu lächeln, Arthur!«

Aber Callender reagierte nicht. Er nahm seinen Hut

ab und wischte sich mit einem Taschentuch den Schweiß von der Stirn.

»Es wird das Beste sein, wenn wir jetzt erst einmal eine Pause einlegen«, sagte Carl. »In der Mittagssonne werden auch die Handschuhe nicht ausreichen, um mit den Schienen zu hantieren. Sie werden einfach zu heiß.«

»Du hast recht.« Callender rief Sayed zu sich und informierte ihn, dass sie die nächsten Stunden eine Pause einlegen würden. »Hoffentlich erreichen wir den Nil noch heute«, sagte er an Carl gewandt.

»Es ist nicht mehr allzu weit. Nur noch zwischen diesen Hügeln hindurch und dann sind wir da.« Carl zeigte auf den schmalen Pass, der vor ihnen lag.

»Sehr gute Pose, behalte die bei«, rief Harry ihm von oben zu.

»Kann der Kerl nicht mal für einen Augenblick damit aufhören«, seufzte Callender und warf Burton einen missvergnügten Blick zu.

»Ach komm schon, er macht nur, was Howard ihm aufgetragen hat.«

Als Arthur ihn nur grinsend ansah, bemerkte Carl, dass er unbewusst genau das tat, was Harry von ihm verlangt hatte. Er posierte. Schnell ließ er den Arm sinken und machte sich daran, auf den Hügel zu klettern, auf dem Harry mit seiner Kamera Position bezogen hatte. Callender folgte ihm hinauf.

»Na ihr zwei. Wollt ihr auch mal den Ausblick hier oben genießen?«, empfing Burton sie fröhlich, während er eine neue Bildplatte in die Gandolfi einsetzte.

Carl blickte an seinem Freund vorbei zu dem tiefblau

glitzernden Strom, der nicht weit entfernt am Fuß der Hügelkette entlang mäanderte.

»Bis heute Abend schaffen wir es zum Nil. Dann kann morgen alles an Bord verladen werden.« Er machte ein paar Schritte zurück und blickte hinunter zur Feldbahn, die sich zwischen den Hügeln durchschlängelte. Es gab zu wenige Schienen, um den kompletten Weg aus dem Tal der Könige bis zum Nil zu bewältigen, daher mussten die Schienen hinter den Loren immer wieder abgebaut und vorne angesetzt werden. Sie hatten bereits vor Sonnenaufgang mit dem Transport begonnen und waren jetzt schon acht Stunden unterwegs. Carl schätzte, dass sie trotz der geringen Distanz, die noch vor ihnen lag, mindestens weitere vier Stunden benötigen würden. Es war ein seltsamer Anblick, die Schienen und darauf die kleinen Loren, die mit den Kisten beladen waren, in die sie die Fundstücke aus dem Grab verpackt hatten. Es waren diesmal deutlich weniger Transportbehälter nötig als am Ende der ersten Grabungssaison. Nur neunzehn Kisten befanden sich auf der kleinen Decauville-Feldbahn, im Gegensatz zu den neunundachtzig Behältern beim letzten Konvoi.

»Es sind diesmal zwar weniger Kisten als beim letzten Mal, aber dafür ist ihr Inhalt umso wertvoller«, sagte Arthur Callender, als ob er Carls Gedanken gelesen hätte, und stellte sich neben ihn. »Zum Glück wissen unsere ägyptischen Freunde nicht, was genau sie da über die Schienen schieben.«

»Besser so«, erwiderte Carl. Ihm war klar, dass es Probleme gegeben hätte, wenn die Arbeiter darüber informiert wären, dass sich in den Kisten auch die Totenmaske des Tutanchamun sowie sein goldener Sarg befanden. Die Hysterie um den Fluch des Pharao hatte sich immer noch nicht zur Gänze gelegt, obwohl nun schon fünf Wochen vergangen waren, seit der Comte de Contades tot aufgefunden worden war. Unwillkürlich glitten seine Gedanken sofort weiter zu Elsa von Rosenberg. Wo mochte sie jetzt sein?

Hinter sich hörten sie das Auslösegeräusch von Burtons Kamera.

»Das wird ein tolles Bild, glaubt mir!«

»Das will ich auch hoffen«, brummte Callender und blinzelte in die Sonne. »Kommt, wir sollten aus der Sonne raus. Ich fühle mich, als würde ich schmelzen.«

Carl half Harry beim Abbauen der Kamera und gemeinsam stiegen sie den Hügel hinab. Die Arbeiter hatten sich bereits in einige behelfsmäßig aufgestellte Pavillons zurückgezogen und warteten darauf, dass die Intensität der Sonnenstrahlung etwas abnahm, damit sie ihre Arbeit fortsetzen konnten. Als sie ebenfalls im Schatten unter einem der Sonnensegel saßen und lauwarmes Wasser aus ihren Feldflaschen tranken, holte Harry plötzlich eine Fotografie aus seiner Bildplattenbox heraus und reichte sie Carl.

»Hier, die wollte ich dir eigentlich schon lange mal gegeben haben, ich hab's nur vergessen.«

Verwundert nahm Carl das Bild entgegen. Es war eine Aufnahme von ihm und Elsa, wie sie durchs Tal der Könige gingen. Sie lachten beide und Elsa hatte sich bei ihm eingehakt.

»Wirklich eine hübsche Frau«, sagte Arthur, der ihm

über die Schulter sah. »Aber was will sie bloß mit so einem Kerl?« Er lachte.

»Das frage ich mich auch«, erwiderte Carl leise.

»Hey, nicht so trübsinnig. Das war ein Witz.« Callender klopfte ihm kräftig auf den Rücken. »Ihr hättet ein schönes Paar abgegeben.«

»Hast du was von ihr gehört?«, fragte Harry.

»Nein.« Carl schüttelte den Kopf. »Nicht mehr, seit ich sie zuletzt in Kairo im Krankenhaus besucht habe. Sie ist sicherlich schon längst wieder in Deutschland.«

»Das passt doch. Spätestens in zwei Wochen könntest du auch in Berlin sein.«

»Eher nicht. Auch wenn die Grabungssaison für Carter vorbei ist, in Achetaton wird es noch bis Ende April weitergehen. Sobald die Kisten auf die Schiffe verladen sind, werde ich dorthin aufbrechen.«

»Hm, sag mal, habt ihr eigentlich einen Fotografen in eurem Team?«

»Nein, das können wir uns nicht leisten ...« Carl stockte kurz. »Willst du etwa mitkommen?«

»Warum nicht?« Burton zuckte mit den Schultern. »Ich bin ab morgen von meinen Aufgaben entbunden. Und meine Frau könnte auch eine Woche länger auf meine Rückkehr warten«, sagte Harry grinsend.

»Ich wette, sie würde auch noch länger ohne dich auskommen«, ergänzte Arthur sarkastisch.

»Touché, Mr. Callender.« Harry lachte. »Also, Carl, was meinst du? Kann ich für eine Woche mit nach Achetaton kommen und ein paar Bilder machen?«

»Das Deutsche Institut hat wenig Mittel dafür zur Verfügung, sonst gerne.«

»Kein Problem. Ich will kein Geld von euch haben. Die Möglichkeit, mal einen Ort zu fotografieren, an dem ich noch nicht gewesen bin, reicht mir völlig.«

»In diesem Fall bist du herzlich willkommen.« Carl schüttelte Harry freudestrahlend die Hand.

»Freut mich zu hören, dass Mr. Burton nicht unbeschäftigt bleiben wird, sobald wir hier fertig sind.« Howard Carter war zu ihnen in den Pavillon getreten, ohne dass Carl ihn bemerkt hatte. »Aber noch bitte ich um Konzentration auf die vor uns liegende Arbeit.«

»Selbstverständlich.« Carl fiel auf, wie nervös Carter aussah, was bei ihm ziemlich unüblich war, wenn nicht gerade eine Grab- oder Sargöffnung anstand. »Ist alles in Ordnung?«

»Was das Tal der Könige angeht, ja. Die Reportermeute lungert da immer noch herum, in der Hoffnung, dass eine leibhaftige Mumie aus ihrem Sarkophag steigt und mich vor ihren Augen erwürgt.« Er zog ein Taschentuch hervor und tupfte sich den Schweiß im Gesicht ab. »Mir bereitet aber mehr Sorgen, was vor uns liegt.« Er deutete in Richtung des Nils.

»Sobald die Sonne etwas weitergezogen ist und wir etwas Schatten von den Hügeln bekommen, werden wir mit dem Verlegen der Schienen weitermachen«, sagte Callender. »Dann sollten wir am späten Abend das Flussufer erreichen. Das Beladen der Schiffe morgen früh ist nur noch eine Formsache.«

»Hmm.« Carter kaute auf seiner Unterlippe herum. Das hatte Carl bisher nur ein einziges Mal bei ihm gesehen – als er die Grabungslizenz verloren hatte.

»Was stimmt nicht?«, fragte er frei heraus.

Mit einem Seufzer ließ Carter sich auf einen der kleinen Feldklappstühle nieder und zog einen Zettel aus seiner Hosentasche hervor.

»Mich hat heute Morgen ein Telegramm aus Kairo erreicht. Es ist von Pierre Lacau.«

»Und was schreibt er?«

»Dass wir damit rechnen müssen, in Kairo vom Militär in Empfang genommen zu werden.«

»Was denn, schon wieder? Was wollen die denn von uns?«, brauste Arthur Callender auf. »Ich dachte, dieses Thema wäre ein für alle Mal geklärt.«

»Wie es aussieht, braut sich in Kairo etwas zusammen. Es gibt unterschiedliche Strömungen in der Regierung und das Militär spielt eine gewichtige Rolle.«

»Was haben wir damit zu tun?«

»Zufällig haben wir gerade den wichtigsten Kulturschatz des Landes in unseren Händen«, erwiderte Carter trocken. »Und die Tatsache, dass in der Presse seit der Sargöffnung immer wieder dieser leidige Fluch zitiert wird, macht die Sache brisant. Die Bevölkerung wird langsam unruhig. Auf welche Seite wird sie sich wohl schlagen, sollte es zum Äußersten kommen?«

»Reden Sie von einem Bürgerkrieg?«

Carter hob die Schultern. »Ich weiß es nicht. Aber wenn Lacau mir schon so ein Telegramm schickt, ist die Lage ernst.«

Carl schluckte. Er dachte daran zurück, wie sie in der zweiten Grabungssaison vom Militär eingekesselt worden waren. So eine Situation wollte er eigentlich nicht noch einmal erleben.

»Verdammt. Und was machen wir jetzt?«, fragte Burton.

Carter blickte jeden Einzelnen von ihnen ernst an.

»Kann ich mich auf Sie alle verlassen?«

»Was für eine Frage! Selbstverständlich«, gab Arthur postwendend zurück und klang dabei fast beleidigt. Harry und Carl pflichteten ihm bei.

»Gut. Ich habe mir etwas überlegt, für den Fall, dass in Kairo eine unangenehme Überraschung auf uns warten sollte.« Carter erläuterte ihnen seinen Plan, bevor er sie verließ, um ihnen nach Kairo vorauszufahren.

Am späten Nachmittag konnten die Arbeiter damit fortfahren, die Schienen der Feldbahn vom hinteren Teilstück abzubauen und vorne wieder anzusetzen. Auch Carl und Arthur packten mit an und so schafften sie es, kurz nach Einbruch der Dunkelheit den Nil zu erreichen. Die Kisten beließen sie auf den Loren der Feldbahn, während sie einige Zelte für die Nacht errichteten. Carl versank sofort in einen unruhigen Schlaf, während Arthur Callender die erste Wache übernahm.

VIERUNDZWANZIG
UNVERHOFFT

Am nächsten Morgen waren sie alle früh auf den Beinen und warteten auf die Schiffe, die die Kisten nach Kairo ins Museum bringen sollten. Die ägyptischen Barken trafen auch pünktlich ein und sie konnten sofort damit beginnen, alles zu verladen. Da es keinen Anleger gab, blieb ihnen nichts anderes übrig, als in den Fluss zu waten und die Kisten auf ihren Schultern zu transportieren. Das Verladen der Behälter erwies sich daher als schwieriger Balanceakt, manchmal kamen die Arbeiter ins Schwanken, wenn sie im Schlick des Flussbetts versanken und keinen festen Halt am Boden fanden.

Während Carl und Arthur kräftig mit anpackten, hatte Harry seine Kamera am Ufer aufgebaut und machte Bilder von dem Geschehen.

»Hast du jetzt nicht langsam genug Bilder gemacht und kannst uns beim Tragen helfen?«, rief Callender ihm zu, als er wieder vom Schiff zurück ans Ufer stapfte.

Dabei geriet er ins Straucheln und stürzte der Länge nach ins Wasser.

Das Gelächter unter den Ägyptern an Bord des Schiffes wie auch bei den Arbeitern war groß. Carl eilte zu Arthur und half ihm beim Aufstehen.

»Alles in Ordnung?«

»Ja, die Erfrischung war jetzt genau das Richtige«, erwiderte der Engländer stoisch. »Lass uns schnell die restlichen Kisten verladen.«

Nachdem die letzte Kiste an Deck der Schiffe war, setzten sich diese sofort in Bewegung, nilabwärts in Richtung Kairo. Diesmal fuhr keiner von ihnen an Bord mit, das Überwachen der Ladung überließen sie Ahmed, dem breitschultrigen Oberaufseher aus dem Ägyptischen Museum, der den Transport beaufsichtigte. Carl, Harry und Arthur setzten mit der in der Nähe verkehrenden Fähre nach Luxor über. Die Arbeiter hingegen hatten die Aufgabe, die Feldbahn wieder bis ins Tal der Könige zurückzubauen.

In Luxor bestiegen Carl und Arthur den nächsten Zug in Richtung Kairo, während Burton zurückblieb.

»Glaubst du, Howard hat recht und wir werden wirklich vom Militär erwartet?«, fragte Carl, als sie aus dem Abteilfenster auf den Nil sehen konnten, wo die beiden Schiffe langsam dahinglitten. Die Fracht würde erst am nächsten Tag in Kairo eintreffen.

»Ich schließe nichts aus, aber ich hoffe, diesmal bleibt uns das erspart.« Arthur lehnte sich gähnend zurück, zog seinen Hut über die Augen und verschlief die restliche Fahrt.

Carl beneidete ihn um seine Gemütsruhe, während

er sich deutlich mehr Sorgen machte, ob ihr Plan aufgehen würde.

Am frühen Nachmittag erreichte ihr Zug den Kairoer Hauptbahnhof. Callender kaufte sich an einem Kiosk eine Ausgabe der *London Times*, als Carl zwei wohlbekannte Gesichter am Bahnsteig stehen sah.

»Guten Tag die Herren«, begrüßte er die beiden Amerikaner.

»Dr. Falkenburg, wie schön, Sie mal wieder zu sehen.« Frederick Crichton kam auf ihn zu und schüttelte ihm die Hand.

»Wollen Sie abreisen?«

»Aber nicht doch. Wir warten hier nur auf einen Kollegen, der eigentlich im Zug aus Luxor sitzen sollte.«

»Nichts von dem Kerl zu sehen«, fügte Alexander Harris missgelaunt hinzu.

»Ob ich Sie jemals bei guter Laune antreffe?«, fragte Carl den Amerikaner, der ihn erst mit sauertöpfischer Miene ansah, dann aber vorsichtig zu lachen begann.

»Sie haben recht. Es tut mir leid, Sie müssen mich für einen ziemlich Misanthropen halten.«

»Schön, Sie auch mal lachen zu sehen.«

»Was ist mit Ihnen, Dr. Falkenburg? Ist die Saison im Tal der Könige schon beendet? Ich habe in der Zeitung gelesen, dass die Funde bald nach Kairo gebracht werden sollen«, sagte Crichton.

»Sie haben richtig gelesen. Aktuell befinden sich die Funde gerade an Bord von zwei Schiffen, die morgen hier einlaufen werden.«

»Meinen Sie, es ist möglich, dass wir einen Blick auf

einige der Stücke werfen können, bevor diese im Archiv des Museums verschwinden?«

»Nun, ich möchte Ihnen nichts versprechen, was ich später nicht halten kann, daher sage ich nur: vielleicht«, erwiderte Carl mit einem Grinsen. »Am besten wäre es, wenn Sie morgen um die Mittagszeit beim Museum vorbeischauen würden. Eventuell ergibt sich eine Gelegenheit, einen Blick zu erhaschen.«

»Vielen Dank, wir werden dort sein.« Crichton nickte ihm zu.

»Da hinten ist er, Freddie«, sagte Harris und marschierte los.

»Hat mich gefreut, bis morgen dann«, verabschiedete sich Crichton und folgte seinem Freund.

»Wer war das?«, fragte Arthur, der mit seiner Zeitung unter dem Arm zu ihm kam.

»Amerikanische Archäologen. Steht was Interessantes in der Zeitung?«

Callender schüttelte den Kopf. »Nichts von Belang. Aber in der Kairoer Tageszeitung ist König Tut wieder die Schlagzeile auf der Titelseite. Würde mich nicht wundern, wenn der Museumsvorplatz morgen, wenn die Kisten ankommen, gut gefüllt wäre.«

»Das kann für uns nur gut sein. Je mehr Leute da sein werden, umso weniger besteht die Gefahr, dass die Militärs dort aufkreuzen.«

Sie verließen den Bahnhof. Arthur machte sich auf den Weg zum Hotel, in dem Howard Carter Zimmer für sie reserviert hatte. Spätestens am Abend wollte dieser auch dort eintreffen, nachdem er wie geplant, die Strecke von Luxor nach Kairo mit dem Auto zurückgelegt hatte.

Carl wollte den Nachmittag nutzen, um bei Ludwig Borchardt im Deutschen Institut vorbeizuschauen.

Als er dort ankam, bemerkte er sofort das neue Schild, das neben dem Eingang an der Wand befestigt war. Es war doppelt so groß wie das alte Messingschild, das dort vorher gehangen hatte und schien aus feuervergoldeter Bronze zu bestehen. Die Beschriftung war in großformatiger Fraktur eingraviert. Ihm war sofort klar, wer für dieses Schild verantwortlich war. Im Innenbereich hatte sich zum Glück nichts verändert, aber als Carl eintrat, hörte er eine Frauenstimme rufen: »Ich bin sofort da!«

Er erstarrte, als Elsa von Rosenberg aus einem der angrenzenden Räume ins Vestibül kam.

»Carl, du bist es!« Sie stürmte auf ihn zu und umarmte ihn fest.

»Du ... aber ... was machst du hier?«

»Das ist eine Überraschung nicht wahr?« Sie zwinkerte ihm zu. »Ich bin jetzt eine offizielle Mitarbeiterin des Instituts.«

»Aber ...« Carl konnte es immer noch nicht fassen, dass sie vor ihm stand, schöner als je zuvor.

»Ich bin die Assistentin des Direktors«, sagte Elsa und schien sich prächtig darüber zu amüsieren, wie perplex er war.

»Das ist wirklich eine Überraschung.«

»Eine angenehme, hoffe ich doch?«

»Ja, absolut«, versicherte er ihr schnell. »Aber wie bist du dazu gekommen? Ich meine, Borchardt hatte noch nie eine Assistentin.«

»Es wurde höchste Zeit, dass er eine bekommt«,

lachte sie. »Ich wollte Ägypten noch nicht verlassen und daher …«

»Ah, Sie haben sich schon bekannt gemacht.« Ludwig Borchardt kam zu ihnen. »Ich wusste doch, dass ich Ihre Stimme gehört habe, Dr. Falkenburg. Fräulein von Rosenberg hat vor zwei Wochen ihre Stelle bei uns angetreten und ich muss sagen, sie macht sich wirklich sehr gut. Kommen Sie, lassen Sie uns in mein Büro gehen.«

Er folgte dem Direktor, während Elsa wieder in dem Zimmer verschwand, aus dem sie gekommen war.

»Es gibt auch ein neues Türschild, wie ich bemerkt habe«, sagte er, als er sich auf dem Stuhl vor Borchardts Schreibtisch setzte.

»Ja«, erwiderte dieser kurz angebunden. »Graf von Steinheim bestand darauf. Er meinte, wir müssten etwas Repräsentativeres haben als unser altes Schild.« Sein Blick ging nach rechts, wo Carl die ursprüngliche Messingplatte an die Wand gelehnt stehen sah.

»Repräsentativ ist es, kein Zweifel. Sieht teuer aus.«

»Es ist protzig, sagen Sie es, wie es ist«, gab Borchardt leicht genervt zurück. Carl wusste, dass der Direktor auf solche Dinge für gewöhnlich keinen Wert legte. »Ich musste mir von einigen Kollegen deswegen schon bissige Bemerkungen anhören, besonders von Pierre Lacau.«

»Nehmen Sie es nicht so schwer«, tröstete Carl ihn. »Die anderen werden sich daran gewöhnen.«

»Hoffentlich. Abgesehen von dem Schild habe ich dem Grafen aber auch zu verdanken, dass Fräulein von Rosenberg nun hier arbeitet. Eine sehr wissbegierige junge Dame mit rascher Auffassungsgabe.«

Wie aufs Stichwort öffnete sich die Bürotür und Elsa kam mit einem Tablett herein, auf dem Tassen und eine Kanne Kaffee standen.

»Ich dachte, Sie hätten gerne einen Kaffee, während Sie miteinander sprechen.«

»Vielen Dank, meine Liebe. Sie sind ein Engel«, sagte Borchardt zu ihr, dann wandte er sich wieder an Carl. »Also, Carter hat seine Saison für beendet erklärt, wie mir Lacau mitteilte. Darf ich also damit rechnen, dass Sie uns wieder voll und ganz zur Verfügung stehen?«

»Sie dürfen. Morgen kommt die Lieferung aus dem Tal der Könige in Kairo an, danach kann ich meine Arbeit in Achetaton wieder aufnehmen.« Carls Blick huschte immer wieder zu Elsa, die ihnen Kaffee eingeschenkt hatte und nun die Tassen vor ihnen abstellte.

»Das freut mich zu hören. Denn auch wenn Ihr Bruder während Ihrer Abwesenheit ganz gut zurechtgekommen ist, er ist nun mal kein Ägyptologe.«

Carl stimmte dem Direktor geistesabwesend zu und sah einen Augenblick zu lange zu Elsa hinüber, was Borchardt veranlasste, sich laut zu räuspern.

»Oh, ich, äh … natürlich tue ich das«, stammelte Carl ertappt.

»Haben Sie überhaupt gehört, was ich gerade zu Ihnen gesagt habe, Dr. Falkenburg?« Mit einem wissenden Lächeln faltete Borchardt seine Hände zusammen und blickte Carl in die Augen. »Na gut, ich sehe schon, Sie sind mit Ihren Gedanken woanders. Wir sehen uns morgen im Museum.«

»Sie werden auch da sein?«

»Was glauben Sie denn? Das lasse ich mir bestimmt

nicht entgehen. Es wird sicherlich ein nie da gewesenes Spektakel werden, wenn die größten Schätze Ägyptens hier eintreffen.«

Carl nickte und hoffte sehr, dass das erwartete Spektakel nicht in etwas anderes umschlagen würde.

FÜNFUNDZWANZIG
AUFRUHR

Wie Arthur Callender erwartet hatte, war der Museumsvorplatz mit einer gewaltigen Menschenmenge gefüllt. Polizisten versuchten, einen Korridor freizumachen, durch den die Grabfunde vom Nil in das Gebäude gebracht werden sollten. Carl erinnerte sich daran, wie sie vor fast zwei Jahren, im Mai 1923, den ersten Transport der Grabbeigaben nach Kairo gebracht hatten. Damals hatte es keinen der Einwohner Kairos sonderlich interessiert, dem noch frischen Trubel um Tutanchamun zum Trotz. Nun schob er sich mühsam zwischen die Menschenmenge hindurch und musste sich viele Verwünschungen anhören, wenn er anderen Leuten auf die Füße trat oder sie leicht anrempelte. Er beneidete Arthur, der mit Howard Carter im Austin Cabrio zum Museum fuhr, obwohl es sicherlich auch damit schwer werden würde. Schließlich schaffte er es und erreichte die Treppe, die zum Museumseingang hinaufführte. Sie war abgesperrt und die Polizisten sahen ihn mit finsteren Blicken an, als er versuchte, die Absperrung zu überqueren.

»Ich bin Mitglied der Carter-Expedition. Ich muss hier durch«, sagte er. Die Staatsdiener schien das wenig zu beeindrucken, aber zu seinem Glück kam Pierre Lacau gerade aus dem Eingang heraus. Carl rief ihn und tatsächlich bemerkte der Franzose ihn sofort und wies die Beamten an, ihn passieren zu lassen.

»Dr. Falkenburg, ganz allein? Wo ist Howard Carter?«

»Auf dem Weg«, keuchte Carl, als er neben dem Direktor der Antikenverwaltung stand.

»Sehr gut. Die Schiffe haben in *Cooks Wharf* festgemacht. Die Kisten sind bereits abgeladen und auf dem Weg hierher. Ich muss gestehen, so eine Nervosität wie heute habe ich schon lange nicht mehr verspürt.« Lacau zupfte sich mit der linken Hand an seinem Bart.

»Haben Sie schon jemanden vom Militär hier gesehen?«

»Nein, niemanden. Das ist es ja, was mich so nervös macht. Die Szenerie ist perfekt für einen Mann wie General Hamad. Er könnte die Menschen hier aufwiegeln und zum Sturm auf das Museum schicken.«

»Glauben Sie wirklich, dass er das machen würde?«

»Wie mir der Kulturminister sagte, hat Hamad nichts mehr zu verlieren, er ist offiziell schon von seinem Posten abberufen worden, aber weigert sich, dies einzusehen. Bisher hat sich niemand getraut, ihn aus seiner Kaserne herauszuholen, aus Angst vor einer Eskalation. Seine Männer halten ihm die Treue.«

Carl blickte besorgt auf die riesige Menschenmasse, die wie ein Meer von allen Seiten an das Museum heranschwappte. Er hoffte sehr, dass Lacaus Befürchtungen sich nicht bewahrheiten würden. Andernfalls würde dieser Tag wohl ein böses Ende nehmen. Inmitten der Menge glaubte er plötzlich, eine Uniform aufscheinen zu sehen, aber genauso schnell, wie er den Mann gesehen hatte, tauchte dieser auch wieder in der Menge unter. Seine Beklemmung nahm zu. Sein Blick ging zu der nahen Straße, die komplett mit Menschen gefüllt war und die Automobilen ein Passieren unmöglich machte.

»Da hinten kommen sie!« Pierre Lacaus Ruf folgend, drehte Carl den Kopf nach rechts, wo sich im Schritttempo ein kleiner Konvoi, bestehend aus drei Lastwagen und einem Polizeiauto, den Weg durch den schmalen Korridor zum Platz bahnte.

»Es war keine gute Idee, den Transport direkt vor dem Haupteingang vorfahren zu lassen«, merkte Carl mit sorgenvoller Stimme an.

»Ich hatte keinen Einfluss darauf. Der Minister war der Meinung, die Menschen würden es gerne sehen, wenn die Besitztümer des Pharao nicht einfach durch den Hintereingang in das Museum gebracht werden, sondern durch den Haupteingang.« Auch in Lacaus Stimme konnte Carl jetzt Beunruhigung wahrnehmen.

Trotz ihrer Bedenken machte die Menschenmenge dem Konvoi Platz und ließ die Wagen ungehindert bis auf den kleinen abgesperrten freien Bereich am Fuß der Treppe vorfahren. Auf der Beifahrerseite des ersten Lastwagens stieg Ahmed, der Museumsaufseher, aus und begann, mit lauter Stimme den anderen Männern Anweisungen zu geben, die sofort mit dem Abladen der Kisten begannen. Die Menschenmenge skandierte den

Namen von Tutanchamun, als die erste Kiste von der Ladefläche gehoben wurde.

Dann ertönte ein Schuss. In der Menge demaskierte sich urplötzlich eine große Anzahl Soldaten, die ihre Uniform unter einem weiten Kaftan verborgen gehalten hatten.

»Es gibt keinen Grund zur Sorge«, rief eine Männerstimme. Carl erkannte Zahi an-Nahhas, der sich nun zu den Lastwagen bewegte, während die Soldaten sich zusammenschlossen und die Menschen auf dem Platz zurückdrängten. Auch die Polizisten, die sich um die Lastwagen versammelt hatten, wurden von den Soldaten zurückgezwungen und mussten sich vor der Treppe zum Museum in einer Reihe niederknien.

»Guten Tag, Direktor Lacau.« Die Stimme von Hamad erklang hinter ihnen, Carl und der Franzose drehten sich zum Eingang herum, vor dem der ägyptische General sich aufgebaut hatte. Seine Uniform war mit zahllosen Orden behängt und auf seinem Kopf trug er einen blutroten Fez mit einer goldenen Quaste.

»Was hat das zu bedeuten, General?«, fragte Lacau mit scharfer Stimme.

»Das Volk ist es leid, dass sich Ausländer wie Sie das Recht herausnehmen, über unsere Geschichte zu bestimmen. Aber mit dem heutigen Tag wird es damit vorbei sein. Ein für alle Mal!« Er machte ein Zeichen mit der rechten Hand, woraufhin einige Schreie erklangen.

Carl drehte sich herum und sah, wie ein paar der Soldaten die Männer, die mit dem Abladen der Lastwagen beschäftigt waren, packten und zu Boden stießen. Die Menge wurde unruhiger. Aber über das Murmeln der Menschen hinweg vernahm Carl noch einen anderen Laut und sein Herz schlug ihm bis zum Hals. Es war unverkennbar das Motorengeräusch des Austin Heavy Cabrio. Die Soldaten und auch Hamad konzentrierten sich indes auf die Ladung der Lastwagen.

»In welcher der Kisten befindet sich der Sarg unseres Pharao?«, fragte der General ihn.

»Das kann ich von hier nicht sagen«, gab Carl zurück.

»Dann gehen Sie runter!«

Carl warf Pierre Lacau noch einen unsicheren Blick zu, bevor er die Stufen hinabstieg und sich mit langsamen Schritten dem ersten Lastwagen näherte. Ahmed stand dort und fixierte mit finsterer Miene die zwei Soldaten, die vor ihm standen.

»Hallo Dr. Falkenburg. Wie schön, Sie an diesem Tag hier anzutreffen«, begrüßte ihn Zahi an-Nahhas mit medisanter Stimme. »Bitte, kommen Sie ruhig näher und sagen mir, in welcher Kiste sich der Sarg und die Totenmaske von Tutanchamun befinden.«

Zögerlich trat Carl neben den Ägypter und betrachtete die wenigen Kisten, die bereits abgeladen worden waren. Im Hintergrund glaubte er, immer noch schwach das Brummen des Motors zu hören.

»Die große Kiste, dort auf der Ladefläche ist es«, sagte er schließlich zu an-Nahhas und deutete auf eine längliche Holzkiste. Sofort gab dieser seinen Männern den Befehl, diese abzuladen.

Erneut wurde ein Schuss abgegeben. Diesmal war es General Hamad, der seine Pistole abgefeuert hatte. Carl konnte sehen, wie Pierre Lacau sich das linke Ohr hielt, und hatte für einen Augenblick Angst, der Ägypter könnte auf den Direktor geschossen haben, aber es war wohl nur der laute Schussknall gewesen, der den Franzosen dazu veranlasste.

»Meine Freunde«, rief der General mit lauter Stimme. »Heute werden wir uns zurückholen, was uns schon immer rechtmäßig gehörte! Die Geschichte unserer Ahnen. Und ich tue dies für euch, für mein Volk.«

Während Hamad seine Rede hielt, versuchten zwei Soldaten, die Kiste mit dem Sarg darin zu öffnen. Sie setzten Stemmeisen ein und hebelten den gut zugenagelten Deckel langsam auf. Carls Blick ging fahrig über den Platz, die Lastwagen, die Treppe und wieder zurück. Kein Weg zur Flucht stand ihm offen.

»Dieser Pharao ist ein Fanal. Ein Fanal, das uns ermutigt, unser Schicksal in die eigenen Hände zu nehmen. Das tue ich hiermit«, brüllte Hamad aus Leibeskräften. »Ich werde die Monarchie in unserem Land beenden! Wir werden eine freie Republik!« Der General machte eine Pause, wohl in der Erwartung, dass die Menschen ihm zujubeln würden. Aber nichts dergleichen geschah. Carl blickte in die vielen entsetzten und leeren Gesichter der umstehenden Ägypter.

Dann sprang der Deckel der Kiste auf und Zahi an-Nahhas ging darauf zu und entfernte die Stoffdecken, die den Goldsarg schützen sollten. Erstarrt blickte er in den offenen Kasten.

»Meine Freunde«, setze General Hamad erneut an, wurde aber durch den Ruf seines Adjutanten unterbrochen.

»Hier drin ist kein Sarg! Die verfluchte Kiste ist mit Steinen gefüllt!«

Zahi drehte sich mit wutentbranntem Gesicht zu Carl herum und seine rechte Hand glitt zu seinem Beinholster. Aber Carl war schneller, machte einen Satz nach vorne und schlug dem Ägypter mit voller Wucht ins Gesicht. Die Menschenmasse schrie jetzt jubelnd auf, während Carl zwischen den Lastwagen hindurchrannte. Zwei Soldaten stellten sich ihm in den Weg und richteten die Gewehre auf ihn, aber sie wurden völlig überraschend von Ahmed niedergerissen, der sich mit seinem mächtigen Körper auf sie warf. Ein Schuss löste sich und durchschlug einen der Reifen des LKWs. Dann brach überall das Chaos aus. Die Polizisten nutzten die Verwirrung und stürzten sich auf die Soldaten, die sie bewachten. Mehrere Schüsse dröhnten über den Platz und in der Menge brach Panik aus.

Carl stürmte die Treppenstufen zum Eingang hinauf, wo General Hamad wie gelähmt dastand und das Geschehen verfolgte. Doch als Carl die letzten Stufen nahm, riss Hamad seine Pistole hoch und legte auf ihn an. Den Bruchteil einer Sekunde, bevor Hamad den Finger am Abzug krümmte, verpasste Pierre Lacau ihm einen Stoß und der Schuss schlug knapp neben Carl in der Treppe ein.

»Kommen Sie«, rief Carl und zog Lacau mit sich in das Museum hinein. Sie rannten durch den Eingang und die große Halle.

»Wo wollen Sie hin?«, keuchte Lacau hinter ihm.

»Zum Hintereingang. Dort wartet Carter auf mich!«

»Wieso, ich verstehe nicht ...«

»Sie haben uns doch gewarnt, dass Hamad etwas Derartiges vorhaben könnte. Also hielten wir es für das Beste, die beiden symbolträchtigsten Stücke nicht mit den Schiffen zu transportieren.«

Carl rannte durch eine Tür in einen schmalen Flur, der direkt zum Hintereingang des Museums führte. Als er dort ankam und die schwere Metalltür öffnen wollte, war sie verschlossen.

»Ich habe den Schlüssel.« Außer Atem trat Pierre Lacau neben ihn und schloss auf.

Die Tür führte in einen kleinen Hinterhof, auf dem der Austin parkte. Carter und Callender standen vor dem Wagen und sahen besorgt zu ihnen.

»Carl, alles in Ordnung? Wir haben Schüsse gehört.«

»Ja, alles gut, Arthur. Aber wir müssen uns beeilen.« Carl eilte zum Wagen, bei dem Carter die hintere Tür öffnete und eine Decke von der Sitzbank zog.

»Oh mein Gott«, stieß Lacau entgeistert hervor, als er sah, was unter der Decke zum Vorschein kam. »Sie haben den Sarg mit dem Auto transportiert?«

»Nicht nur den«, sagte Callender grinsend und hob die Totenmaske Tutanchamuns vom Beifahrersitz.

»Schnell, wir müssen diese Dinge in den Keller bringen und dort einschließen. Wer weiß, was vorne passiert …«, sagte Lacau, der seine Fassung schnell wiederfand.

»Gut, dann fassen Sie mit an, Pierre«, sagte Carter.

Zu viert gelang es ihnen, den schweren Goldsarg von der Rückbank zu heben, aber nach wenigen Schritten mussten sie ihn absetzen.

»Er ist zu schwer«, keuchte Callender. »Wollen wir lieber erst den Deckel und dann das Unterteil tragen?«

Wieder hörten sie, wie vor dem Museum Schüsse abgegeben wurden.

»Dazu bleibt keine Zeit, wir müssen es so schaffen.«

»Brauchen Sie vielleicht Hilfe?«

Alle drehten sich erschrocken herum und blickten die beiden Männer an, die unbemerkt auf den Hinterhof getreten waren.

»Dr. Crichton«, stieß Carl erleichtert aus. »Sie und Ihr Freund kommen gerade recht. Ja, wir brauchen Hilfe.«

Die beiden Amerikaner traten, ohne zu zögern, an den Goldsarg. Mit großen Augen betrachtete Crichton den Totenschrein.

»Maulaffen können Sie später feilhalten«, drängte Callender. »Jetzt müssen wir das Ding erst mal hineinbringen.«

Mit vereinten Kräften gelang es ihnen, den Sarg in das Museum zu tragen. Sie schleppten ihn bis zum Kellereingang, der ebenfalls noch verschlossen war. Besorgt sah Lacau Carter an.

»Der Schlüssel für den Keller ist noch in meinem Büro!«

»Dann holen Sie ihn, schnell!«

Der Franzose lief los, während Arthur Callender zurück zum Wagen eilte, um die Totenmaske zu holen.

»Haben Sie sich den Tag so vorgestellt, Dr. Falkenburg?«, fragte Frederick Crichton ihn mit scherzhaften Unterton.

»Nein, ich hatte gehofft, es würde etwas ... ruhiger werden.«

Laute Schreie erklangen vom Haupteingang her. Carl hörte, wie einige Gegenstände zu Boden gestoßen wurden und jemand »Verriegelt die Tür« rief. Es war Zahi an-Nahhas' Stimme. Dann dröhnten viele Schritte durch die Haupthalle, direkt auf sie zu.

»Wir müssen hier weg«, flüsterte Carl. Crichton und Harris rannten nach rechts in den Schutz eines Säulengangs.

»Niemals, ich lasse den Sarg nicht allein«, sagte Carter entschieden und blieb stehen.

»Howard, bitte«, sagte Carl und fasste ihn am Arm. Aber es war zu spät. General Hamad kam in Begleitung seines Adjutanten und drei Soldaten auf sie zu. Ein dünner Blutfaden lief von der Stirn des Generals über sein Gesicht und tropfte von der Nasenspitze auf die Orden an seiner Uniform.

»Sie! Jetzt werden Sie für alles bezahlen, was Sie meinem Land angetan haben«, zischte er Carter hasserfüllt an und richtete die Pistole auf ihn.

»Angetan? Ich habe die Geschichte dieses Landes erst wieder ans Tageslicht gebracht, sie fühlbar gemacht und ins Gedächtnis der Welt zurückgerufen«, erwiderte Carter ungerührt mit fester Stimme.

»Sie lügen. Es ging Ihnen immer nur um die Schätze!« Das Gesicht des Generals hatte sich zu einer Fratze verzerrt und in seinen Augen loderte reine Mordlust. »Jetzt werden Sie dafür bezahlen!«

Im selben Moment kam Arthur Callender hereingestürmt, die goldene Totenmaske von Tutanchamun in den Armen haltend.

»Fangen Sie!«

Mit Schwung schleuderte Callender die mehr als zehn Kilo schwere Goldmaske auf den Ägypter, gerade als dieser abdrücken wollte. Das Antlitz von Tutanchamun traf direkt ins Gesicht von General Razul Hamad, der daraufhin zu Boden ging. Sein Adjutant wollte ebenfalls schießen, aber Carl stürzte sich auf ihn und umklammerte sein Handgelenk. Sie rangen um die Pistole, während sich die restlichen drei Soldaten erst unschlüssig ansahen und dann auf Carl anlegten, worauf sie sofort von Crichton und Harris attackiert wurden. Es gelang Carl, das Handgelenk von Zahi so zu verdrehen, dass dieser die Waffe fallen lassen musste. Dann versetzte er ihm einen derart harten Schlag, dass der Ägypter zu Boden ging und sich beim Sturz unüberhörbar einige Finger der rechten Hand brach.

Vom Haupteingang her ertönte ein lauter Schlag, als das Portal aufgebrochen wurde. Dann folgte ein wahres Trommelfeuer, als Dutzende Füße über den Marmorboden der Haupthalle liefen. Schnell waren sie von den Polizisten umstellt.

»Keine Bewegung!«

Carl bewegte sich dennoch, machte ein paar Schritte zurück und stellte sich neben Arthur Callender, der seine Arme hoch über den Kopf hielt, während Howard Carter ungerührt dastand und seinen Blick fassungslos auf die Totenmaske gerichtet hielt, mit der Arthur nach General Hamad geworfen hatte. Der General hatte sich wieder aufgerappelt und hielt seine Pistole in der rechten Hand.

»Werfen Sie die Waffe weg«, forderte ihn einer der Polizisten auf.

»Niemand sagt mir, was ich zu tun habe. Ich bin General Razul Mohamed Hamad!« Dann riss er den Lauf des Revolvers blitzschnell nach oben und drückte ab. Eine kleine Blutfontäne schoss aus seinem Hinterkopf, als die Kugel, die er sich durch den Schädel gejagt hatte, wieder austrat. Dann sackte der Körper leblos über dem goldenen Sarg von Tutanchamun zusammen.

Bestürzt wischte Carl sich das Blut, das bis zu ihm gespritzt war, aus dem Gesicht und blickte auf Hamad, dessen aufgebrochener Schädel auf dem Sargdeckel ruhte und um den sich schnell eine Pfütze aus dunklem Blut und Gehirnflüssigkeit ausbreitete.

»Pfui Teufel«, fluchte Arthur neben ihm und wischte sich mit dem Ärmel seines Hemdes ebenfalls das Blut des Generals aus dem Gesicht.

Die Soldaten, die eben noch mit den Amerikaner gekämpft hatten, ergaben sich nun ohne weiteren Widerstand den Polizisten, die den bewusstlos am Boden liegenden Zahi an-Nahhas ebenfalls in Gewahrsam nahmen.

»Grundgütiger«, entfuhr es Pierre Lacau, als dieser wieder zu ihnen kam. Er bekreuzigte sich beim Anblick des Toten.

Howard Carter stieg über die Beine der Leiche hinweg und kniete sich hin, um die Goldmaske aufzuheben. Er betrachtete sie eingehend.

»Sind Sie von Sinnen, Arthur? Einfach mit dieser

Maske zu werfen!« Howard sah Callender vorwurfsvoll an.

»Ich wollte Ihr Leben retten, Howard!«

»Kein Leben ist so viel Wert, wie diese Maske«, murmelte Carter. Er schien noch gar nicht realisiert zu haben, was eben um ihn herum geschehen war. Carl vermutete einen leichten Schock. Er kannte das nur zu gut, von der Zeit, die er auf den Schlachtfeldern von Amiens verbracht hatte.

»Jetzt ist sie in Sicherheit«, sagte Carl und nahm Carter die Maske aus den Händen.

SECHSUNDZWANZIG
GESCHICHTE
KAIRO, DREI TAGE SPÄTER

Mit zufriedenem Gesicht stellte Carter die Kaffeetasse auf dem Tisch ab und blickte seinen Gastgeber an.

»Der beste Kaffee, den ich jemals in Kairo hatte, Ludwig.«

»Das freut mich. Das Lob gebe ich Fräulein von Rosenberg gerne weiter«, erwiderte Borchardt.

»Hätten wir geahnt, dass es bei euch Deutschen so guten Kaffee gibt, wären wir schon eher zu Besuch gekommen«, witzelte Arthur Callender.

»Ich muss ehrlich zugeben, ich hätte nicht damit gerechnet, dass Sie auf mich zukommen, Howard und ich bin Ihnen sehr dankbar für das Angebot zur Kooperation.«

»Das war das Mindeste, was ich tun konnte, nachdem ich Dr. Falkenburgs Unterstützung so lange in Anspruch genommen habe.«

Carl unterdrückte ein Grinsen, genau wie der neben ihm sitzende Harry Burton. Sie saßen alle an der runden Tafel im Besprechungszimmer des Deutschen Instituts. Carter hatte Carl gebeten, ein Treffen mit Ludwig Borchardt zu arrangieren, und der war diesem Wunsch gerne nachgekommen – wenn auch mit einiger Verwunderung. Und nun hatte Carter ihn noch mehr verblüfft, als er den Direktor des Instituts ganz förmlich und offiziell um personelle Unterstützung für die nächste Grabungssaison bat.

»Ich werde Ihnen zwei geeignete Mitarbeiter schicken, sobald die Grabung weitergeht«, sagte Borchardt mit ruhiger Stimme. »Aber ich muss Ihnen schon jetzt sagen, dass Dr. Falkenburg keiner dieser Mitarbeiter sein wird.«

»Das verstehe ich.« Carter nickte und fügte mit Seitenblick auf Carl hinzu: »Auch wenn er mir ein wenig fehlen wird.«

»Na, immerhin bekommen wir zwei Deutsche zum Ausgleich. Das wiegt den Verlust schon auf«, sagte Arthur und klopfte Carl lachend auf die Schulter.

»Gut, ich freue mich schon auf die Zusammenarbeit.« Borchardt erhob sich von seinem Stuhl. »Ich glaube, wir müssen jetzt los, sonst verpassen wir die Eröffnung.«

Carter warf einen Blick auf seine Taschenuhr. »Sie haben recht. Lassen Sie uns aufbrechen.«

Sie verließen das Institut gemeinsam und gingen zum Ägyptischen Museum. Auf dem Vorplatz des Museums gab es nun eine enorme Polizeipräsenz, aber alles blieb ruhig und friedlich. Die gesamte Einheit von General Hamad war nach dem Tod ihres Befehlshabers unter Arrest gestellt worden. Zahi an-Nahhas wartete im Gefängnis auf seinen Prozess wegen Hochverrats, der nur mit Schuldspruch und Tod durch den Strick enden konnte.

Sie konnten das Museum ungehindert über den Hintereingang betreten, vor dem auch einige Wachposten aufgezogen waren. Als sie die Haupthalle betraten, wurden Sie umgehend von Pierre Lacau in Empfang genommen. Der Franzose wirkte locker und gelöst.

»Howard, Ludwig, wie schön, Sie beide zusammen zu sehen.« Er schüttelte den beiden Männern die Hände, ehe er auch Carl und die anderen begrüßte.

»Hallo Pierre, ist alles vorbereitet?«, fragte Carter.

»Selbstverständlich. Wollen Sie einen Blick darauf werfen?« Lacau führte sie in die Haupthalle, wo einige kleine Umbauten für die neuen Ausstellungsstücke stattgefunden hatten. Unter anderem waren der Goldsarg und die Totenmaske von Tutanchamun nun in großen Glasvitrinen in der Mitte der Halle ausgestellt, neben einigen anderen der neu angelieferten Fundstücke, wie dem großen Schrein, der sich in der Grabkammer befunden hatte. Zwischen dem Goldsarg und der Maske war ein riesiges Bild aufgestellt, eine Fotografie von Harry Burton, die Carter, Callender und Carl zeigte, wie sie über den zweiten geöffneten Sarg gebeugt standen.

»Ein tolles Bild, nicht wahr?«

»Ja, vor allem der schmucke Kerl dort ganz links«, sagte Callender und deutete auf sich selbst.

Carter inspizierte derweil den Sarg und die Maske genau.

»Haben Sie die Artefakte noch mal gereinigt?«

»Selbstverständlich. Mr. Lucas hat sich der Sache angenommen. Vor allem der Sarg war etwas …« Lacau stoppte. »Er ist jetzt auf jeden Fall wieder sauber.«

»Der Minister wird gleich eintreffen und die Ausstellung offiziell eröffnen«, sagte Lacau. »Wir erwarten dazu noch einige geladene Gäste. Danach dürfen die Menschen, die auf dem Vorplatz warten, das Museum betreten.«

Carter nickte dem Direktor der Antikenverwaltung zu. Er war sichtlich zufrieden, dass es diesmal eine angemessene Zeremonie zur Eröffnung der neuen Ausstellung geben würde.

Sie mussten nicht lange warten, bis die erwarteten Gäste eintrafen. Unter ihnen entdeckte Carl auch seine beiden amerikanischen Freunde, Frederick Crichton und Alexander Harris, die er freudig begrüßte.

»Heute geht es hoffentlich etwas ruhiger zu«, sagte Harris.

»Ganz sicher. Aber ich hoffe, nicht zu langweilig für euch!«

»Wir kommen auch damit klar«, lachte Crichton.

»Das ist gut …« Carl stockte, als ein weiterer Gast die Halle betrat. Elsa von Rosenberg. Aber sie war nicht allein, sondern in Begleitung von Wilfried von Steinheim. Auch Crichton und Harris drehten ihre Köpfe in ihre Richtung.

»Eine sehr aparte junge Frau«, stellte Crichton fest, während Harris nur mit der Zunge schnalzte.

»Entschuldigt mich bitte«, sagte Carl. Er ging Elsa und dem Grafen entgegen.

»Ah, Dr. Falkenburg, wie schön, Sie zu sehen.«

»Herr Graf.« Carl nickte ihm zu und blickte Elsa in die Augen.

»Hallo Carl.«

Ehe er etwas erwidern konnte, wurde es hinter ihm plötzlich laut. Die umstehenden Gäste applaudierten. Als er sich umdrehte, erkannte er wieso. Es war nicht nur der Kulturminister Morkhos Bey Hanna erschienen, sondern auch König Fu'ad I. persönlich. Carter winkte Carl und auch Harry Burton zu sich heran und gemeinsam mit Arthur Callender und Alfred Lucas bezogen sie rechts neben der Totenmaske Aufstellung.

König Fu'ad I. begrüßte die Gäste mit ruhiger Stimme. Es waren nur wenige Worte, die er sprach, aber er hob besonders die Anstrengungen Carters hervor, die dieser aufgebracht hatte, um das Grab nach fünfjähriger Suche letztendlich zu finden und freizulegen. Nach dem König folgte noch der Minister Bey Hanna, der eine ähnliche Rede hielt. Keiner der beiden erwähnte die Vorkommnisse von vor drei Tagen auch nur mit einer Silbe. Danach erklärte Pierre Lacau die Ausstellung für eröffnet.

Carl hielt Ausschau nach Elsa, aber er konnte sie im Gedränge nirgends entdecken. Dafür entdeckten ihn umso mehr Leute, die ihn beglückwünschten und seine Hand schüttelten.

»Wenn du deine Freundin suchst, sie steht dort hinten bei dem Standbild von Amenophis III.

zusammen mit Carter und Lacau«, sagte Harry plötzlich zu ihm.

»Sie ist nicht meine Freundin«, gab Carl zurück. Dann grinste er Burton an und bahnte sich einen Weg zu Elsa.

Auf dem Weg dorthin tauchte plötzlich Graf von Steinheim neben ihm auf.

»Dr. Falkenburg. Wie Herr Borchardt mir sagte, werden Sie morgen schon nach Achetaton aufbrechen, um die Leitung der Grabung wieder zu übernehmen.«

»Ja, so ist es.«

»Ich würde diesbezüglich gerne eine Sache mit Ihnen besprechen.«

»Eigentlich habe ich schon alles mit dem Direktor besprochen.«

»Es ist etwas ... Spezielles. Eine Angelegenheit, die mich schon länger umtreibt.« Carl schaute am Grafen vorbei zu Elsa. »Ihr Bruder hat es bisher nicht vermocht, etwas zu finden, vielleicht gelingt es Ihnen ja eher.«

»Wie bitte? Was haben Sie gerade gesagt?« Wie vom Schlag getroffen sah Carl von Steinheim in die grauen Augen. »Waren Sie dafür verantwortlich, dass Richard eigenmächtig das Grab Echnatons geöffnet hat?«

»Ich habe Ihren Bruder lediglich gebeten, nach einer bestimmten Sache für mich Ausschau zu halten. Wo er danach sucht, darauf habe ich keinen Einfluss.« Der Graf hob seine Arme und drehte seine Handflächen nach oben. »Ich bin nur der Finanzier und kein Archäologe.«

Carl musste sich zusammenreißen, um von Steinheim in seiner selbstgefälligen Art nicht am Kragen zu packen und nach draußen zu schleifen.

»Was haben Sie in der Hand, um meinen Bruder dazu zu zwingen?«, fragte er mit kalter Stimme.

»Aber, aber«, lachte von Steinheim. »Mein lieber Dr. Falkenburg. Sie verstehen das völlig falsch. Ich zwinge Ihren Bruder zu nichts. Ich habe ihn lediglich gebeten, nach etwas zu suchen, was mich persönlich sehr interessiert. Und da ich ihn aus dem Gefängnis in Mexiko geholt habe, wollte er sich dafür bei mir erkenntlich zeigen. Das ist alles.«

»Dann ist die Sache wohl erledigt«, presste Carl übellaunig hervor und wollte am Grafen vorbeigehen. Doch dieser hielt ihn am Arm fest.

»Einen Moment noch. Möchten Sie denn nicht wissen, wonach ich suche?« In den Augen von Steinheims blitzte es plötzlich auf, und ohne auf eine Antwort zu warten, redete er weiter. »Auf den Tontafeln aus Babylon, die Sie entdeckt haben, ist die Rede von einem machtvollen Gegenstand, mit dessen Hilfe Echnaton seine Macht gefestigt hat. Ich bin der Überzeugung, dass es dieser Gegenstand war, der ihn dazu gebracht hat, den Monotheismus auszurufen, mit Aton als einzigen und wahren Gott!«

»Woher wissen Sie, was auf den Tontafeln geschrieben steht?«

»Als Sponsor des Instituts steht es mir zu, über alle Funde informiert zu sein. Aber was sagen Sie zu meiner Theorie?«

»Oh, das sage ich Ihnen gerne.« Carl riss sich los. »Ihre Hypothese ist kompletter Blödsinn!« Dann ging er verärgert weiter.

»War es klug, ihm davon zu erzählen?«

»Es war einen Versuch wert«, erwiderte von Steinheim gleichmütig und sah Carl Falkenburg hinterher. »Ein Jammer, dass er sich nicht kooperativer gezeigt hat.« Er blickte dem Ägypter neben sich in die Augen. »Aber so fürchte ich, dass auch Dr. Falkenburg ein Opfer des Fluchs des Pharao werden muss.«

»Ganz wie Sie wünschen.« Der Ägypter nickte, zog sich wieder zurück und verschwand in der Menge.

Carl war immer noch aufgebracht, als er Elsa erreichte. Was ihm besonders zu schaffen machte, war die Tatsache, dass Richard ihn belogen hatte. Sobald er wieder in Achetaton war, würde er seinen Bruder zur Rede stellen.

»Hallo Carl«, Elsa kam ihm zwei Schritte entgegen und nahm ihn an die Hand. Dann wandte sie sich wieder an Pierre Lacau und Howard Carter. »Meine Herren, entschuldigen Sie mich nun bitte. Ich muss mit Dr. Falkenburg etwas besprechen.« Sie zog ihn hinter sich her.

»Wir haben was zu besprechen?«, wunderte sich Carl.

»Nein, eigentlich brauchte ich nur einen Vorwand, um mich von den beiden zu verabschieden«, lachte sie. »Aber ich hoffe, du hast nichts dagegen, wenn wir uns mal in Ruhe unterhalten? Wir hatten ja bisher nicht viel

Gelegenheit, miteinander zu reden, seit du wieder in Kairo bist.«

»Ja, es gab da ein, zwei Dinge, die dazwischengekommen sind.« Carl zwinkerte ihr zu.

»Ist alles in Ordnung? Du siehst verärgert aus.«

»Oh, sieht man mir das an?«

»Nein, ich sehe nur, dass deine Zornesfalten zwischen den Augen ein wenig ausgeprägter sind als gewöhnlich.« Sie trat ganz nahe an ihn heran und musterte sein Gesicht genau. Carl stieg der süßliche Geruch ihres Parfüms in die Nase.

»Ich ... also ...«

»Ja?« Sie blinzelte ihn erwartungsvoll an.

»Es freut mich sehr, dass du in Kairo geblieben bist.«

»Mich auch«, hauchte sie zurück.

Sie standen einfach nur da und sahen sich tief in die Augen, bis Carl plötzlich eine große Pranke auf seiner Schulter spürte.

»Komm, Carl, wir müssen noch einmal anstoßen.« Arthur Callender reichte ihm ein Glas Champagner. »Es gibt keinen Whisky hier, das Sprudelzeug muss reichen.« Der Engländer reichte Carl ein Glas und bemerkte erst dann seinen Fauxpas. »Oh, entschuldigen Sie bitte, Miss«, sagte er an Elsa gerichtet.

»Schon gut, Mr. Callender«, erwiderte sie fröhlich.

»Also, auf unsere Zusammenarbeit!«

Carl stieß mit Arthur an.

»Du bist ein guter Kerl, Arthur.«

»Was denn, ihr stoßt ohne mich an?« Mit aufgesetzt beleidigter Miene gesellte sich Harry Burton zu ihnen. »Im Gegensatz zu dir, Arthur, habe ich der Dame natürlich auch etwas zu trinken mitgebracht.« Lächelnd gab er Elsa ein Glas Champagner.

»Sehr aufmerksam, Mr. Burton.«

»Also, auf eine erfolgreich verlaufende Ausgrabung!«

Erneut gab es einen hohen Ton, als sie die Kristallgläser leicht aneinanderstießen.

SIEBENUNDZWANZIG

VERFLUCHT

ACHETATON, 6. APRIL 1925

Auf dem Weg von Kairo nach Tell el-Amarna überlegte Carl, wie er sich Richard gegenüber verhalten sollte. Sein erster Ärger war einer großen Enttäuschung gewichen. Schließlich hatte er angefangen, den Fehler bei sich selbst zu suchen. Hatte er sich zu sehr um seine eigenen Sorgen gekümmert? Hätte er nicht mehr auf seinen Bruder eingehen sollen? Andererseits – und auch das war ein Teil der Wahrheit – hatte Richard auch keinen Versuch unternommen, um mit ihm über seine Probleme mit von Steinheim zu sprechen.

Derartig hin- und hergerissen, traf Carl schließlich in Achetaton ein. Es war ein außergewöhnlich heißer Tag. Die Arbeiter hatten über den Grabungsplätzen Sonnensegel errichtet, um geschützt weiterarbeiten zu können. Der Erste, den er entdeckte, war Haakon Ingstad. Der Norweger trug ein weißes Tuch wie ein Kufiya auf seinem Kopf. Neben ihm tauchte aus einer Grube schließlich Richard auf, auch er mit einem Kopftuch zum Schutz gegen die Sonne. Carl ging auf die beiden zu.

»Wer kommt denn da?« Richard sprang aus dem kleinen Loch heraus und drückte ihn zur Begrüßung an sich. »Wie schön, dich endlich wieder bei uns zu haben.«

»Ja, ich freue mich auch.«

»Alles in Ordnung? Du wirkst etwas bedrückt.«

»Die letzten Tage waren anstrengend – in jeder Hinsicht.«

»Wir haben hier nur ein paar Gerüchte gehört, dass es wohl einigen Tumult gegeben hat, als eure Fundstücke in das Museum gebracht werden sollten.«

»So könnte man es auch nennen.« Carl lächelte schwach. »Aber egal. Wie läuft es hier?«

»Wir kommen gut voran.« Richard drehte sich zu Ingstad herum. »Nicht wahr, Haakon?«

»Und ob«, erwiderte der Norweger breit grinsend. »Erst heute Morgen haben wir das hier gefunden.« Er hob eine kleine Figur mit einem Falkenkopf auf einem menschlichen Körper in die Höhe.

»Wenn das kein gutes Omen ist, weiß ich auch nicht«, lachte Richard und legte seine Hand auf Carls Schulter.

»Kann ich dich kurz unter vier Augen sprechen?«

Richard sah ihn überrascht an.

»Es ist also doch nicht alles in Ordnung«, murmelte er. »Komm, lass uns ein paar Schritte zum Nil gehen.«

Haakon blieb mit verdutztem Gesichtsausdruck zurück, während Carl mit seinem Bruder durch die Ruinen zum Fluss ging.

»Also, worüber willst du reden?«

»Ich würde es gerne von dir hören.«

»Wie bitte? Ich verstehe nicht ganz …«

»Erkläre es mir, Richard. Bitte! Warum konntest du mir nicht die Wahrheit sagen? Von Steinheim hat dich beauftragt, hier irgendein ominöses Artefakt für ihn zu suchen. Deswegen warst du in Echnatons Grab und wahrscheinlich ist das auch der einzige Grund, warum du überhaupt nach Ägypten gekommen bist!«

»Nein, das stimmt nicht.« Richard blickte betroffen zu Boden und wandte seinen Kopf dann zum Nil. »Ich wäre auch so hierhergekommen, um dich zu sehen. Das mit von Steinheim ergab sich erst später.«

Carl sah seinen Bruder mit versteinerter Miene an.

»Also hattest du eine Wahl? Und du hast dich dafür entschieden, mich zu hintergehen!«

»Ich hatte keine Wahl! Entweder ich mache es oder …«

»Was?«

»Du hast keine Ahnung, wozu dieser Mann fähig ist, Carl. Hätte ich nicht getan, was er verlangt, wären wir jetzt beide tot!«

»Oh, also hast du es getan, um mein Leben zu retten? Wie überaus edelmütig von dir.«

»Tu das nicht, Carl. Sei nicht so verdammt selbstgerecht«, sagte Richard mit bitterer Stimme.

Carls Wut entlud sich in einem heftigen Faustschlag, mit dem er seinem Bruder die Nase brach. Richard stürzte in den weichen Sand, schüttelte kurz den Kopf und wischte sich das Blut aus seiner Nase mit dem Handrücken ab.

»Vielleicht habe ich es dir deshalb nicht gesagt. Weil

du einfach ein ignoranter Blödmann bist. Immer geht es nur um dich, alle anderen sind dir egal. Deswegen hast du die Falkenburg auch so leichtfertig verkauft.«

Carl zog sein Taschentuch hervor und reichte es Richard.

»Morgen verschwindest du von hier!« Dann ging er zu seinem Zelt, ohne sich noch einmal umzudrehen. Auf dem Weg dahin kam Abdel zu ihm gelaufen.

»Sidi Carl, was ist …«

»Nicht jetzt, Abdel. Bitte.« Er hob abwehrend die Hand und ging weiter. Im Zelt setzte er sich auf sein Bett und vergrub sein Gesicht in den Händen.

Eine Stunde später kam Richard in das Zelt.

»Ich will nur meine Sachen holen, kein Grund zur Aufregung.« Er nahm sich einen Beutel, in den er einige Dinge stopfte. »Vor Sonnenaufgang bin ich weg und du siehst mich nie wieder.«

Als sein Bruder hinausgegangen war, fühlte sich Carl so allein wie nie zuvor in seinem Leben.

In der Nacht fand Carl keine Ruhe. Er wälzte sich auf seinem Feldbett hin und her. Schließlich stand er auf und trat vor das Zelt, wo ein leuchtender Vollmond die Ruinen Achetatons in ein fahles Licht tauchte. Der Nil glitzerte im Mondschein. Hoch am Nachthimmel hörte er einen Schrei, der ihn an einen Falken erinnerte. Er fragte sich, wo Richard wohl schlief, und wandte seinen Blick zu den Zelten der Arbeiter. Erneut erklang der Falkenschrei, aber diesmal klang er viel näher. Carl kniff die Augen zusammen und glaubte, den Vogel auf einem der Zelte sitzen zu sehen. Er atmete tief durch, die Nachtluft war immer noch so warm, dass ihm Schweißperlen auf die Stirn traten. Dann drehte er sich um, ging zurück in sein Zelt – und erstarrte.

Unbeweglich stand Anubis im Halbdunkel vor ihm. Er hielt einen langen Stab in der rechten Hand. Die weißen Augen des Schakals sahen ihn durchdringend an. Als er den ersten Schreck überwunden hatte, schlug der Todesgott mit seinem Zepter auf ihn ein und erwischte ihn im Gesicht. Benommen stürzte Carl zu Boden. Sofort war der Mann mit der Anubismaske über ihm und drückte ihm die Kehle mit nur einer Hand zu. Verzweifelt versuchte Carl, die Klaue von seinem Hals wegzudrücken, aber der Angreifer war zu stark. Dann sah er die Spritze, die plötzlich in der anderen Hand von Anubis auftauchte und sich auf sein Gesicht zubewegte. Er versuchte zu schreien, aber der stählerne Griff, mit dem seine Kehle umklammert wurde, ließ keinen Laut herauskommen. Carl fühlte sich einer Ohnmacht nahe, vor seinen Augen zog bereits ein dunkler Schleier auf. Erneut vernahm er einen Falkenschrei. Die Spritze bewegte sich auf seinen Mund zu. Doch urplötzlich konnte er wieder frei atmen und Anubis kippte seitlich von ihm herunter.

»Carl!« Richard kniete sich neben ihn und sah ihn besorgt an. Er versuchte, etwas zu sagen, brachte aber kein Wort heraus. Der Schakal, der sich inzwischen wieder aufgerappelt hatte, stürzte sich jetzt auf seinen Bruder. Mit seinem Anubisschädel hämmerte der unbekannte Angreifer auf Richard ein und traf ihn mehrmals im Gesicht, bis dieser regungslos am Boden liegen blieb.

Carl gelang es, wieder auf die Beine zu kommen. Er warf sich mit seinem Körper gegen Anubis, der dadurch ins Straucheln kam und seine Maske verlor. Darunter kam ein ägyptisches Gesicht zum Vorschein, das Carl bekannt vorkam. Der Mann sah ihn finster an und schien ihn erneut angreifen zu wollen, hielt dann aber unvermittelt inne und hob den rechten Arm. Die Spritze, die er eben noch in der Hand hielt, hatte sich in seinen Oberarm gebohrt. Ersticktes Gurgeln drang aus der Kehle des Mannes, sein Körper verkrampfte sich und ein Schwall tiefrotes Blut quoll aus seinem Mund. Innerhalb weniger Sekunden war er tot und kippte mit weit aufgerissenen Augen zur Seite.

Carl robbte zu Richard, der aus mehreren Platzwunden im Gesicht heftig blutete. Aber er atmete noch. Vorsichtig legte Carl ihm eine Hand auf die Brust, worauf sein Bruder sofort die Augen aufschlug.

»Was ist ... autsch.« Er verzog das Gesicht vor Schmerzen und tastete sich vorsichtig die Stirn ab.

»Du bist gerade noch rechtzeitig gekommen«, sagte Carl. »Ein paar Sekunden später und ich würde da liegen.« Er zeigte auf den Leichnam des Attentäters.

»Habe ich doch gerne gemacht«, stöhnte Richard. »Hilf mir bitte hoch.«

Carl zog ihn auf die Beine, die noch etwas zittrig waren. Richard hielt sich an seiner Schulter fest.

»Was um alles in der Welt hat das zu bedeuten?«

»Ich würde darauf wetten, dass unser Freund von Steinheim da seine Finger im Spiel hat.«

»Aber warum jetzt? Und warum hat er den Kerl auf dich gehetzt und nicht auf mich?«

»Ich weiß es nicht. Aber wir werden ihn das fragen.« Carl sah Richard besorgt an. »Komm, wir versorgen jetzt erst mal deine Wunden. Abdel hat einen Erste-Hilfe-Koffer in seinem Zelt.«

Als sie hinaus in die helle Nacht traten, sah Carl noch, wie der Falke wegflog.

Auf dem Weg zu Abdels Zelt kam ihnen Haakon Ingstad verschlafen entgegen.

»Könnt ihr auch nicht schlafen?«, fragte er gähnend. »Mir war, als hätte ich irgendwas gehört?« Erst dann sah er Richards schlimm zugerichtetes Gesicht. »Oh, was ist …«

»Später, Haakon. Erst einmal muss Richard versorgt werden. Hilf mir mal«, sagte Carl, der merkte, dass Richards Beine jeden Augenblick wegknicken konnten.

Mithilfe des Norwegers schafften sie es zu Abdel, bei dem es einige Augenblicke dauerte, bis sie ihn aufgeweckt hatten. Dann konnten sie schließlich Richards Wunden versorgen. Carl sah wie eine gewaltige Beule auf Richards Stirn wuchs.

»Kümmer dich gut um ihn, Abdel.«

Er ließ seinen Bruder bei demm Ägypter und ging mit Haakon zurück zu seinem Zelt, um den Toten dort herauszuholen. Aber als sie dort ankamen, war die Leiche mitsamt der Anubismaske verschwunden. Nur ein Blutfleck im Sand zeugte davon, dass sie dort gewesen war. Carl konnte keine Schleifspuren entdecken, und Fußspuren in dem aufgewühlten weichen Sandboden zu suchen, war ein hoffnungsloses Unterfangen. Den Rest der Nacht verbrachte er in Abdels Zelt am Bett seines Bruders.

. . .

Am darauffolgenden Morgen überlegte er, was er nun tun sollte. Am ratsamsten erschien ihm, die Grabung abzubrechen. Denn von Steinheim hatte ganz offensichtlich noch andere Männer in seinen Diensten und die konnten jederzeit ein weiteres Mal versuchen, ihn zu töten. Er blickte zu den Arbeitern, die von dem Vorfall letzte Nacht nichts mitbekommen hatten und ganz normal ihrer Arbeit nachgingen. Carl fasste jeden Einzelnen ins Auge, aber niemand verhielt sich anders als normal.

»Dein Bruder wird wieder gesund, Sidi Carl«, sagte Abdel, der aus seinem Zelt zu ihm herüberkam. »Er hat Glück gehabt. Bis auf seine Nase ist nichts gebrochen. Er hat nur starke Prellungen und einige Abschürfungen im Gesicht.«

»Vielen Dank für deine Hilfe, Abdel.«

»Und es war wirklich das Gesicht von Anubis, das der Eindringling auf seinen Schultern trug?«

»Eine Maske, ja«, nickte Carl. Er hatte Abdel und Haakon Ingstad alle Einzelheiten des nächtlichen Angriffs geschildert.

»Was wirst du jetzt machen, Sidi Carl?«

»Ich weiß es nicht, Abdel. Am liebsten …« Er stockte, als er zwei Männer vom Nil zu ihrer Grabungsstelle kommen sah. Sie führten einen Esel mit sich, auf dessen Rücken ein in schwarz gekleideter Mann saß. Scheich Abdul Razek.

Der Scheich stieg von dem Maultier ab und kam mit ernstem Gesicht auf Carl und Abdel zu, während seine Männer warteten.

»Es gab einen Vorfall heute Nacht.«

Abdel schaute Carl mit großen Augen an.

»Woher wisst Ihr das?«, fragte Carl. »Habt Ihr mir diesen falschen Anubis geschickt?«

Der Scheich lachte. »Nein mein Freund. Hätte ich jemanden geschickt, würden wir jetzt nicht hier stehen.« Seine dunklen Augen fixierten Carl. »Ein Vogel hat mir die Nachricht gebracht, dass jemand zu Tode gekommen ist.«

»Es gibt keinen Toten. Zumindest nicht hier. Er ist fort«, sagte Carl ruhig.

»Ich weiß. Meine Männer haben gesehen, wie eine Barke heute Nacht den Nil hinabgesegelt ist.« Nun sah er besorgt aus. »Wo ist dein Bruder?«

»Im Zelt, wieso?«

»Wir haben in letzter Zeit viel miteinander gesprochen. Über Echnaton und sein Geschenk der verfluchten Babylonier.« Die Augen Razeks blitzten auf. »Es bringt Tod und Verderben, wenn man die Vergangenheit nicht ruhen lassen kann.«

»Was wisst Ihr darüber?«

»Zu viel. Und es wird besser sein, wenn du und dein Bruder nicht versucht, es zu finden.«

»Aber die Leute, die versucht haben, mich zu töten, werden wiederkommen und danach suchen.«

»Sollen sie. Ihnen traue ich nicht zu, es zu finden. Dir jedoch schon.« Der Scheich lächelte vielsagend. »Aber lass deine Finger davon. Es führt zu nichts Gutem, wenn dieses Ding zurück ins Leben findet.«

»Was haben die Babylonier Echnaton damals gegeben?« Carl sah den Scheich eindringlich an. »Ich muss es wissen!«

»Vielleicht haben die Babylonier ihm gar nichts geschenkt, sondern nur eine Leihgabe zurückgegeben, die sie für einen Vorgänger des Ketzerkönigs verwahrt hatten.« Razeks Blick ging über die Ruinen Achetatons zu den Bergen. »Was glaubt ihr, warum konnte Echnaton so mächtig werden, um in der kurzen Zeit seiner Regierung eine Stadt wie diese aus dem Boden erwachsen zu lassen, seine Feinde in Theben niederzustrecken und den Menschen eine neue Gottheit zu geben?« Der Scheich drehte seinen Kopf wieder zu ihm und sah ihm direkt in die Augen.

»Ich weiß es nicht.«

»Es gab früher mächtige Dinge. Magische Dinge. Sie sind in Vergessenheit geraten und das sollte auch so bleiben.«

»Aber nun sind sie nicht länger vergessen«, gab Carl zu bedenken.

»Doch, wenn du sie aus deinem Kopf streichen kannst.« Razek tippte Carl mit dem Zeigefinger gegen die Stirn. »Denk daran, was letzte Nacht geschehen ist. Willst du etwa für den Rest deines Lebens mit solcher Angst leben?«

Carl erwiderte nichts darauf.

»Ich möchte das nicht«, sagte Abdel, der die ganze Zeit geschwiegen hatte. »Und von meinen Freunden auch niemand.« Er deutete auf die anderen Ägypter, die bei der Grabung beschäftigt waren.

»Wir werden die Grabung für dieses Jahr beenden«, sagte Carl schließlich. »Ob wir sie in der nächsten Saison fortführen, kann ich noch nicht sagen.« Er sah Razek an, der ihm zufrieden zunickte.

»Eine weise Entscheidung, mein Freund. Ich würde mich über einen letzten Besuch von dir und deinem Bruder freuen, bevor ihr abreist.«

Dann verabschiedete sich der Scheich vorerst von ihnen.

»Gib den Männern Bescheid, dass wir abbrechen, Abdel.«

»Sofort, Sidi Carl.«

Der Ägypter lief zu den Arbeitern hinüber, während Carl zu Richard ins Zelt ging.

ACHTUNDZWANZIG
ABGESANG
KAIRO, ZWEI TAGE SPÄTER

Vor dem großen vergoldeten Türschild des Instituts blieb Carl stehen und atmete tief durch.

»So schlimm wird es schon nicht werden«, sagte Richard. »Borchardt wird dir nicht den Kopf abreißen, nur weil du die Ausgrabung gestoppt hast.«

»Du hast das Wort eigenmächtig dabei vergessen.«

»Ach komm schon, lass uns reingehen.«

Richard ging voran und Carl folgte ihm mit einem unguten Gefühl. Aber zu seiner Freude war der erste Mensch, den sie im Institut antrafen, Elsa von Rosenberg. Sie schenkte ihm zur Begrüßung ihr strahlendes Lächeln.

»Carl, wie schön dich wiederzusehen. Und das muss dein Bruder Richard sein, von dem ich schon so viel gehört habe.«

»So ist es. Normalerweise bin ich der besser aussehende von uns beiden, aber zurzeit ...« Richard deutete auf sein immer noch derangiertes Gesicht, in dem sich neben den diversen Kratzern und Pflastern, unter dem linken Auge auch ein riesiger blauer Fleck gebildet hatte.

»Sie Ärmster.« Elsa ging nicht weiter auf ihn ein und wandte sich an Carl. »Herr Borchardt hat momentan Besuch, willst du einen Kaffee, während ihr wartet?«

»Wer ist denn bei ihm?«

»Graf von Steinheim.«

Ohne eine Antwort zu geben, stürmte Carl an Elsa vorbei zum Büro des Direktors. Er riss die Tür auf und blickte in das grinsende Gesicht des Grafen.

»Ah, Dr. Falkenburg. Wie schön, Sie zu sehen. Auch wenn ich es bedauere, dass Sie die Grabung abgebrochen haben.«

»Sie …« Weiter kam er nicht, denn Ludwig Borchardt fiel ihm erbost ins Wort.

»Was fällt Ihnen ein, hier einfach so hereinzuplatzen? Ich und der Graf haben noch einiges zu klären.«

Erst jetzt sah Carl die Tontafeln, die er und Richard in Achetaton gefunden hatten, auf dem Schreibtisch des Direktors liegen.

»Lassen Sie ihn ruhig, Herr Borchardt. Wir sind doch soweit fertig. Ich lasse die Tafeln später abholen.«

»Was meint er damit?«, fragte Carl den Direktor.

»Das bedeutet, dass ich diese Tontafeln gekauft habe, Dr. Falkenburg«, gab der Graf freudig zurück.

»Das ist unmöglich. Alle Funde gehören den Ägyptern. Wir können sie nicht verkaufen!« Er sah Borchardt erstaunt an, der jedoch nur bedauernd zu ihm sah.

»Ganz recht, so ist es. Und eben diese Ägypter haben zugestimmt, mir diesen netten, aber ansonsten eher unbedeutenden Fund zu überlassen. Der Kulturminister persönlich hat den Vertrag unterzeichnet und ich habe eine nicht unerhebliche Summe dafür gezahlt.«

Von Steinheim stand auf und blickte zu Carl, zu dem sich mittlerweile Richard gesellt hatte. »Oh, was ist Ihnen denn widerfahren?«

»Schakal«, gab Richard ruhig zurück. »Aber der hat unsere Begegnung nicht überlebt.«

»Wie gut für Sie. Ich hoffe, wir sehen uns bald wieder, meine Herren. Ich wünsche Ihnen allen noch einen schönen Tag.« Er ging zur Tür, wo Carl immer noch stand und nicht daran dachte, zur Seite zu gehen. Von Steinheim sah ihn mit kalten Augen an. »Möchten Sie mir noch etwas sagen, Dr. Falkenburg?«

Carl presste seine Zähne aufeinander und er spürte ein Kribbeln in seinen Fingern. Zu gerne hätte er von Steinheim gepackt und ihn gezwungen, zu gestehen, dass er es war, der den Killer auf ihn angesetzt hatte. Aber er wusste, dass es ihm von Steinheim nicht leicht machen würde. Und Beweise für seine Anschuldigung hatte er keinen einzigen. Also trat er zur Seite und machte den Weg frei.

»Vielen Dank, mein Lieber.« Der Graf klopfte ihm mit dem silbernen Falkenkopf seines Gehstocks gegen die Brust und verließ das Institut.

»Wie konnten Sie das zulassen?«, richtete Carl die Frage entgeistert an Ludwig Borchardt.

»Mir gefällt dies genauso wenig wie Ihnen, Dr. Falkenburg. Aber es ist alles rechtens. Wenn die Ägypter ihre Kulturgüter verkaufen wollen, steht es ihnen frei, dies zu tun. An wen immer sie möchten.« Borchardt sah ihn ernst an. »Aber nun würde ich gerne erfahren, was genau in Achetaton vorgefallen ist, das Sie dazu bewogen hat, die Ausgrabung früher als geplant zu beenden.«

Gemeinsam mit Richard berichtete Carl dem Direktor, was sich vor wenigen Tagen zugetragen hatte.

Früh am nächsten Morgen dröhnte die Signalpfeife laut hörbar durch den Bahnhof.

»Das ist das Zeichen zum Einsteigen«, sagte Richard und drehte sich zu Carl um. »Dann heißt es, Lebewohl zu sagen.«

»Weißt du schon, wo du hinwillst?«

Richard hob die Schultern.

»Keine Ahnung. Ich vermute aber, es könnte mich nach Südamerika verschlagen. Ich werde eine Karte an das Institut schicken, um dich wissen zu lassen, wo ich bin.«

Die Pfeife erklang ein weiteres Mal, diesmal von einem Aufruf des Schaffners begleitet, dass alle Reisenden in den Zug nach Alexandria einsteigen mögen.

»Also, mach es gut und pass auf dich auf. Ich bin jetzt nicht mehr da, um dich zu beschützen.«

»Ich komm schon klar. Alles Gute für dich.«

Sie umarmten sich nicht und gaben sich auch nicht die Hand. Richard nahm seinen kleinen Koffer und stieg in den Zug, während Carl mit den Händen in den Hosentaschen auf dem Bahnsteig wartete, bis der Zug den Bahnhof verließ. Dann schlenderte er langsam wieder zurück zum Institut. Auf dem Weg dorthin besserte sich seine Stimmung. Er entdeckte an einem Marktstand ein paar Blumen und kaufte sie. Als er weitergehen wollte, sprach ihn eine alte Ägypterin von einem benachbarten Stand an.

»Sie sind verliebt, Sidi, nicht wahr?«

»Merkt man das so deutlich?«

»Ich spüre so was« Sie kramte mit ihren dünnen Fingern auf ihrem kleinen Verkaufstisch herum, bis sie ein kleines Medaillon in die Hände bekam und es hochhielt. »Hier, das ist ein passendes Geschenk für Eure Frau.«

Carl betrachtete die runde Brosche genau. Sie war aus einem unedlen Metall gefertigt und zeigte auf der Vorderseite die Darstellung einer Katze.

»Bastet«, sagte Carl, woraufhin die Verkäuferin ihn hocherfreut anlächelte.

»Ihr kennt sie, ich wusste es gleich, als ich Euch sah. Bastet wird das Glück Eurer Liebe schützen und für Fruchtbarkeit sorgen.«

»Was wird mich dieses Glück kosten?«, fragte Carl schmunzelnd.

»Fünf Pfund, Sidi. Wahrhaft wenig für immerwährendes Glück.«

Carl betrachtete die schlichte Eisenmedaille in seiner Hand und gab der Ägypterin das verlangte Geld. Sie bedachte ihn mit den besten Segenswünschen, als er weiterging.

Im Institut angekommen, begab er sich sofort zu dem kleinen Büro, in dem Elsa saß. Er blieb vor der Tür stehen, hob die Faust, um anzuklopfen, und zögerte. Ihm wurde plötzlich heiß. Dann fasste er sich ein Herz und klopfte an. Im selben Moment kam hinter ihm Ludwig Borchardt in Begleitung eines weiteren Mannes auf ihn zu.

»Carl, wie schön, Sie zu sehen!«

Verblüfft blickte er sich um und sah in das Gesicht von Adolf Erman, seinem alten Professor und Förderer aus Berlin.

»Professor Erman? Das ist ja eine Überraschung!«

Dann schwang Elsas Bürotür auf.

»Hallo Carl, was ...« Sie stockte, als sie Borchardt und Erman hinter ihm stehen sah.

»Oh, Elsa, hallo ... ich, äh ...« Er suchte verzweifelt nach den richtigen Worten, fand sie aber nicht. »Die sind für dich!« Er drückte ihr den kleinen Blumenstrauß in die Hand.

»Vielen Dank«, erwiderte Elsa im gleichen Maße überrumpelt und überrascht.

»Sind Sie hier fertig, Dr. Falkenburg? Ich hätte da noch was mit Ihnen zu besprechen.«

»Äh, ja«, Carls Hand umschloss die Brosche, die in seiner Hosentasche steckte. »Ist gut. Bis später, Elsa.« Dann folgte er dem Direktor und Erman über den Flur in dessen Büro.

»Ich habe ausführlich über das nachgedacht, was Sie und Ihr Bruder mir gestern über Graf von Steinheim erzählt haben. Auch, wenn Sie für Ihre Behauptungen keine Beweise vorweisen können.« Borchardt kniff die Augen zusammen und Carl befürchtete das Schlimmste, als der Direktor ein zusammengefaltetes Blatt Papier von seinem Schreibtisch nahm und es ihm reichte. »Hier. Lesen Sie.«

Carl entfaltete den Brief und las.

»Sie wollen die Zusammenarbeit mit von Steinheim beenden?«

»Exakt. Ich glaube Ihnen. Und außerdem hat es mir ganz und gar nicht gefallen, dass von Steinheim sich einfach herausnimmt, unsere Funde zu kaufen und außer Landes zu bringen. Wenn er sie wenigstens einem Museum zur Verfügung stellen würde, aber nein, diese Tafeln verschwinden in seiner Privatsammlung. Ich denke nicht, dass wir noch länger mit dem Grafen kooperieren sollten.«

»Aber kann das Institut es sich denn leisten, auf einen Finanzier zu verzichten?«

»Nein, können wir nicht. Aber deswegen ist mein lieber Freund Adolf Erman ja hier.« Borchardt machte eine ausladende Bewegung mit dem linken Arm.

»Ich habe eine Gruppe von Privatleuten in Berlin überzeugen können, in unsere Arbeit hier in Ägypten zu investieren. Sehr integere Leute, unter anderem ist der Bankier Rothschild unter ihnen. Wir müssen also keine Angst haben, dass so etwas wie mit diesem Grafen ein weiteres Mal passiert.«

»Das klingt großartig«, sagte Carl schnell. Seine rechte Hand war wieder in die Hosentasche mit der Brosche gerutscht. Er fasste einen Entschluss. »Würden Sie mich bitte entschuldigen? Ich muss noch kurz was erledigen.« Er eilte aus dem Büro.

»Was hat er denn? Er wirkte so ... nervös. So kenne ich

ihn gar nicht«, wunderte sich Adolf Erman, als Carl Falkenburg das Zimmer beinahe fluchtartig verließ.

»Er ist bestimmt noch aufgewühlt wegen der Geschehnisse der letzten Tage. Außerdem hat er seinen Bruder heute Morgen zum Zug gebracht«, brummte Borchardt. »Während wir auf ihn warten, werde ich Fräulein Rosenberg bitten, uns einen Kaffee aufzusetzen.«

Ludwig Borchardt stemmte sich aus seinem Armlehnenstuhl hoch, ging aus seinem Büro in den Flur und erstarrte in der geöffneten Tür.

»Oh, vielleicht brauchen wir doch keinen Kaffee«, murmelte er, als er Carl Falkenburg und Elsa von Rosenberg eng umschlungen dastehen sah. Sie hatten offensichtlich die Umgebung um sich herum vergessen, während sie in einem tiefen Kuss versunken waren.

EPILOG

MÜNCHEN, 22. AUGUST 1925

Das Stimmengewirr um sie herum war so laut, dass er und sein Gesprächspartner sich beinahe anschreien mussten, was seinem Gegenüber aber nicht viel ausmachte. Der Regionalpolitiker war für seine lautstarke Stimme bekannt und hatte sich damit schon weit über die Landesgrenzen Bayerns hinaus einen Ruf gemacht.

»Also, mein lieber Graf. Sie haben die richtige Entscheidung getroffen, unsere Partei zu unterstützen. Sie werden sehen, gemeinsam werden wir es schaffen, diese Parasiten, die sich an unserem Land laben, zurückzudrängen. Wir werden sie ausmerzen und wegschneiden wie Geschwüre. Mit Ihrem Geld werden wir den Ausbau der NSDAP im Norden Deutschlands vorantreiben! Und ich verspreche Ihnen, dass ich Deutschland zu neuer, ungeahnter Größe führen werde.«

Von Steinheim nickte und lächelte höflich, angesichts des Eifers, mit dem sein Gesprächspartner seine Worte skandierte.

»Es freut mich sehr, wenn ich behilflich sein kann.«

»Man erzählte mir, dass Sie sich längere Zeit in Ägypten aufgehalten haben und dort dafür Sorge tragen, dass der deutsche Einfluss nicht untergraben wird.«

»So ist es. Und ich habe Kenntnis von einigen höchst interessanten Artefakten aus der ägyptischen Geschichte.«

»Verrennen Sie sich nicht zu sehr darin, Herr Graf. Zuerst müssen wir unsere eigene Geschichte neu schreiben. Ich habe große Pläne für unsere Partei. Sehr große Pläne.«

»Diese erwähnten Artefakte könnten für Ihre Pläne durchaus von Nutzen sein«, sagte von Steinheim ruhig.

»Wirklich? Inwiefern sollte mir ägyptisches Machwerk von Nutzen sein können?« Der kleine Schnurrbart unter der Nase des Politikers zuckte hin und her, als dieser verächtlich den Mund verzog.

»Alles zu seiner Zeit«, sagte von Steinheim. »Sie sollten jetzt Ihre Rede halten, die Menschen sind schließlich alle nur Ihretwegen hierhergekommen.« Er sah sich in der großen Wirtsstube um, die bis auf den letzten Platz gefüllt war. Die Gäste schwatzten unentwegt miteinander und warfen immer ungeduldigere Blicke zu ihrem Tisch.

»Sie haben recht, ich sollte sie nicht zu lange warten lassen. Aber vorher möchte ich Ihnen noch etwas geben als Zeichen der Dankbarkeit für Ihre Unterstützung.« Er öffnete die schwarze Aktentasche, die neben ihm auf der

Bank stand, und holte ein Buch hervor, das er ihm überreichte. »Ich bin sicher, es wird Ihnen gefallen.«

Von Steinheim warf einen Blick auf den Titel des in Rot gehaltenen Buches mit weißem Buchrücken.

»Mein Kampf. Eine Abrechnung«, las er laut vor. »Sie haben es geschrieben?«

»Ja. Ich habe es während meiner Haft in Landsberg geschrieben. Lesen Sie es sorgfältig, dann verstehen Sie mich und die Ziele unserer Partei besser.« Der Politiker stand auf. »Ich freue mich auf unser nächstes Treffen.«

»Genau wie ich, Herr Hitler. Viel Erfolg wünsche ich Ihnen.«

Der Angesprochene hob den rechten Arm zum Gruß, den von Steinheim nur mit einem Nicken erwiderte. Dann ging Hitler zu dem kleinen Podest, auf dem ein Rednerpult für ihn aufgebaut war.

Wilfried von Steinheim verfolgte den Anfang der Rede. Die Menschen um ihn herum applaudierten an vielen Stellen, trommelten auf die Tische und einige sprangen sogar vor Begeisterung auf. In diesem Moment war er sich sicher, dass er sein Geld in den richtigen Mann investiert hatte. Hitlers Redegewalt war beeindruckend. Damit vermochte er es, die Menschen mit nur wenigen Worten von Dingen zu überzeugen, von denen sie vorher nichts geahnt hatten.

Er stand auf und verließ das Wirtshaus. Hinter ihm hallten die Jubelschreie der Zuhörer auf die dunkle Straße.

PERSONENREGISTER

*Fiktive Personen

- Carl von Falkenburg*; deutscher Ägyptologe
- Richard von Falkenburg*; deutscher Archäologe und Abenteurer
- Howard Carter; britischer Ägyptologe, Entdecker des Grabes von Tutanchamun
- Harry Burton; britischer Fotograf
- Elsa von Rosenberg*; deutsche Reisende
- Graf Wilfried von Steinheim*; deutscher Adliger und Mäzen
- Alan Gardiner; britischer Ägyptologe
- Alfred Lucas; britischer Ägyptologe
- Arthur R. Callender; britischer Ägyptologe
- Frederick Crichton*; amerikanischer Archäologe

- Alexander Harris*; amerikanischer Archäologe
- Pierre Lacau; französischer Ägyptologe, Direktor der damaligen Antikenverwaltung
- General Razul Hamad*; ägyptisches Militär
- Zahi an-Nahhas*; ägyptisches Militär
- Adolf Erman; deutscher Ägyptologe
- Ludwig Borchardt; deutscher Ägyptologe
- Haakon Ingstad*; norwegischer Archäologe

NACHWORT

In keinem meiner bisherigen Bücher haben die historischen Fakten einen derart großen Raum eingenommen wie in „Die Falkenburg Chroniken: Der Ägyptologe". Und auch im zweiten Teil sind etliche Fakten, aber diesmal schon stärker in der Fiktion verwoben. Natürlich lässt es sich beim Einbauen von fiktionalen Charakteren in reale Szenarien nicht vermeiden, einige Fakten zu ignorieren und auf eigene Weise darzustellen, wobei ich mir große Mühe gegeben habe, die tatsächlichen Abläufe nicht völlig auf den Kopf zu stellen. Im Anhang gehe ich auf einige Punkte hierzu genauer ein.

Ich hoffe, Ihnen hat die Lektüre des Buches gefallen und Sie hatten dabei ein paar (ent)spannende Stunden.

Wer mehr über die von Falkenburgs lesen möchte, dem sei meine Reihe der „Geheimakte"-Romane empfohlen.

Neben der Möglichkeit zum Feedback über eine Rezension bei Amazon freue ich mich darüber hinaus auch über Ihre persönlichen Kommentare zum Buch über meine E-Mail-Adresse:

kontakt@andre-milewski.de

Wer noch mehr über meine anderen Bücher oder über mich erfahren möchte, darf gerne auf meiner Website www.andre-milewski.de vorbeischauen. Dort besteht auch die Möglichkeit, sich für meinen Newsletter zu registrieren, um automatisch über neue Bücher, Gewinnspiele und Messeauftritte informiert zu werden.

Außerdem haben **alle** Abonnenten die Chance auf den Gewinn eines Taschenbuchpakets (enthält 3 Titel meiner Wahl)!

Ihr André Milewski
September 2019

ANHANG

Tutanchamun (zuvor: Tutanchaton)

Altägyptischer Pharao (König) der 18. Dynastie des neuen Reichs. Seine Regierungszeit wird zumeist mit 1332-1323 v. Chr. angegeben. Er bestieg den Thron bereits im Kindesalter und verstarb früh im Alter von ca. achtzehn Jahren. Zum Zeitpunkt seiner Herrschaftsübernahme war Ägypten aufgrund der religiösen Umwälzungen seines (wahrscheinlichen) Vaters Echnaton in Aufruhr. Nach Echnatons Tod 1336 v. Chr. gab es mindestens einen, eventuell zwei weitere Könige oder auch eine Königin (Semenchkare/ Nofretete?) Fest steht, dass der Kindkönig, um das Land wieder zu befrieden, dazu gezwungen war, seinen Namen von Tutanchaton (Bedeutung: „Lebendes Abbild des Aton“) in Tutanchamun (Bed.: „Lebendes Abbild des Amun“) zu ändern, und kehrte auch der durch Echnaton gegründeten Hauptstadt Achetaton wieder den Rücken und verlegte den Regierungssitz nach Memphis, während Theben erneut das religiöse Zentrum des Amun-Kultes wurde.

Der jähe Tod des jungen Pharao ist bis heute ungeklärt und es gibt unterschiedliche Theorien über die Todesursache; vom heimtückischen Mord über eine Verletzung bei einem Feldzug bis hin zu einem Attentat ist alles vertreten, was Verschwörungstheoretikern Freude macht.

Vor der Entdeckung seines Grabes im Jahr 1922 durch Howard Carter war er gänzlich unbekannt, was auch in Carters lakonischer Aussage abzulesen ist: »Soweit unsere Kenntnisse heute reichen, können wir mit Gewissheit sagen, dass das einzig Bemerkenswerte in seinem Leben darin bestand, dass er starb und begraben wurde.«

Trotzdem wurde Tutanchamun nach der Entdeckung seines Grabes so etwas wie der Popstar unter den Pharaonen, dessen Ruhm auch heutzutage immer noch ungebrochen ist.

Das Grab Tutanchamuns

Als es im November 1922 von Howard Carter entdeckt wurde, galt das Tal der Könige zu diesem Zeitpunkt bereits als „auserforscht“. Niemand glaubte mehr daran, dass dort noch eine bedeutende Entdeckung zu machen sei. Nur der Hartnäckigkeit Carters und der Geduld seines Finanziers, Lord Carnarvon, ist es zu verdanken, dass es schließlich doch noch gefunden werden konnte.

Das Königsgrab des ansonsten eher unbedeutenden

Pharao sollte die glanzvollste Entdeckung werden, die jemals im Tal der Könige gemacht wurde, und zur größten Mediensensation der damaligen Zeit. Auch machte es seinen Entdecker auf einen Schlag weltberühmt. Die riesige Resonanz der Weltöffentlichkeit sorgte aber auch für einigen Verdruss bei Carter, der zum Teil befremdlich und mit Unverständnis auf das Interesse reagierte.

Der gesamte Ausgrabungszeitraum dauert vom 28. Oktober 1922 bis 17. November 1930. Die anschließenden Konservierungsarbeiten mit eingeschlossen verlängerte sich die Zeit sogar bis 1932.

Verschiedene Faktoren waren verantwortlich für diesen langen Zeitraum. Die regelmäßigen Besuchergruppen und Pressetermine haben ihren Teil dazu beigetragen. Zudem kam es im Februar 1924 zum Eklat, als nach der Öffnung des Sarkophags die ägyptische Regierung Howard Carter untersagte, am nächsten Tag die Ehefrauen seiner Mitarbeiter sowie Lady Almina Carnarvon in das Grab zu führen. Carter legte daraufhin die Arbeit nieder und schloss das Grab. In der Folge verlor Lady Carnarvon die Grabungslizenz.

In meiner Geschichte habe ich diesen Fakt abgeändert und anders dargestellt, jedoch mit demselben Ergebnis.

Erst im Januar 1925 wurden die Arbeiten am Grab wieder aufgenommen, als die Grabungslizenz erneut für Lady Carnarvon ausgestellt wurde und auch Howard Carter wieder zurückkehrte. Es dauerte noch bis zum Oktober 1925, bis der letzte Sarg schließlich geöffnet und die Mumie des Pharao entdeckt wurde.

Dieses Ereignis habe ich in meiner Geschichte abgeändert und vorgezogen in den Februar 1925.

Echnaton (Amenophis IV.)

Der auch als „Ketzerkönig“ bekannte Pharao herrschte in der 18. Dynastie im Neuen Reich. Regierungszeit ca. 1351-1334 v. Chr., (nach anderen Quellen auch 1340-1324 v. Chr. oder 1353-1336 v. Chr.). Die ersten fünf Jahre nach seiner Thronbesteigung behielt er seinen Namen Amenophis bei. Im sechsten Jahr wurde Achetaton gegründet und er nannte sich Echnaton („Der Aton dient/nützlich ist“).

Durch die Proklamation Atons zum einzigen Gott gilt er gemeinhin als Begründer des ersten Monotheismus der Welt. Heute bewerten Ägyptologen Echnatons Herrschaft eher als einen Henotheismus, der nicht von langer Dauer war.

Echnaton starb im siebzehnten Jahr seiner Regierung unter ungeklärten Umständen.

Literaturempfehlung: Echnaton; Herman A. Schlögl; ISBN:

978-3499503504

Achetaton (Tell el-Amarna)

Die Stadt wurde von Pharao Echnaton gegründet, seinem Gott Aton zu Ehren. Nach dem Tode Echnatons bestand die Stadt nicht lange weiter und wurde schnell aufgegeben oder zerstört. Bereits während der französischen Expedition unter Napoleon Bonaparte wurden die

Ruinen von Achetaton besucht. Der berühmteste Fund aus Amarna ist bis heute die von Ludwig Borchardt entdeckte „Büste der Nofretete“, die im Ägyptischen Museum Berlin zu bewundern ist.

Die „Amarna-Briefe“

Bereits 1887 wurden die ersten Tontafeln mit akkadischer Keilschrift in Achetaton eher zufällig von Ägyptern entdeckt, die diese Funde verkauften. Insgesamt gelangten so mehr als 300 Tafeln in den Umlauf und landeten in Museen in Europa, aber auch nach Kairo. Bei der Grabung von Flinders Petrie 1891/92 stieß dieser auf weitere 22 Tafeln und gab dem Fundort in den Ruinen den Namen „königliches Archiv“, da einige Tafeln so gekennzeichnet waren. Auch in späteren Jahren wurden immer wieder Tafeln in Achetaton entdeckt, zuletzt 1979. Daher ist es nicht unwahrscheinlich, dass auch Carl Falkenburg bei seiner Grabung auf einige Tafeln stoßen würde …

Die meisten Tafeln sind in Altbabylonisch verfasst, einem Dialekt des Akkadischen. Und tatsächlich unterhielten die Pharaonen internationale Korrespondenz mit dem Babylonischen Reich. In den Briefen sind Amenophis III. (Echnatons Vater), wie auch Echnaton selber erwähnt. Auf einer Tafel könnte sogar der Name Tutanchamuns stehen, aber dies ist noch unbewiesen.

Howard Carter (*9. Mai 1874; †2. März 1939)

Ohne jegliche formale Ausbildung kam Carter 1892 das erste Mal nach Ägypten, wo er in Amarna unter dem berühmten Archäologen Flinders Petrie hauptsächlich als Zeichner arbeitete. Von 1899-1904 war er für die Antikenverwaltung als Chefinspektor tätig und musste diese Stellung nach einem Disput mit einer französischen Touristengruppe aufgeben. Seine Beziehung zur Antikenverwaltung war in späteren Jahren immer wieder von Streitereien geprägt, vor allem mit dem Direktor Pierre Lacau *(Tipp: Howard Carter – Pierre Lacau: L'affaire Tutankhamon, französische Dokumentation von 2016).*

Es folgten einige Jahre, in denen sich Carter als Aquarellmaler verdingte, ehe er 1907 für den 5. Earl of Carnarvon wieder als Archäologe tätig wurde. Die Zusammenarbeit der beiden gipfelte schließlich im größten Triumph mit der Entdeckung von Tutanchamuns Grab.

Trotz seiner akribischen Arbeitsweise gab es auch immer wieder Kritik an Carter, bis hin zu Vorwürfen, die ihn der Unterschlagung von Fundstücken bezichtigten. Tatsächlich befanden sich in seinem Nachlass viele Stücke, die ohne Zweifel aus dem Grab Tutanchamuns stammten und die später von seiner Nichte dem Ägyptischen Museum in Kairo übergeben worden sind.

Sein altes Haus in Ägypten ist heute als Museum zugänglich. Gemeinsam mit Arthur C. Mace veröffentlichte er drei Bücher über die Ausgrabung. Sein Grabungstagebuch befindet sich im Ägyptischen Museum in Kairo.

Das Grabungsteam

Von dem ursprünglichen Grabungsteam, bestehend aus: Arthur C. Mace, Alfred Lucas, Harry Burton, Alan Gardiner, James Breasted, Arthur R. Callender, Percy Newberry und einigen anderen, die natürlich immer von einheimischen Arbeitern unterstützt wurden, war nur Arthur R. Callender von der ersten bis zur letzten Grabungssaison an Carters Seite.

Arthur R. Callender (*1865; †1936)

Der ehemalige Beamte der ägyptischen Eisenbahn kam erst 1922 zur Ägyptologie. Er schloss sich der Carter-Carnarvon-Ausgrabung an und wurde vor allem für seine handwerklichen Fähigkeiten geschätzt. Von Anfang bis Ende der Ausgrabung von Tutanchamuns Grab war er an Carters Seite.

Harry Burton (*13. September 1879; †27. Juni 1940)

Der britische Fotograf wurde 1910 vom Amerikaner Theodore M. Davis eingestellt, der zu diesem Zeitpunkt noch die Grabungslizenz für das Tal der Könige innehatte. Später wurde Burton sogar für kurze Zeit dessen Grabungsleiter. Als Davis die Lizenz 1914 aufgab, wurde Burton von Albert M. Lythgoe als Fotograf für die Ägypten-Expedition des Metropolitan Museum of Art angeheuert. Mir seinen Bildern aus dem Grab Tutanchamuns erlangte Burton Weltruhm.

Buchtipp: Tutankhamun's Tomb – The Thrill of Disovery / Photographs by Harry Burton

Der Fluch des Pharao

In fast allen ägyptischen Königsgräbern fanden sich Inschriften mit magischen Sprüchen und Flüchen, die Eindringlinge abschrecken sollten. In der modernen Zeit hat die Legende ihren Ursprung 1820, als in London im Zuge der ersten Welle der „Ägyptomanie" gerne Mumien-Partys veranstaltet wurden, bei denen echte(!) ägyptische Mumien, die zu dieser Zeit noch aus dem fernen Ägypten eingeführt werden konnten, vor Zuschauern ausgewickelt wurden. Dies inspirierte die Schriftstellerin Jane C. Loudon zu ihrem Roman „The Mummy", der schließlich ein ganzes Genre begründen sollte.

Im Grab von Tutanchamun fand man angeblich eine Tontafel mit der mysteriösen Inschrift: „Der Tod wird auf schnellen Schwingen zu demjenigen kommen, der die Ruhe des Pharao stört." Später verschwand die Tafel spurlos und in Carters Aufzeichnungen wird sie nicht erwähnt.

Als im April 1923 Lord Carnarvon starb, wurde von der Presse sehr schnell der Bezug zu einem „Fluch des Pharao" hergestellt. Das Medienecho war gewaltig und führte dazu, dass immer mehr Opfer auf einer makabren Liste geführt wurden und teilweise eine regelrechte Hysterie herrschte. Bereits im Mai 1923 war die Nummer zwei auf dieser Liste der amerikanische Millionär George

Jay Gould I., der ein Freund von Lord Carnarvon gewesen war und kurz vor seinem Tod das Grab Tutanchamuns besucht hatte. Es folgten weitere Todesfälle, darunter auch der Halbbruder von Lord Carnarvon, der Suizid beging. Auch Arthur C. Mace, der bei der Ausgrabung in den ersten zwei Saisons die rechte Hand von Carter war, starb im April 1928 und wurde als weiteres Opfer des Fluchs notiert. So wurde in den folgenden Jahren „weiterverfahren", jeder Tote, der nur entfernt mit jemandem von der Ausgrabung oder dem Grab in Verbindung stand, wurde als Opfer des Fluchs bezeichnet. Schließlich auch Howard Carter selbst, der 1939 verstarb. Auch alle anderen Teilnehmer der Grabungen wurden nach ihrem Tod in den „Fluch"-Listen geführt (Arthur Callender 1936; Harry Burton 1940). Der letzte Tote wurde 1968 erwähnt, wenngleich es sogar 2005, bei einer CT-Untersuchung der Mumie von Tutanchamun, zu seltsamen Vorfällen kam (Sandsturm, plötzliche Regenfälle) und auch hier wieder der Fluch des Pharao zitiert wurde.

Pierre Lacau (*25. November 1873; †26. März 1963)

Der französische Ägyptologe war von 1914 bis 1936 Direktor der ägyptischen Antikenverwaltung und von 1938 bis 1947 Professor für Ägyptologie in Paris. Hatte während der Ausgrabung des Grabes von Tutanchamun immer wieder Auseinandersetzungen mit Howard Carter, was in dessen zwischenzeitlichen Streik 1924 gipfelte.

Ägyptische Antikenverwaltung (*Service des Antiquités d'Egypte)*

1859 gegründet zum Schutz ägyptischer Altertümer vor unerlaubter Ausfuhr oder Plünderer durch den Franzosen Auguste Mariette. Bis zum Jahr 1952 immer in französischer Hand und erst danach unter ägyptischer Leitung. 1971 erfolgte die Umbenennung in Ägyptische Altertümerverwaltung (EAO) und 1984 schließlich zum Supreme Council of Antiquities (SCA) umbenannt.

Ludwig Borchardt (*5. Oktober 1863; †12. August 1938)

Deutscher Ägyptologe, Entdecker der Büste der Nofretete. Gründete 1906 das Kaiserlich Deutsche Institut für ägyptische Altertumskunde in Kairo und wurde 1907 dessen Direktor.

Adolf Erman (*31. Oktober 1854; †26. Juni 1937)

Deutscher Ägyptologe und Begründer der Berliner Schule der Ägyptologie. Von 1894 bis 1914 Direktor des Ägyptischen Museums in Berlin. Herausgeber des Wörterbuchs der ägyptischen Sprache.

ÜBER DEN AUTOR

André Milewski ist Autor von Abenteuerromanen und Action-Thrillern. Obwohl er schon immer eine lebhafte Fantasie hatte, entschloss er sich erst 2010 dazu, seinen ersten Roman zu schreiben. Im Dezember 2012 wurde „Geheimakte Labrador“ schließlich veröffentlicht.

Seither folgten in regelmäßigen Abständen weitere Romane und im Jahr 2017 wurde das Schreiben schließlich auch zu seiner alleinigen, hauptberuflichen Tätigkeit.

facebook.com/AutorAndreMilewski

twitter.com/Andre_Milewski

instagram.com/andre_milewski

BÜCHER VON ANDRÉ MILEWSKI

Die Falkenburg Chroniken: Der Ägyptologe, Seiten: 320
ISBN-13: 978-3748524403

Luxor, Dezember 1922.

Carl Falkenburg, angehender Ägyptologe aus Deutschland, darf im Tal der Könige gemeinsam mit Howard Carter am unversehrten Grab des Pharao Tutanchamun arbeiten. Doch schon wenige Wochen später stirbt der Finanzier der Ausgrabung einen rätselhaften Tod. Rasch ist vom Fluch des Pharao die Rede. Obendrein beäugen offizielle Stellen die Arbeit mit Argwohn. Nicht jeder möchte, dass das Ausgrabungsteam seine Arbeit vollenden kann ...

Das erste Spin-off zur erfolgreichen "Geheimakte"-Serie!

»Fesselnd, flott, fantastisch – wer auf Abenteuer steht, kommt an den History-Thrillern von André Milewski nicht vorbei.« (Martin Krist)

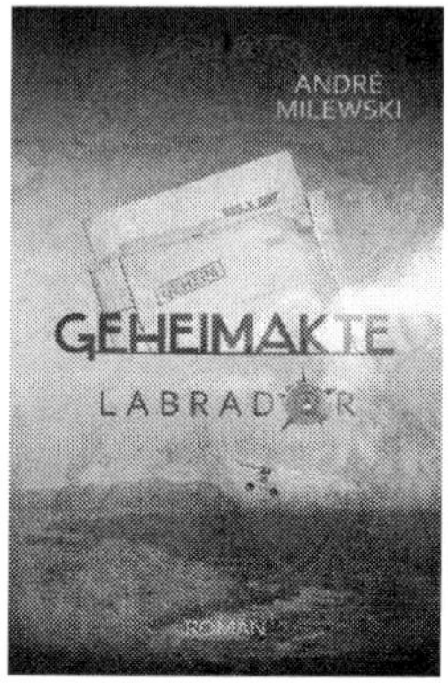

Geheimakte Labrador, Taschenbuch, Seiten: 320 ISBN-13: 978-1481926751

Oslo, 1952:

Der junge Deutsche Max Falkenburg arbeitet als Museumswärter im Wikingerschiffmuseum. Als er den Diebstahl eines geheimnisvollen Medaillons verhindert, findet er sich unvermutet auf der Suche nach Thors legendärem Hammer Mjöllnir wieder.

Gemeinsam mit dem amerikanischen Archäologen Frederick Crichton und seinen Studenten setzt Max alles daran, das mythische Artefakt zu finden. Doch eine Spezialabteilung des russischen Geheimdienstes ist ihnen dicht auf den Fersen und schreckt vor nichts zurück, um den Hammer in ihren Besitz zu bringen.

Die Suche führt Max und seine Freunde über Island nach Grönland und letztlich bis an die Küste Labradors, wo es schließlich zum alles Entscheidenden Kampf um Mjöllnir kommt …

Geheimakte Inkarrí, Taschenbuch Seiten: 390 ISBN: 978-3745087550

Lima, 1954:

Auf Einladung eines spanischen Archäologenteams gelangen der amerikanische Archäologe Professor Crichton und seine Studenten um Max Falkenburg nach Peru. Die Spanier sind dort auf der Suche nach der legendären Inka-Stadt Paititi. Aber schon kurz nach ihrer Ankunft in Südamerika werden die Archäologen das Ziel eines Anschlags.

Der Gefahr trotzend, gelingt es den Forschern, einer der vergessenen Legenden der Inka auf die Spur zu kommen: Dem sagenumwobenen Stab des Inkarrí!

Ihre Expedition führt sie bis in die entlegensten Gebiete der Anden, wo der Mythos seinen Ursprung hat. Doch damit unterschreiben sie ihr eigenes Todesurteil. Denn jedes Geheimnis hat seinen Preis ...

Geheimakte Aton, Taschenbuch Seiten: 320 ISBN: 978-3-7450-7118-4

Boston, 1957:

Der deutsche Archäologe & Abenteurer Max Falkenburg bekommt unerwarteten Besuch von einem CIA-Agenten - seinem Freund Howard Greenberg. Dieser benötigt Max' Hilfe bei der Übersetzung eines Zettels mit mysteriösen ägyptischen Hieroglyphen. Zudem ist Howard auf der Flucht - vor seinen Geheimdienstkollegen.

Als Max feststellt, dass der Name seines Vaters auf dem Zettel erwähnt wird, zögert er keine Sekunde und begibt sich in Begleitung seiner Freunde Joe und Howard auf den Weg nach Ägypten.

Doch sie sind nicht allein. Verfolgt von der CIA und alten Feinden, müssen sie feststellen, dass unter dem Sand der ägyptischen Wüste nicht nur geheimnisvolle Tempel verborgen liegen, sondern auch eine uralte, finstere Macht auf ihre Wiedererweckung wartet …

Pyramiden, Mumien, die Sphinx & verborgene Tempel. Das Böse lauert unter dem ägyptischen Wüstensand.

Geheimakte Excalibur, Taschenbuch, 360 Seiten; ISBN: 978-3746729008

London, 1958

Eine Einladung des British Museum führt den Archäologen Max Falkenburg nach London. Diese Gelegenheit möchte seine Freundin Jody Wellesley nutzen, um ihn ihren Eltern vorzustellen. Aber das Kennenlernen auf dem Familiensitz endet in einem Fiasko und es kommt zum Zerwürfnis zwischen Jody und ihren Eltern. Doch damit nicht genug: In der Nacht wird der Stammsitz der Wellesleys von unbekannten Angreifern attackiert und ihr Vater entführt.

Schnell finden Max und Jody heraus, dass die Entführer einem alten Orden von Assassinen aus Zeiten der Kreuzzüge angehören und es aus einem bestimmten Grund auf ihren Vater abgesehen haben: Er gilt als Hüter des legendären Schwerts Excalibur – die mythische Klinge König Arthurs!

Es entwickelt sich eine tödliche Hetzjagd durch England, bei der es nicht nur darum geht, Jodys Vater zu retten, sondern auch zu verhindern, dass die mythische Waffe in die falschen Hände gerät. Denn Excalibur besitzt eine unheilvolle Macht, die weit über das Vorstellbare hinausgeht …

Geheimakte Babylon, Taschenbuch, Seiten: 362 ISBN-13: 978-3748552260

Eine neue "Geheimakte" wird aufgeschlagen: Wenn aus Mythen tödliche Wahrheit wird!

Boston, März 1960.

Eigentlich möchte Archäologe Max Falkenburg seine Freundin Jody zu ihrem Geburtstag mit einem Hochzeitsantrag überraschen. Stattdessen werden er und sein Mentor Professor Crichton Opfer einer Entführung. Die Kidnapper brauchen ihre Hilfe bei der Entschlüsselung eines uralten Artefakts – und bringen sie dafür in das geteilte Berlin. Doch Jody und seine Freunde lassen nichts unversucht, um ihnen zu helfen.

Derweil übernimmt Jodys Bruder Eddie einen Job für den englischen Geheimdienst. Aber dieser entwickelt sich anders, als er sich das vorgestellt hat.

Über Jerusalem und durch die syrische Wüste findet er zu den Überresten des antiken Babylons, wo alle Fäden zusammenlaufen und es gilt, alle Mysterien zu entschlüsseln, bevor die Apokalypse droht ...

Geheimakte Uxmal, Taschenbuch Seiten: 368 ISBN: 978-3-7450-7120-7

Boston, 1961:

Ein zwielichtiger argentinischer Millionär bietet dem Archäologen Max Falkenburg die Leitung einer Expedition in den Dschungel von Yucatán an. Dort wartet laut einer Legende seit Jahrhunderten ein mächtiges Artefakt der Maya auf seine Entdeckung.

Obwohl Max ablehnt, wird er doch schneller in die Angelegenheit verwickelt, als ihm lieb ist - und stellt fest, dass manche Mächte lieber nicht geweckt werden sollten ...

Eine aufregende Jagd beginnt!

Eine atemberaubende und rasante Jagd im Reich der Maya

Geheimakte Cíbola, Taschenbuch, Seiten 340, ISBN-13: 978-3746785356

Boston, Oktober 1961

Bei der traurigen Pflicht, sich um den Nachlass eines langjährigen Freundes und Kollegen zu kümmern, stößt der Archäologe Max Falkenburg auf dessen geheime Aufzeichnungen. Diese gewähren Einblick in die letzten Forschungen des Toten. Sie handeln von einer alten Legende: Cíbola, eine der sieben Städte aus Gold.

Obwohl niemand aus Max' Umfeld an die Existenz dieser Stadt glaubt, lässt der Mythos ihm keine Ruhe, und er beschließt, die Arbeit des Verstorbenen zu vollenden. Trotz vorhandener Skepsis schließen sich ihm seine Freunde aufgrund seiner Beharrlichkeit an.

Aber schon bald zeigt sich, dass sie nicht alleine bei der Suche nach Cíbola sind. Kaltblütige Schatzjäger, goldgierige Ganoven und ein egomanischer Archäologe sind ihnen längst auf den Fersen und zu allem bereit …

Geheimakte Fenris Taschenbuch Seiten: 404 ISBN: 978-3-7450-7122-1

Boston, 1965:

Für Max Falkenburg könnte es nicht besser laufen: Er wurde zum Professor der Archäologie ernannt und seine Hochzeit mit Jody Wellesley steht kurz bevor. Doch dann holt ihn ein Schatten aus der Vergangenheit unbarmherzig ein und übt fürchterliche Rache. Aber für Trauer wird Max keine Zeit gegeben.

Durch das Vermächtnis seiner Familie dazu gezwungen, begibt er sich auf die Jagd nach einer der gewaltigsten Waffen aller Zeiten. Max muss sich auf den Kampf mit mächtigen und skrupellosen Geheimorganisationen einlassen, um zu retten, was ihm am wichtigsten ist: das Leben seiner Freunde.

Doch noch weitere Überraschungen aus seiner Vergangenheit warten auf Max und verlangen nach Vergeltung. Schließlich führt ihn eine wilde Hatz quer durch Russland, von Sibirien bis St. Petersburg, und letztendlich bis nach Deutschland – zurück auf den Stammsitz seiner Familie: Die Falkenburg!

Aber FENRIS ist entfesselt und schlägt gnadenlos zu …

Ein faszinierender und spannender Abenteuerthriller

Weitere Titel:

Elfenbeinkrieg, Taschenbuch, Seiten: 284 ISBN-10: 1536957194 ISBN-13: 978-1536957198

Die Totentafel, Taschenbuch, Seiten: 290 ISBN-10: 1543281656 ISBN-13: 978-1543281651

Die Nr. 1, Taschenbuch, Seiten: 304 ISBN-10: 1547173122
ISBN-13: 978-1547173129

Rückkehr, Taschenbuch, Seiten: 296 ISBN-10:
1976527678 ISBN-13: 978-1976527678

ISBN 978-3-7502-3919-7

9 783750 239197 00002

www.epubli.de

Printed in Poland
by Amazon Fulfillment
Poland Sp. z o.o., Wrocław

84833305R00188